如果可以，我想我會愛你

If it is possible I will love you

可晴
作品

目次

【青春愛情名家告白推薦】

可晴的文字既溫柔又溫暖，期盼闔上書本的瞬間，你們亦能從中獲得一絲幸福。

——POPO原創暢銷作品《青春之上》、《寂寞糖衣》作者央央

在可晴的文字裡，我是一個落水的人，只能任由心臟隨之浮沉，跟著故事一起難過，一起緊張，一起療傷，最後，盼望著都能夠幸福。

——POPO原創人氣連載作品《我的的愛擱淺在名為友誼的沙灘》作者蔭婷

可晴的《如果可以，我想我會愛你》直接直擊內心最深的傷，然後又一點一點地帶領大家一起療癒，讓人忍不住一口氣看完整個故事！可晴文筆之下的溫柔以及溫度，透過這個故事傳遞給你們。

——POPO原創閃亮星作者Yuka.

Chapter 1

自欺欺人

對於何詠婕而言，她的高中生活除了高一以外，全部都是黑白的。

不，或許正確的來說，應該是就連高一的那些快樂對她來說，也幾乎都是斑駁的。那一種被高高的捧在手心上，然後再狠狠地丟下的感覺，只是讓那些看似歡樂的片段看起來格加的諷刺，導致這些回憶即使曾經是讓她感到愉悅的，現在想起卻反倒顯得自己有多愚昧。

因為太多、太多的事情是她不敢也無法去面對跟承擔的，當那些流言蜚語不脛而走地抨擊著她脆弱的心靈時，她只能假裝什麼也沒發生，因為她堅信著只要能夠努力的撐到畢業，只要一畢業等到她念大學，她就可以逃離這些痛苦，何況那些人口中的話大多都不是事實。

雖然有些時候，就連何詠婕都會開始懷疑自己是不是真如同那些人所說的，那樣的不堪，可這些假想通通都會被唯一還願意相信自己的摯友鄭苡慈給殲滅。

只能說好險，好險何詠婕的高中生活還有鄭苡慈的存在，她才得以在那一片極度陰暗得不到一絲希望的地獄中，看到一點點陽光。

如果說沒有鄭苡慈的話，何詠婕大概也沒辦法走到今天這一步吧。

「喂，是苡慈嗎？」

「嗯，是我。」

話筒另一端的聲音貌似有些疲憊，何詠婕換了個姿勢，對著另一端問，「妳怎麼聽起來好像有點累啊？昨天又打工到幾點？」

鄭苡慈的家庭經濟狀況不是很理想，所以自從大學學測申請入學一放榜後，她就連忙向就讀的高中請了長假，找了兩份打工希望能多賺點未來大學的學費和生活費。

「沒有啦，是剛剛電視有點無聊害我有點想睡覺。」

何詠婕知道這個說法肯定是鄭苡慈在逞強，她總是不喜歡讓別人擔心，一個人把自己所有的情緒壓抑在心裡，只有等到她真的承受不了，或者真的想說的時候，她才會把這些痛苦釋放出來。

「那妳呢，在幹嘛？怎麼這麼有空還打給我。」

「我是要跟妳說，成績出來了，如果沒意外的話我們又可以當同學囉！」

「真的假的，這真是太好了！我就說吧！妳成績這麼好，學測的事情完全只是個意外，妳絕對有念T大的實力。」

「這都多虧有妳，要不是妳……」何詠婕一閉上眼，學測前那段時間發生的事情彷彿還歷歷在目，「我可能沒辦法堅持到現在吧。」

「別說了，這些根本不算什麼，我們是朋友啊，本來就應該要互相幫助的。」

「他們也說過同樣的話。」帶著無奈的苦笑，何詠婕的話才一說出口，她就後悔了，她知道她的這句話絕對會讓鄭苡慈不開心，可是她卻不知怎的一個衝動就把這句話隨口說出了。

在這個等待著鄭苡慈回話的片刻，何詠婕覺得時間過得彷彿有一個世紀那樣的漫長，煎熬得她都想要找個洞鑽進去像個鴕鳥一樣逃避這一切。

終於，她忍不住了，「對不起。」

「為什麼要道歉？」隔著話筒，何詠婕可以想像此刻鄭苡慈臉上那緊緊蹙成一團的眉頭有多深。

「我……」抿著唇，何詠婕緩慢地開口，「因為我讓妳不高興了。」

「詠婕。」

「嗯？」

「妳知道我為什麼一直沒有離開妳嗎？」

「為什麼？」

「因為妳總是不懂得保護自己。」鄭苡慈的語調平穩的說出了這個讓何詠婕有些吃驚的答案。

她以為鄭苡慈的答案會比較接近「出自同情心」這類的回答。

「怎麼這麼說？」微微顫著下唇，何詠婕面無表情地坐在書桌前，望著窗外樹葉隨著風陣陣吹拂而墜下的景色發愣。

「過去的妳是因為他們而受傷；但現在的妳看似是因為那些回憶的束縛而痛苦，事實上卻是妳自己在傷害自己。」

「因為妳還是放不下他，對吧？」

「我沒有。」毫不猶豫的，何詠婕在鄭苡慈的尾音落下後便立刻回應。

可她卻不知道自己的這句話到底是真是假。因為這些日子以來她已經欺騙過自己太多次了，自欺欺人的下場就是弄得自己到底是在說謊還是在說實話她都無法分辨出來了。

她以為只要說服自己已經放下了，就可以真的忘記他，可是其實每一次的說服都只是讓她更加的想念他，即便她總是否認著，可鄭苡慈明白何詠婕不過就是在逞強，她是不可能這麼快就放下他的，即使事情已經過了這麼久，依照何詠婕這個總是把自己困在回憶的死胡同裡的個性，她怎麼可能真的就這樣忘了她曾經深深愛過的男人？

「不要這麼快就告訴我答案。有時候太過直覺的反射回應，只是因為妳習慣性的想要保護妳自己罷了。」鄭苡慈的話讓何詠婕聽得有些不知所措。

「我晚點還要打工，先不跟妳說了，有空再約吧。」

跟鄭苡慈結束通話後，何詠婕獨自一人看著手機裡一張兩年多前的合照陷入了苦思。

□

再過兩天就是開學日了，何詠婕系上的學長姐在今天替所有的大一新生舉辦了一個小型的新生茶會，希望可以藉由這樣的方式讓這些學弟妹融入這個新環境，也可以讓他們跟學長姐有更多的認識。可何詠婕卻始終靜靜的坐在一隅不發一語，明亮的雙眸是那樣的清湛，卻更加顯得她和這個嘈雜的氛圍是如此的格格不入。

她原本是沒有打算要來參加這個活動的，是因為接到電話的同時鄭苡慈也在她的旁邊，在鄭苡慈的百般要求下，她才只好來參與這個茶會。

可現在的她卻相當的後悔，因為無論怎麼看，她都不適合繼續待在這裡。

和身旁那些各個笑得燦爛的人相比，她的存在顯得太突兀了，她簡直就像是處在一盤紅豆裡的綠豆，出現的令人覺得詭異又莫名其妙。

「嘿，學妹妳不舒服嗎？」當何詠婕還處在自己放空的世界時，一道悅耳的女聲筆直地劃破她所隔絕出來的那個空間。

「沒有。」她搖搖頭，勉強地勾起唇角笑。

「那妳怎麼都不說話？」何詠婕將目光看向這個正對她說著話的學姊，有些訝異自己的沉默居然被發現了，她還以為大家每個人都聊得、玩得這麼開心，是不會發現自己這個特立獨行的存在的。

「我、我不知道要說什麼。」有些膽怯地她低著頭，注視著眼前的桌面心想這個學姊肯定已經開始覺得她是個怪人了吧。

第一次見面，不外乎就是聊聊你叫什麼名字、你的興趣是什麼，這種最最基本的問題嗎？怎麼會有人這麼蠢不知道要說什麼。

當然，這是藉口，即便何詠婕已經因為某些她不願面對的過去脫離群體生活有些時日了，她還是不可能會忘記這種最最基本的事情的，只是，她不想去碰。

不，或許應該要說的是，她不敢去碰。

自從高二後，她身旁的朋友就只剩下鄭苡慈一個人，對膽小的她而言，這樣就夠了。她害怕也不知道怎麼去接觸新的人、新的朋友，那些痛苦、揮之不去的陰霾讓她即使內心是渴望著友誼的，卻害怕的只能卻步。

因為她深信著，只要不去擁有，就不必面對失去。

擁有過後那種只能眼睜睜看著自己曾經珍視的人事物從身邊抽離的感覺太痛了，一次就讓何詠婕難以去承受，所以為了保護自己她選擇將自己的心給封閉。

「偷偷告訴妳，」學姊將身子倚靠著桌面朝何詠婕靠近，一縷髮香伴隨著她的動作飄散開來，「其實我也是。」

「什、什麼？」聽見回答後何詠婕怔住了，兩顆渾圓大眼直盯著學姊驚訝的不知道要說些什麼才好。

「我有人群恐懼症，一到人多的地方，我就會不知道要說什麼。」學姊吐了吐舌，「今天這個活動是我男朋友逼我來參加的，他是會長。」

順著學姊手指向的位子，何詠婕一眼就看到了正站在門邊講電話的一個有著標致面孔的男人。

「很賤吧，自己在那邊講電話，把我丟在這邊。」學姊雖然看似在生氣，可嘴角卻帶著一抹很深的笑意，讓何詠婕看了更加的疑惑。

「可是，妳很愛他吧。」

學姊像是有些驚訝何詠婕居然會回答她的話，可也就驚訝那麼一剎的時間，她的面容瞬間轉為剛剛的笑意，甚至笑得更加可人，「對。」

「我很愛他，而且他也是一樣的愛我。」

一瞬間何詠婕竟感到有點嫉妒學姊，她好羨慕，學姊可以有一個她愛也愛她的人，可何詠婕在看見學姊幸福的笑臉後，那絲不理性的妒忌就瞬間崩塌了，她知道自己是不可以這樣的，因為，和學姊相比，愛這個字眼她是那樣的沒有資格擁有。

「太好了。」順著學姊眼中閃亮的光芒，何詠婕也不禁跟著揚起笑。

「我相信，像學妹妳這麼善良又可愛的女孩子，一定也會找到一個愛妳而且妳也愛他的人。」聽見她的話，何詠婕詫異得無法言語。

她沒有料到，除了鄭苡慈以外還會有人對自己這麼的溫柔，好久沒有過了，這樣子有人對自己好的感覺。

「陳若儀，耳東陳，若有似無的若，儀態的儀。這是我的名字，那學妹妳叫什麼名字？」也許是看見了何詠婕的困窘，陳若儀選擇將話題岔開，讓何詠婕那揪成一團的眉悄然鬆懈下來。

「何詠婕，永遠的永加上言字旁，婕的話是睫毛的睫改成女字旁的婕。」

「妳的名字真好聽。」陳若儀細長的手指劃過耳畔，挽起她一邊的髮絲勾到耳後，柔柔地說。

「謝謝。」何詠婕有些羞赧地低下頭。

「妳知道嗎？其實我也曾經跟現在的妳看起來很像。」

很像？何詠婕眨了眨眼，仔細看著陳若儀的臉蛋，非但沒有一處讓她覺得是跟自己相像的，她還覺得陳若儀要比自己漂亮數倍。

「我說的像是感覺。」陳若儀看見了何詠婕的舉動，忍不住笑著解釋。

「什麼意思？」何詠婕偏著頭滿是不解。

「妳覺得朋友對妳而言重要嗎？」

陳若儀的話讓何詠婕陷入了苦思，她沒辦法直接說不重要，但卻又沒辦法回答重要，因為對她而言她不需要朋友，可她卻又渴望擁有朋友，這樣矛盾的心情她不知道要如何解釋。

「我曾經覺得朋友一點也不重要。」陳若儀雖然依然張揚著笑，可臉上的情緒卻讓人覺得很複雜。「那段時光裡，我總是不斷地自欺欺人，說服自己一個人也可以很好，就算有很多人、很多朋友關心又怎麼樣，到頭來還不是要一個人孤零零的離開這個世界。」陳若儀一邊說，眼睛一邊看向正站在台前的她的男朋友。

「可是那時候承浩給了我不一樣的世界，是他讓我找回那個真正的自己，也是他讓我的世界再也不會只有我一個人。一個人雖然也可以過得很好，可是如果只有自己一個人的世界，是沒有辦法體會到那些要跟其他人相處在一起才能明白到的快樂的。」

當何詠婕還在咀嚼陳若儀話中的涵義的時候，陳若儀又接著開口，「有很多時候，一個人其實沒辦法過得比兩個人、三個人甚至很多很多人還要好的，我們之所以會勉強自己，不過都是在自欺欺人而已。」

「為什麼，要對我說這些？」面對著陳若儀的話，何詠婕倏地覺得自己像是赤裸裸的坐在她的面前，內心很多的想法全部都那樣子明顯的昭然若揭。

「因為，我剛剛說了我覺得現在的妳跟之前的我很像，妳把自己封閉起來的那種感覺，就跟兩年前的我如出一轍。剛剛明明就有人想跟妳說話，妳卻只是避重就輕的轉移話題，甚至撇過頭不理那些人，從這點就可以看得出來妳在逃避交新的朋友這件事。」

「我、我沒有。」何詠婕迅速地反駁，「我、我不是有跟學姊妳說話嗎，我沒有不理人。」

「那是因為我對妳說的第一句話，不是妳好，妳叫什麼名字？也不是我可以跟妳做朋友嗎？而是學妹妳不舒服嗎？妳是基於我是學姊，也不是出於想跟妳搭訕的心態才會搭理我的。」

「……」何詠婕被陳若儀的話堵得一愣一愣的，只能瞪大雙眼無力反駁。

「其實現在的我是心理系的學生，在歷經了一些跟妳可能相似的事情以後，我走出來了。在那之後我向學校申請轉系，想要藉此去了解跟推敲更多人性。我相信今天的妳也不是真的不知道要說什麼，妳只是跟我一樣需要一個說話的對象而已。」

陳若儀朝何詠婕莞爾一笑，接著說：「歡迎來到財金系這個大家庭，在這裡每個人都可以是妳的好同學、好夥伴，甚至是妳的家人，只要妳願意打開妳的心。希望詠婕妳會喜歡這裡，也謝謝妳今天陪我說話。」

可何詠婕卻一點也不明白陳若儀為什麼要跟自己道謝，直到她看見系會長遠遠的對著陳若儀用著唇語貌似說了些什麼後，她才明白到其實陳若儀從頭到尾都沒有所謂的人群恐懼症，也沒有和她一樣不知道要說些什麼，不然她怎麼能夠跟何詠婕聊了這麼久？

實在是因為她的寂寞跟逞強早就太過顯然得表露無遺，讓陳若儀跟她的男朋友給看得一清二楚。

何詠婕呆滯地看著他們倆臉上洋溢著笑，心裡的情緒有些複雜。她也曾經是那幸福的人之一，可如今她卻覺得自己再也沒辦法擁有幸福。

「各位學弟學妹大家好！等會兒我們會進行直屬的抽籤，請學弟妹等等按照班級，A班在我的右手邊，B班在我的左手邊，依照其他學長姊的指示排隊抽籤。」

系會長的話才一說完，原本就已經顯得有些吵雜的氣氛又更加的鼓譟了起來，可何詠婕仍舊屬於這氛圍當中迥異的人。

雖然在陳若儀的引導下，她似乎有一點點開始覺得自己是不是真的應該要去試著打開自己的心，但她只要一閉上眼那些讓她感到心碎的畫面就會不斷的干擾著她，久久揮之不去。

算了吧，就讓我再繼續自欺欺人下去吧。

畢竟身體跟心都已經開始習慣這種孤單的感覺，所以我想就算再這樣下去也不會怎麼樣的。

而且我也不是真的一個人，我還有苡慈啊，只要有苡慈在我的世界裡，我就覺得自己彷彿離幸福又接近了一點點。

即便何詠婕始終是和幸福不著邊際的局外人。

□

「在想什麼？」

原本倚靠著欄杆眺望遠方的何詠婕，因為沒料到在這偌大的校園內居然會有人爬上這人煙稀罕的頂樓，回過頭的她一個踉蹌差點從台階上摔下來。

聲音的主人見狀連忙向前攙扶住她，「妳沒事吧？」

「對不起，嚇到妳了。」

「沒、沒關係。」何詠婕將過長的髮絲勾到耳後，側過身想看清楚這人的面貌。

「我是剛好練團練得有點悶，想說上來透透氣，沒想到會在這裡碰到妳。看妳想事情似乎想的很專注就禁不起好奇心問了妳在想什麼，嚇到妳了，抱歉。」

看著眼前男人歉疚的神情與他的解釋，何詠婕微微頷首，「嗯，沒關係。」

聽見何詠婕又一次的向自己說了沒關係，他便放心的走到何詠婕的旁邊和她一起將身子靠著欄杆仰望著天空，一邊開口，「妳應該大一？不然就是轉學生？」

「嗯，我是財金系大一的。」何詠婕將視線望向遠方形狀不一的雲朵，低聲地說。

「那要不要加入我們社團？」

社團？何詠婕心裡吃了一驚，她今天之所以會躲到這頂樓正是為了逃避今天的社團博覽會，昨天一整個晚上鄭苡慈都不停的叨擾著要她跟自己一起參加社團博覽會選一個社團參加，可何詠婕卻打從心底逃避這件事情。

她還不想去面對一個新的開始，即便她壓根就渴望著在大學這四年的生活裡能夠和高中相比有所改變，她卻沒辦法這麼快的就去面對這個改變。

因為她怕。怕到頭來又會是一個相同的結果。

「還是妳想先跟我去看看？」

見何詠婕一語不發，他便暗自覺得她既沒有反對，應該就是答應了，「那跟我走吧。」

當何詠婕還沒弄清楚狀況時，她的手已經交到了這個她才認識五分鐘的男生手上，她驀地覺得自己的心跳異常的飛速，即使內心有些排斥，雙腳卻在他的牽引下自然而然的走到了他口中的「練團室」。

「一起進去吧。」

男生臉上過於燦爛的笑讓何詠婕的心為之一顫，她掙扎著將手從他的束縛中抽出，猶豫了幾秒後開口，「我、我可能不太方便。」

「咦，那妳……」

他皺著眉頭想了一下，瞬間豁然開朗，「啊，我知道了，對不起一定是我剛剛太急了，妳才來不及跟我說對不對？而且我好像連名字都沒有跟妳說就拉著妳這樣跑來跑去，妳一定嚇壞了。」

何詠婕還沒弄懂這男人莽撞的邏輯，她對別人話語中思考的反應總是稍嫌慢了幾拍，這個男生又馬上開了口，「我叫卓少徹，數學系大三，妳可以叫我阿徹就好。」

面對著如此熱情的卓少徹，何詠婕有些尷尬，只好也跟著伸出手，「你好，我是何詠婕。」

「那妳跟我一起進去吧，等等他們回來後，我再介紹我們社團的成員給妳認識。」

「不用了。」何詠婕低著頭，對於卓少徹的熱情她有些不知所措，不知要怎麼委婉的拒絕，所以她決定直截了當地說：「我、我大學還沒有打算要參加社團。」

「什麼？」聽完何詠婕的答案後，卓少徹感到有些落寞，但卻也只有短短的那麼幾秒過後，他又立刻恢復剛剛的朝氣蓬勃，「那沒關係，妳還是可以進來參觀一下啊，反正現在練團室也只有我在，進去看一下沒關係的。」

「我……」

「走啦，猶豫什麼，我們練團室可是很多人想參觀都沒得參觀的耶。」卓少徹一邊說，一邊拿出鑰匙將大門敞開，「進來吧。」

何詠婕站在門口踟躕了片刻，望見裏頭擺滿的各式樂器，禁不住好奇心的她最後還是決定走進去看看。

「多虧遇到妳，我現在找到靈感了。」

卓少徹爽朗的對著走進練團室的何詠婕綻開笑，將門關上後，拿起了一把擺在一旁的木吉他，一面笑，一面刷著幾個簡單的和弦在口中念念有詞後，用擺在一旁的紙筆在上頭貌似寫了些什麼。

何詠婕聽著悅耳的音樂聲，以及卓少徹那哼著歌的動人旋律，好奇的湊了上去，看見紙上的吉他譜和尚未完成的幾行文字，「你在寫歌？」

「對。」卓少徹對於何詠婕的問話有些靦腆，儼然成了一個害羞的小男孩，一點都不像剛剛那個活潑開朗的他，因為只要講到有關於創作上的事情，卓少徹就會變得像是另外一個人似的。

由於他對於自己的創作有著非完美不可的莫名堅持，所以對於自己的作品總是一改再改，也因為成品的完整度跟他謙虛的態度，還有為人的直爽陽光，讓卓少徹的身邊有著一群和他一起玩音樂的好朋友。

而他剛剛就是因為在寫歌上遇到了瓶頸才會想到頂樓散心，正巧讓他碰上了何詠婕。

——「嘎吱」，一道開門聲打斷了他們的對話。

「咦，這不是詠婕嗎？」

「若儀妳認識詠婕？」卓少徹放下吉他，對著走進來的陳若儀眨了眨眼問。

「嗯，她是承浩的直屬學妹，我是去幫忙他們系上新生茶會的時候認識她的。」陳若儀悠悠地將門關上，「只是，詠婕妳怎麼會在這裡？」

「我……」何詠婕心想總不能當著卓少徹的面前說自己是被他給拉進來的吧？

於是在氣氛陷入了一陣沉默後，卓少徹這才連忙開口解釋，「是我帶她來的啦。剛剛在寫歌的時候遇到了一點瓶頸，就跑上頂樓想散散心碰巧遇到她，看她的心情好像不太好，就想說帶她來我們這裡看看。」

何詠婕有些訝異，她原以為卓少徹真的只是純粹想替社團招生才會帶自己來這，沒預料到原來他有看出自己心情不好。所以他才會在自己都已經表明不打算入社，還硬是要拉自己來這裡嗎？

「嗯，詠婕她啊……」陳若儀一面說一面朝何詠婕走近，「好像心情一直都不是很好。」說完後她搭上何詠婕的肩苦笑，「我的話妳還是沒有聽進去嗎？」

「妳跟詠婕說了什麼？」不等何詠婕回應，卓少徹就率先衝到兩者的中間好奇地探了探頭。

「干你屁事。」陳若儀很沒氣質的將卓少徹的頭推開，「我都還沒跟你算今天沒來幫忙招生的事情，你現在倒還有閒情逸致在這邊跟我八卦？」

「喂，人家我也是為了下個月的比賽在努力，妳有必要這麼兇嗎？」卓少徹張大他的兩顆渾圓大眼，裝得一臉無辜。

「好了啦，你少來，我還不知道你在想什麼嗎？你根本就是怕去了會遇到怡涵吧。」

何詠婕看見卓少徹的臉在聽了陳若儀的話後瞬間一垮，但隨即又轉為剛剛的嬉皮笑臉，假裝忽略陳若儀的話語，朝何詠婕雀躍地問，「詠婕，我剛剛看妳對我們社團好像還蠻有興趣的，妳要不要乾脆就加入我們社團？」

陳若儀聽見卓少徹的問句後，貌似也對這個話題產生了興趣，對上何詠婕透澈的目光，「詠婕，阿徹他說的是真的嗎？妳真的想加入我們社團？」

發現眼前這兩人四顆眼珠子都筆直地朝自己看，這讓何詠婕開始後悔來這裡的決定。她明明就已經跟自己說好了，大學這四年除了苡慈以外，她不會對任何人敞開心房的，可是怎麼在面對眼前的這兩個人，她卻突然覺得自己努力設下的那些防備全都是無用的。

在茶會她就已經覺得陳若儀這個人很不簡單，現在她卻覺得卓少徹的熱情才是更加嚇人的。

「我、我可能不太方便。」在思考過之後，毫不意外地何詠婕緩緩地啟口。

「為什麼？」

「為什麼？」

幾乎是分秒不差，兩人同時開口，這讓何詠婕對於他們的默契驚訝地瞪大了眼，「你們……」

「你嚇到詠婕了啦。」陳若儀看見何詠婕的表情後，瞪了一眼卓少徹。

「我哪有。」卓少徹連忙搖頭，「詠婕妳快說，是誰嚇到妳？是不是陳若儀？」

何詠婕搖了搖頭，「沒有，我只是覺得你們兩個的默契很好。」

「只是社團的事情我還是沒打算要參加，不好意思。」她歉疚地垂下頭。

「沒關係啦。」卓少徹瞧見何詠婕的模樣，抓了抓頭，「只是如果妳改變心意的話，我們隨時都歡迎妳喔。」

「嗯，謝謝學長。」何詠婕一邊說唇角一邊漾起一抹好看的淺笑，這讓今天第一次見到她的笑容的卓少徹差點就要看傻了眼。

「妳笑起來的樣子很好看。」卓少徹模樣有些靦腆地抓抓頭。

「謝、謝謝。」何詠婕羞赧地不敢將頭抬起。

「你說話就說話，幹嘛像個變態似的。」陳若儀擰著眉瞅了卓少徹一眼，「不過，也難得你會說出一句人話。」

「詠婕妳笑起來的樣子真的很好看，要記得多笑一點。」

自己笑了嗎？其實何詠婕不是很確定，只知道自己剛剛不由自主的因為卓少徹的話覺得害羞了起來，但是自己其實已經很久沒有笑了，所以對於自己還能擁有笑的能力，何詠婕是感到驚訝的。

原來，所謂的快樂還沒有完全的離她而去。她其實還是可以笑的。

「那詠婕妳今天要不要乾脆留下來聽我們練團？結束之後可以跟我們一起去吃晚餐，今天我們說好要一起去吃燒烤喔。」卓少徹的愉悅之情溢於言表，畢竟燒烤可是他的最愛，只要能夠吃到就算要餓上個三天三夜對他而言也是無所謂的。

「我還有——」

不等何詠婕說完，陳若儀連忙拉住她的手腕，「妳就不要拒絕阿徹了，他對於今天這餐可是期待很久，妳都已經拒絕他入社，至少也跟我們一起吃個晚餐嘛，承浩今天也會跟我們一起去，他可是很想認識妳這個直屬學妹喔。」

直屬學妹。

只要一想到茶會那天抽到的那支籤何詠婕就不禁直冒冷汗，她原本只打算平淡地過完大學這四年，可那天她抽到的直屬學長卻是系學會會長，從身旁其他同學欣羨的眼神，還有學長姊們的歡呼聲，她就可以知道自己因為這支籤的緣故這四年應該是不大可能平靜地度過了。

所以從那一刻起，她便暗自打算放生范承浩，因為唯有這樣她才能不必去面對那些她所不想去面對的人事物。

「妳還是沒辦法打開妳的心房嗎？」陳若儀從她眼中散發出的那絲脆弱中得到了這個猜測。

何詠婕對於陳若儀的眼神感到有些壓迫，她有些害怕這種總是被一眼看穿的感覺，「我……」

「那妳就留下來聽我們練習吧。」陳若儀彎起笑，「我想妳聽了我們的音樂之後，一定會有更不一樣的感受的。」

什麼意思？陳若儀的話讓何詠婕聽的不是很明白。

瞟見她的遲疑後，陳若儀又接著說：「相信我，就像那天妳在茶會那天願意跟我攀談的時候一樣。」

「首先，讓妳的心情保持愉悅是最重要的第一步。」陳若儀拋了個極為甜美的媚眼。

「對嘛對嘛，詠婕妳就留下來一起玩嘛！」卓少徹一臉無辜的眼神直盯著何詠婕，讓她只得眼巴巴地看向兩人。

「好吧……」她勉為其難地答道，畢竟兩人都已經這樣懇求她了，身為一個學妹她實在找不到藉口在這種情況下得罪兩人。

反正暫且就當作自己是在聽一場表演，聽完之後跟這些人去吃個飯，只是吃飯的時候身邊會坐著這些人，只要自己不要去在意就好，她這樣告訴著自己。

「欸，子恆剛剛在群祖傳訊息說他今天晚上要先去一趟醫院，所以不來練團了，吃飯他還是會去，只是可能會比較晚到。」卓少徹語畢後便對著手機迅速地回了幾個字眼，便將手機放回口袋。

聞言，陳若儀臉色有些差的問，「是子晴又住院了？」

「應該吧。」卓少徹聳肩，「妳也知道他不會跟我說的那麼詳細，如果想知道就等會兒再問他吧。」

「只是這樣主唱不在我們是要練什麼啊……」卓少徹拿起吉他嚷嚷著。

「就先等承浩來再說吧。」陳若儀若有所思地凝視著地板。

何詠婕瞥見這兩個人臉上的異樣後，只敢從包包裡掏出手機轉移注意力，閉上雙唇噤若寒蟬。即便她完全弄不清楚現在的情況，可她知道，現在這個氛圍不要說話會是她最好的選擇。

於是整個練團室除了迴盪著卓少徹悠悠的吉他聲外，便只存在陳若儀和何詠婕兩人微弱的呼吸聲，氣氛有些凝重的讓這三個人像是有默契似的誰也沒先對誰開口。

一直到練團室的大門又被開啟。

「若儀、少徹抱歉讓你們久等了。」說話的人搔搔頭，臉上的神情滿是歉疚，「剛剛學生會那邊堅持要我們去幫忙處理一些事才會拖——」

不等范承浩把話說完，陳若儀便走了上前握住他的手，柔柔地說：「沒關係，你有看到子恆發的訊息了嗎？」

「嗯。」范承浩微微頷首，「應該沒事啦，反正不是還有綵甯在幫他嗎，別想太多，我看我們還是先去吃飯——咦？這不是詠婕嗎？妳怎麼會在這裡？」

「學長好。」何詠婕放下手機，點點頭。

「阿徹想找她入社，但是她還沒答應，所以我們就邀請她留下來看我們練團還有跟我們一起去吃飯。」

「哦，這樣啊。」范承浩瞇起眼，淡然地笑，「這樣也好，如果詠婕加入我們社的話，我這個直屬學長也能就近好好照顧她，不過……這也要看我親愛的女朋友同不同意啦。」

「別鬧了。」陳若儀忍不住瞅了范承浩一眼。

而兩人打鬧的樣子看在何詠婕心裡，卻有種似曾相識的感覺。曾經她的臉上也張揚過如同陳若儀這般璀璨的笑容；如今在她心底那些令她醉心的回憶卻只能成為追憶。

她好想念過去那個自己、那個總是覺得很幸福的自己，至少可以不必像現在這個樣子欺瞞自己就算一個人也可以過得很好。

至少，可以光明磊落一點告訴別人她其實很寂寞。

「不是說要吃飯嗎？你看卓少徹那個臉，一副就是非洲難民的樣子，我們趕快出發，不然我怕他會餓死在這裡。」

「欸，注意一下妳的態度喔，妳有看過哪個難民長這麼帥的嗎？」卓少徹囂張地揚起下巴，卻只換得陳若儀的白眼藐視。

「好啦好啦，別吵了，你們這樣是打算讓詠婕看你們的笑話嗎，你們兩個趕快收一收，訂位時間快到了。」

而看著眼前這一幕的何詠婕倏地收拾起眼底那抹欣羨，微微笑著。

如果可以，就請讓我繼續欺騙自己其實我一直都過得很快樂吧。

Chapter 2
你不是真正的快樂

四人離開練團室後，便一同往用餐的餐廳前進，但由於今天社博剛結束的緣故，一到餐廳便可看見裏頭擠滿了絡繹不絕的人潮，想必大都是為了要慶祝今天招生順利的學生們。

「好險有訂位，不然我看應該會沒位子。」卓少徹在嘴邊低囔著，一邊請櫃台替他們帶位。

「詠婕妳跟我一起坐這吧。」對於陳若儀的邀請，何詠婕唯唯諾諾地順從坐到了她身旁的座位。

一坐下卓少徹便按捺不住他飢餓的身軀，一臉興奮地拿起菜單問他們想吃點什麼，「你們想吃什麼儘管點，不用客氣，今天這餐全都讓社費給包了！」

「這句話要說也應該是承浩說吧，他才是總務耶。」陳若儀見狀忍不住皺眉。

「好啦，你們別擔心，反正下個月的比賽如果我們贏了也有一筆不少的獎金，今天就儘管吃吧！」范承浩嘴角上揚，繼續說道，「詠婕，還有妳的那份我們也會負責。」

「可是……」對於他們的盛情款待，何詠婕心裡很是感激，卻也擔心這樣子她就得欠他們人情。

「唉唷，反正妳加入我們社團也是早晚的事啊。妳看妳剛好跟我在頂樓遇到；剛好跟若儀在之前就認識了；還剛好是承浩的直屬學妹，這世界上哪有這麼巧的事啊？」

是啊。好像真的是這樣，不知道為什麼何詠婕自從踏入這個校園之後，就接連的跟這個社團的人扯上關係，搞得自己被卓少徹這麼一說以後，都開始懷疑自己是不是真的應該如同他所說的，乾脆就加入這個社團算了。

或許事情真的會有所改變，畢竟她跟這群人才認識這麼短暫的時間，他們就待她這麼好，她實在不該這樣拒絕他們於千里之外。

但是，心裡的那股惶恐卻從未自她心底褪去，她依然害怕自己一旦陷入，就沒辦法抽出。她還是需要一點時間去調適自己的心。

「好啦，你不要勉強人家現在就下決定啦，先點餐、先點餐，你不是說你很餓嗎？」陳若儀看見何詠婕臉上的反應後頻頻緩頰。

在卓少徹拿著菜單到櫃台點餐的空檔，陳若儀要范承浩先去替自己和何詠婕拿飲料，等到確定都沒人以後，她才對著何詠婕溫柔地說：「我不知道以前的妳到底經歷了什麼，可是妳真的可以試著去相信我們，只要妳願意，我們都可以當妳的好朋友。」

斂下眼，何詠婕往陳若儀眼中閃耀著的柔和光芒注視，內心有著滿滿的感動，不禁動搖，「我會的。我知道學姊妳是個很好的好人，我也知道阿徹學長還有承浩學長他們兩個都很好，可是……」

抿著下唇，何詠婕在腦海中找尋著合適的字眼繼續說道，「可是我還是沒有辦法保證自己能夠對著你們交出全部的自己。」

「沒關係，只要妳願意不要再拒絕別人對妳的關心、對妳的好，試著去多相信這個世界的美好，這樣就夠了。」陳若儀握著何詠婕的手含笑。

「妳知道為什麼我們都這麼希望妳能夠加入我們的社團嗎？」

「為什麼？」

「因為在我們之中，有一個和妳很相像的人。」陳若儀微微闔上眼，嘴角噙著一抹笑，「他就跟過去的我還有現在的妳一樣，總是讓人看起來覺得很悲傷，又始終保護自己不讓任何人去接觸他的傷口。」

「我是在他之後踏入這個社團的，然後我走了出來，但他卻沒有……」陳若儀眼角閃爍著的是一股淡淡的哀愁，儘管臉上始終掛著笑，卻笑得讓人越加看不清楚。

「所以，我想阿徹說不定是跟我一樣，覺得要是妳入社了，兩個頻率相通的人，說不定就可以讓他早點找回往昔那個他了吧。妳不要看阿徹那個樣子，他對於很多事情其實看得比誰都還要來得透澈，有些時候他只是在裝模作樣而已，這也是他之所以可以寫出一首首好歌的原因。」

何詠婕轉了轉她的褐色眸子，內心對於這個讓陳若儀和阿徹掛心著的人的事情竟產生了一點好奇，「那學姊說的這個人是……？」

陳若儀綻開笑顏，朝著何詠婕的耳際低喃，「他已經來了。」

「抱歉，我來晚了……」

聞言，何詠婕抬起眸子，一對上聲音主人的樣貌後，她好像可以明白陳若儀剛剛那一席話的意思了。這個人的感覺真的跟自己的好像。但當然不是外表上的那一種，因為眼前的人可是個男人，何詠婕這裡的像指的是自內心發散出來的那種氣場。

這個人的笑容明明要比自己多上一點，卻可以很明顯的看出來他不過就是在強顏歡笑，而且完完全全可以看的出來，他的疲憊。

由內而外的，這個男人就像是一個殘破不堪的人偶似的，就算四肢看似完好無缺，內心卻早已是傷痕累累，這應該是因為自己跟他是一樣的，所以才可以一眼就看穿這個人吧。

在得到了這樣的結論以後，何詠婕驀地覺得他好可憐，為什麼要強迫自己笑？為什麼不把這些偽裝拆除？為什麼要讓自己看起來很堅強，可是實際上卻只是不堪一擊？

「為什麼要假裝自己很快樂？」一個不小心，何詠婕打斷了男人和其他幾人的對話，把自己心底的疑惑說了出口。

話很明顯是對著馮子恆說的，這讓他的表情顯得有些怔然，但在盯著何詠婕看了幾秒過後，他從容不迫地應答，「妳自己不也是嗎？」

何詠婕在得到這個回應過後，只能呆愣地杵在那兒一動也不動地，因為馮子恆說的話是那麼的一針見血，怎麼自己只有看見他的強顏歡笑，卻忽略了自己的？

從遇見阿徹那一刻開始，自己臉上的笑容雖然開始變多了，但有十之八九好像都不是那麼真切的存在著，因為她已經有兩年多的時間距離「快樂」這個字眼很遙遠了，明明已經有苡慈了，卻還是無法真正的快樂。

「好了啦，子恆你不要這樣。」陳若儀朝馮子恆使了個眼神，示意要他少說一點。

原來他就是學姊他們口中的那個妹妹生病臨時不能來練團的子恆啊。

何詠婕眨巴了眼，有股說不清的思緒在她的血液裡翻滾。

□

社團博覽會結束之後的隔天學校便正式的開學了，何詠婕的第一堂課被排在早上十點鐘。

關於這一點她一開始仍有些不能適應。因為在過去十八年的時間，在她的印象中上課這種事都是一大清早就要起床，匆匆忙忙地穿上一身整齊的制服，費盡一般心力擠上公車之後急忙地走到學校教室等著班長或老師的點名，遲到或是曠課都會受到不小的責罵或是懲處。

但是大學卻跟這個情況完全不一樣，沒有制服、沒有公車，沒有早自習那悶到不行的自修或是考試，也不一定會有人站在講桌板著一張臉點名。

由於鄭苡慈就讀是的和自己不同的外文系，即便她們倆共同在校外租了一間小公寓，也因為上課時間的不同，今天一大早鄭苡慈早已為了大學生最大的敵人「早八課」早早出了門，留下何詠婕一人躺在床上呼呼大睡。

早八課顧名思義就是早上八點的課，也是最讓大學生深感頭疼的一個名詞，即便和高中天天七點半就要到校的悲劇相比，早八課的設計已算是仁慈，但當你漸漸地耽溺在可以睡多晚就多晚的世界之後，你就會開始覺得早八課完全是一場人間煉獄。

這一點何詠婕和鄭苡慈在之後，都漸漸地在學期中深感覺悟。

第一堂課，何詠婕原先專注地抄寫著教授在黑板上註記的上課用書，以及一些關於成績分配的重點事項，但就在她抄到一半時，突地有個女孩走到了她身旁的空位。

「這個位子有人坐嗎？」

何詠婕對於女孩的提問，沒有抬頭只是答了簡短兩字，「沒有。」隨即認真抄寫著剩下她還沒抄到的部分。

「那個……」看見何詠婕的認真後，身旁的她原本想開口說出的話哽在喉頭有些猶豫著是否該就此打斷她。

「那同學都抄得差不多了吧，因為我們今天還沒有課本，所以老師這邊點完名之後就先下課，下次上課的時候記得要把我要你們準備的筆記本帶來。」

聽見教授的話之後，女孩滿意地喃喃自語，「還好……還好我有趕上，還沒點名。」

當教授點完名之後全班哄堂一散，何詠婕迅速地收拾東西拎起包包才剛起身，便隨即被人攔住，

「詠婕，妳等我一下啦。」

聞言，何詠婕有些訝異地別過頭，「妳怎麼會知道我的名字？」

被問話的女孩鼓著兩頰粲然一笑，「剛剛教授有說啊，妳先等我一下，我收個東西就好。」

看著她的笑容，何詠婕莫名地覺得有股暖意自她的身上蔓延到自己的，也就這樣傻傻地直盯著她，直到她又一次的喚著自己的名字，「我好了，詠婕我們走吧。」

不等何詠婕反應過來，黃淨雅朝她伸出手，「我是黃淨雅，請多指教。」一臉稚氣未脫的笑容讓何詠婕不經意地也跟著伸出了手。

黃淨雅在接觸到何詠婕冰涼的肌膚時，不禁微微地顫了一下，但隨即又掛回原本的燦笑，「肚子好餓喔，詠婕妳想吃什麼？」

「可是，我……我還有事。」何詠婕慌亂地抽出手，有些尷尬地解釋。

原本以為黃淨雅會就此離去，但沒想到她依舊笑著回應，「那我可以先陪妳去，然後我們再一起去吃飯，雖然我的肚子好餓……」她有些俏皮地撫摸著自己的肚皮。

看見她如此可愛的模樣，何詠婕也不知道該說些什麼，只是默默的讓她跟著自己，因為她看這個從頭到尾都笑臉盈盈的女孩對自己似乎也沒什麼惡意。

她也覺得自己是不該總拒絕別人對自己的關心，昨天晚上她暗自思忖著陳若儀說的話，她深深地體悟到這世界上其實還是有很多像鄭苡慈這般用真心對待自己的好人的，她好像不應該因為過去的事情就把這個世界看的這麼灰濛。

「那現在詠婕的事情辦好了，我們午餐要吃什麼？」黃淨雅開心地問。

現在才十一點半，兩人都要到下午一點才有課，所以有的是時間好好享受她們的午餐時光，但才剛吃完早餐的何詠婕實在不是很有胃口，「不知道。」

剛剛一路上黃淨雅對著何詠婕說了好多話，但何詠婕不是靜靜聽著就是點點頭而已，這讓黃淨雅都開始在懷疑自己是不是在對一根木頭說話，所以聽見何詠婕的回應後，她興奮地說：「那我們去吃義大利麵？」

黃淨雅手指著一間有著鮮黃色招牌的義式餐廳，從外觀上看來是間剛開幕不久的新店，何詠婕看了一眼後，沒多加考慮地回道，「好。」

但一走進店內，何詠婕有些吃驚，她沒有料到只是來吃個飯也會跟他遇到，而站在櫃台擦拭水杯的人似乎沒有看見她的存在，只是一臉心事重重地低頭進行自己手邊的工作。

「詠婕？妳怎麼了嗎？」

「沒、沒事。」

「那妳想吃什麼？哇，妳看，這個圖片上每一種都看起來感覺都好好吃喔。」黃淨雅像是個孩子般看著菜單上的圖片屢屢發出驚嘆。

但何詠婕卻絲毫沒將注意力集中在菜單上，只是兩眼空洞地在心底疑惑著，馮子恆為什麼會在這裡？是打工嗎？還是其實這間店是他開的？可是他妹妹不是生病嗎，他不用去醫院照顧她嗎？

「詠婕妳怎麼在發呆啊？妳不吃嗎？」

「嗯，我沒有很餓，妳吃就好。」何詠婕淺淺地笑。

「那好吧……」黃淨雅有些失落地獨自一人走到櫃台點餐。

在等餐的過程中，黃淨雅又說了很多話，像是她今天因為鬧鐘任性地忘了叫自己起床，害她差一點就趕不上剛剛的課，還有無意中透露了她也和何詠婕一樣是從南部上來北部念書的。

何詠婕就這樣聽著黃淨雅滔滔不絕地說著很多關於自己的事，但也默默佩服著黃淨雅，可以一個人對著才剛認識不久的人說著這麼多話。

她也不是沒打算融入黃淨雅的話題之中，只是她已經很久沒有好好的跟人聊天了，有點害怕自己會不小心說錯話。

「詠婕那妳呢，妳是哪裡人啊？妳現在住哪？學校宿舍嗎？」

她看著黃淨雅的熱情，心裡突然覺得奇怪，怎麼自己上了大學以後總是遇到如同黃淨雅這樣盛情對待自己的人呢？

「來，這是妳們的餐點。」馮子恆穿著白色的圍裙，端著一盤讓人極為食指大動的義大利麵上桌，「請慢用。」

何詠婕對上馮子恆雙眼的瞬間她感受到一股冷意，即使馮子恆臉上明明就掛著笑容，她卻連一丁點溫度也感受不到。

這個人的笑容真的好假，假到讓何詠婕都忍不住好奇這樣的他背後，是不是也跟自己一樣有著無法用隻字片語就解釋得清的過去。

離去前馮子恆瞥見了何詠婕空洞的雙眼，還有那一盤擺在黃淨雅桌上的義大利麵後，便踩著從容的步伐走回廚房。

「我要開動了！」一見到食物上桌後，黃淨雅滿足地拿起餐具燦爛地笑。

「嗯。」何詠婕淡然地看著她，喝了一口桌上的檸檬水。

黃淨雅粗魯地吃著麵條，嘴邊還時不時沾上了一些醬料，「詠婕妳真的不吃嗎？」

「不用，我不餓，妳吃就好。」何詠婕撇撇手回絕。

「可是真的很好吃耶，不然妳要不要吃一口看看。媽媽都說好吃的東西要跟大家分享才會更好吃。」黃淨雅一臉像孩子般天真的笑容讓坐在她對面的何詠婕好是羨慕。

她也好想要像她一樣，可以笑得這麼自然，她看著她臉上漾起的梨渦看到出神，絲毫沒有發現到她們的桌面突然多了兩塊小巧別緻的千層蛋糕。

「這請妳們吃，因為剛開幕所以店長招待的。」

聽聞馮子恆的話，何詠婕訥訥地點頭，「謝謝。」但其實心裡很是訝異馮子恆會這樣突然端上兩塊蛋糕給她們，可在看見黃淨雅臉上的笑容後，何詠婕的驚訝便了無痕跡，被她全然拋諸腦後了。

「哇，是蛋糕耶！」黃淨雅開心的表情全寫在了臉上，這讓何詠婕不禁失笑。

「嗯，等妳吃完麵之後，我們再一起開動吧。」

馮子恆看見兩人的反應後，只是默默地走離她們的座位，一邊在嘴邊嘀咕著，「都已經這麼瘦了，還不好好吃飯，真是的。」

可惜的是這些話全然沒有一字進到何詠婕耳中，當何詠婕發現到馮子恆的貼心，已經是在他們兩個的關係變得比想像中複雜的時候。

□

「我回來了。」何詠婕懶懶地癱在書桌上預習功課到一半，門口就傳來鄭苡慈的聲音。

何詠婕急忙地將手中的紙筆放下，衝出房門，「妳終於回來了。」

「沒辦法，剛開學生意比較好。」從鄭苡慈憔悴的面容可以看出她的疲憊。

鄭苡慈一跟何詠婕北上後，她就到學生餐廳面試，薪水依照政府規定的法定時薪，而且還有供餐，這讓鄭苡慈相當滿意，但她沒有料到工作起來會這麼繁重，比起她之前在飲料店整整累上數倍。

「才開學第一天，妳就把自己累成這樣……」何詠婕皺著眉，有些心疼地看著鄭苡慈，「妳趕快去洗澡吧，我記得妳明天好像還是早八吧。」

「唉，真不知道學校怎麼排課的，一個禮拜也才五天就排了四天早八給我們班。」鄭苡慈一邊抱怨，一邊走回房間拿換洗的衣物。

「今天我晚上不在家，妳都在幹嘛？」鄭苡慈對著門外的何詠婕問。

「在家念書啊。」何詠婕輕鬆的回答。

「喂，也才剛開學妳有必要這麼認真嗎？」

「不然我一個人在家也不知道要做什麼啊，哈哈。」何詠婕抓抓頭傻笑。

「怎麼沒有跟同學出去玩？妳在班上沒有認識新同學嗎？」鄭苡慈的表情有些嚴肅，「不然妳昨天晚上跟我說的那幾個學長姊呢？他們沒有約妳嗎？」

鄭苡慈說對了，今天陳若儀他們確實有邀請自己去聽他們的練習，但自己拒絕了，並不是因為她依然在逃避，而是因為她今天晚上想要多陪陪鄭苡慈，畢竟北上過後兩人相處的時光就漸漸地變得越來越短暫；但是她沒有料到鄭苡慈今天會這麼晚下班。

她同時也有答應陳若儀只要自己有空就一定會過去看他們練習，但看見鄭苡慈的反應後，她有些後悔，早知道自己應該先傳個訊息給她確定她的下班時間的，不然她就不會這樣誤會自己了。

「苡慈妳誤會了——」

「誤會什麼？」鄭苡慈冷冷地看了何詠婕一眼，但又立刻覺得自己似乎有些太過衝動，隨即斂下眼拖著一身的疲憊悠悠地說：「詠婕，妳不能總是把自己關起來，這樣子對妳、對我，還有那些試圖要對妳好的人都是一種傷害。」

「妳不能因為妳自己受傷了，就把自己變成刺蝟，讓更多人跟著妳一起受傷。」

「我知道。」何詠婕抿著唇瓣，拾起一抹淡然地哀愁，「對不起……這段日子讓妳為我擔心了，我沒事了苡慈，我保證之後我不會再這樣了，我一定會讓自己好起來，所以妳也不要再替我擔心了。」

「詠婕，」鄭苡慈伸出雙臂輕擁著何詠婕，「不管怎麼樣我都會在，就算妳又受傷了也不用害怕，我會陪妳療傷，所以妳一定要把過去那個我認識的妳找回來，好嗎？」

「嗯。」用力地點了點頭，何詠婕堅定的回應。

□

隔天一早，何詠婕和鄭苡慈兩人特地早起，打算一起到早餐店吃完早餐後再到學校上課。

但當何詠婕一進到早餐店之後，她又吃了一驚，因為馮子恆居然又在這裡出現了，她看著他俐落地將客人的餐點裝袋之後，又接過另一位客人的點餐單迅速地告知其他店員餐點的內容，臉上的笑容搭配上他冰冷的眼神，依然讓何詠婕看得心裡很是矛盾。

明明就長得不差，笑起來也很好看，為什麼眼神卻讓人看起來這麼有距離感呢？

「怎麼了？」鄭苡慈順著何詠婕的目光，發現她原來是在盯著馮子恆看，「妳該不會喜歡他吧？」

何詠婕聽聞她的話過後，仔細地盯著馮子恆的臉看了看。的確，這張俊俏的臉蛋、細長的睫毛、高挺的鼻樑再搭配上他那好看的笑容，還有少說也有一米八的身高，若換作是其他女孩，也都會禁不住想多看他幾眼吧。

但在看見他眼角隱藏的很好，卻依然一眼就被何詠婕看穿的哀傷後，何詠婕便果斷地回應，「怎麼可能。」

喜歡上這個人，一定會很辛苦。

何詠婕暗自在心裡下了這個結論，雖然她沒有把握是不是絕對正確，但這個推論是可以輕易地在自己身上得到應證的。

因為喜歡他，就好比喜歡自己是一樣的。無法交付出真心的人，是不配得到幸福，也沒辦法擁有愛情的，這樣的人會讓愛著自己的人很痛苦。

「那就好。」鄭苡慈聽見後像是鬆了一口氣。

「妳認識他嗎？」不然怎麼會說那就好。何詠婕在心裡默默的想道。

「是妳不知道他才奇怪吧。聽說他是兒福系的系草，而且僅以一票之差就當選社會學院的院草，還是學校詞創社的主唱，這間早餐店生意之所以會好，好像有一半的原因都是因為他。」鄭苡慈一邊解釋，一邊在菜單上做記，「妳還是一樣火腿蛋吐司跟冰紅茶？」

「不，我今天紅茶要熱的。」

等到鄭苡慈到櫃台點完餐之後，何詠婕又繼續問：「那妳剛剛為什麼聽見我說怎麼可能之後要說那就好？」

「那是因為啊……他有女朋友了。」

聽見鄭苡慈的回答，何詠婕有些詫異，她沒有料到馮子恆居然有女朋友了，那想必他的女朋友肯定很愛他吧……才可以接受這樣子的他，她瞥了一眼在櫃台忙著結帳的他，會心一笑。

而一旁的鄭苡慈用手托著下巴，緩慢地解釋，「而且好像交往很久了，聽說他女朋友好像是其他學校的，只是都沒人看過她的真面目，所以有很多人都懷疑他有女朋友的事情是真是假，所以學校內還是有不少人對他不死心。」

「只是呢，聽說就算有人跟他告白他都一律拒絕，而且他在班上好像還蠻孤僻的，所以讓更多學校的女生瘋狂的想融化他這座冰山。」

「那妳又怎麼知道他真的有女朋友？」何詠婕好奇地追問。

「妳說他那張臉能不有女朋友嗎？」鄭苡慈攤開手挑起眉，「而且啊，聽說他跟他女朋友好像是青梅竹馬。感情想必一定很好吧，才可以見面約會都沒人看過還能都沒分手。」

「那妳知道他為什麼要打這麼多工嗎？」

鄭苡慈雖覺得今天的何詠婕話似乎特別多，也還是耐心地回答，畢竟這對何詠婕來說是個進步，至少她願意多去說話，跟之前那個總是講沒幾句話就讓人覺得她很有距離感的何詠婕相比，她眼前的這個看上去要親切多了。

「咦，打很多工？這個我怎麼就沒聽說了，我印象中他只有在這裡跟教官室打工啊，只是因為大家不太可能跑去教官室看他，所以這裡的生意才會這麼好。」

由於鄭苡慈昨天在學生餐廳待了一整個晚上，就從一堆到學餐用餐的同學口中獲得了極為豐富的情報，所以她才能在這短短的一天時間，就知道這麼多關於馮子恆的事情。

但她的回答讓何詠婕有些困惑，「不對啊……」

「怎麼了嗎？」

「沒事。」為了避免鄭苡慈追問，何詠婕搖了搖頭，但還是想不太透，那自己昨天怎麼會跟黃淨雅在那裡遇到馮子恆呢？

「沒事的話就趕快吃吧，不然上課要來不及了。聽我直屬說我今天這堂課教授的傳統是，這學期的第一堂課一旦缺席就要重修，遲到的話學期成績就要扣十分。」

「好可怕。」何詠婕心裡一驚，暗自希望她可不要遇到這般可怕的教授才好。

兩人迅速將早餐吃完之後，便離開店內，忙碌的馮子恆望著兩人離去的背影數秒後，又隨即回到工作崗位。

「苡慈那我就先走這邊喔。」

「嗯，等等別忘了是在文館上課喔。」鄭苡慈不忘提醒。

因為十點的時候有堂通識課程兩人剛好選到了同堂課，所以能夠一起上課，這對於不同科系的兩人是難得的緣分。

「我知道啦，妳放心，等會見！」何詠婕笑著揮手，便直接轉身離開。

那個笑容看在鄭苡慈的眼裡，讓她不禁替何詠婕開心，她深深地感悟到何詠婕這次是真的打算從過去走出來了。

□

「剛剛上班的時候看你一直心不在焉的，怎麼了妹妹的病情很嚴重嗎？」

「沒有啦，翠姨妳放心，子晴她很好。」摘下圍裙，馮子恆的上衣透著濕漉漉的汗水露出他結實的身材，讓店內的女孩們各個眼睛為之一亮。

馮子恆默默地走到員休室換了件清爽的上衣後，便趕忙的要去上課，「翠姨，那我先走了。」

「等等！」翠姨攬了手，「今天是發薪日，你忘了嗎？」

馮子恆這才想起今天是星期二，搔了搔頭，「對，翠姨不說我都差點要忘了。」

「吶，這是你上禮拜的薪水，翠姨知道子晴她又住院了，能的話就少來翠姨這裡，多去看看她吧。」翠姨將薪水袋交到馮子恆的手中，語重心長的說。

「謝謝翠姨，可是我如果不來的話，店裡肯定會忙不過來的。」

「是你來了才讓翠姨忙成這樣的！」翠姨不禁拍了下馮子恆的肩，「你啊，就好心點讓翠姨不要這麼累吧。」

馮子恆聞言不禁揚起嘴角笑了笑，「好啦，翠姨不跟妳多說了，我還要去上課呢。」馮子恆拎著翠姨替他準備的早餐，對著櫃台喊道，「花花店裡就交給妳囉。」

「嗯，子恆哥再見！」女孩甩著俏麗的馬尾笑盈盈地揮手，讓一旁的男孩們都目不轉睛地盯著她嫣然的笑容。

道別過後，馮子恆快速地走到文館大樓，因為文館沒有電梯，上課的教室又在六樓，只剩下三分鐘便要上課的馮子恆有些緊張。

昨天他又到醫院照顧妹妹到深夜，一大早就到早餐店打工，導致他根本沒什麼睡到，所以原本是想要利用這堂通識課好好補個眠的，但是照這時間來看似乎是沒辦法搶到後排的座位了，「唉，看來還是只能老實點上課了。」

暗自打算過後，他便慢慢地走進教室，發現果不其然，後排的座位早已一個空位也不剩，無奈地吁了口氣，他匆匆地往教室其他的座位一看，隨意地走到了一個空位坐下。

唉，早知道就聽若儀的跟她換課，這樣他就可以叫承浩先幫自己佔位子了，他在心裡一邊懊惱著，一邊掏出手機隨意地瀏覽社群軟體。

「今天晚上要面試新生，大家不要忘記喔。」一則訊息剛好彈出，是陳若儀傳到群組裡要提醒大家的。

馮子恆和陳若儀他們的社團是學校內的詞曲創作社，因為本身就算是學校的熱門社團之一，再加上有馮子恆這個系草、以及卓少徹的創作天分、還有范承浩在校內其實也頗算風雲人物，在社博當天就已經吸引了許多新生還有其他在校同學的報名。

但由於場地、設備以及能擔任指導的人力皆有限，為此，他們舉辦了一個簡單的面試，希望能挑選出那些真正對社團有興趣想參加的人。

「好。」馮子恆簡短地在群組內回應。

「同學，因為我們這堂課有很多來自不同系級的同學，所以今天老師在這邊想先選小老師，負責傳達資訊給大家，如果有考試或作業的話，就要負責提醒各位同學要記得繳交。那因為這份工作比較繁雜，所以老師決定選出兩位小老師，這兩位同學老師會在期末的時候加學期成績總分三分。」

三分！

一聽見這個關鍵字後，馮子恆便豎起耳朵等候老師的指派。

「那在這邊先問有沒有人自願？如果自願的話，老師會再多加兩分，加的一樣是學期總成績。」

一等教授的話說完，馮子恆便立刻高舉雙手，而且坐在他身旁的女孩也同樣的舉起了手，他這才發現原來座位旁邊的人是何詠婕。

「那好，這兩位同學等等下課後留下來，留下你們的聯絡方式給老師。然後這邊傳一張傳簽單下去，同學記得除了簽名之外要留下你的臉書好讓剛剛的兩位同學通知你們事情。」

其實在馮子恆走進教室的那一刻，何詠婕就注意到他了，她沒有料到自己竟然跟馮子恆選到了同一門通識課。

「妳怎麼了？臉色怎麼看起來有點差。」鄭苡慈發現她的不對勁，關心地問。

「沒事。」何詠婕搖搖頭，她只是覺得兩人的緣分太過不可思議而已，昨天遇見他，剛剛也遇見他，現在就連通識課都選到了同一堂。

況且兩人又是那麼相似，這樣的緣分讓何詠婕不得不懷疑，或許馮子恆的出現是上天的旨意。

於是在她看見馮子恆舉起手的瞬間，她不自覺的跟著伸起了手。

「那麻煩你們在這邊留一下你們的手機號碼吧，如果有事也比較方便跟你們聯絡。」

「咦，同學妳才大一啊。」

「對。」何詠婕微微頷首。

「那如果何同學有不懂的地方，就再麻煩馮同學多幫幫她吧。」

「嗯，沒問題。」馮子恆允諾，「那教授如果沒事的話我就先離開了，我還有事，不好意思。」

「不會不會，反正也沒什麼事了，你們都趕快去吃午餐吧。」

「謝謝教授。」

「教授謝謝。」

兩人跟教授道別後，一前一後的從教室離開。

馮子恆看了一眼手錶像是有什麼急事似的，飛也似的連句道別的話也沒對何詠婕說就匆匆地離去。

「什麼事情讓他急成這樣啊？」她偏過頭心裡滿是不解。

「妳在看什麼？」剛從洗手間走出的鄭苡慈看著何詠婕注視的方向問。

「沒事。」

「那妳午餐想吃什麼？」

「不知道。」何詠婕搖搖頭。

「妳該不會又打算不吃飯了吧。」鄭苡慈皺著眉，「妳忘了妳上次在學校暈倒差點把我嚇死嗎？已經這麼瘦了，還不吃飯會出人命妳知道嗎？」

「沒有啦，我只是還沒想到要吃什麼而已。」何詠婕連忙解釋，「不然妳想吃什麼，我們可以一起去。」

「啊！對了，說到這個……妳早上不是問我說馮子恆為什麼要打這麼多工嗎？」

「嗯。」

「我今天在學校的臉書社團看到，有人說他現在除了在我們早上去的那間早餐店跟教官室打工之外，還在一間最近新開的義式餐廳上班耶，要不要去吃看看？」

鄭苡慈一臉欣喜，「我看妳早上對他似乎也還蠻有興趣的，要不要去看看？」

「好、好啊……」

何詠婕自心底開始對這個人產生好奇，明明保護色彩這麼濃厚的人，一點也不合適成為跟人群接觸的人，為什麼要加入詞創社這種需要拋頭露面的社團？又為什麼要打這麼多工？

午餐時間，學校附近的餐館擠滿了用餐的學生，尤其是馮子恆工作的這間。今天一早這個消息被放上學校臉書的學生社團後，許多大一新生都出於好奇的想瞧瞧這個所謂兒福系系草的水準何在，再加上門口的布告欄大大的寫著「本店今日正式開幕，兩人同行可享八折優惠」的字樣，更是讓排隊的人潮絡繹不絕。

「人好多，我們改吃別的吧。」何詠婕見到這般門庭若市的景象後對著鄭苡慈說。

「沒關係啦，反正我們今天也提早下課，妳不也跟我一樣三點才有課嗎？就一起等看看，說不定很快就輪到我們了。」

「那好吧。」何詠婕點點頭，站在她們前面的人群漸漸退去，但後方排隊的人龍依舊不斷接踵而來。

「您好，請問幾位？」服務生向何詠婕確認人數過後便帶著她們到座位上。

相較於昨日的門可羅雀，今天的生意果然在網路的蔓延速度之下，吸引了大批的學生，店裡面完完全全看不到任何一個空位，而且外頭候位的人數依然不少。

「那麻煩妳們選好餐點之後到櫃台結帳點餐。」

「好。」

何詠婕一邊翻閱著菜單，一邊看著在櫃台跟廚房忙進忙出的馮子恆，她不解他這樣打這麼多工到底是為了什麼？看他額角不斷汩汩滴下的汗水，她心裡的那份好奇也跟著越加膨脹。

說不定他的笑容之所以會這麼少，也跟他之所以要做這麼多份工作有關？

「詠婕我選好了。」鄭苡慈將筆遞給了何詠婕，「那妳看妳想吃什麼，我錢先給妳，我想去一趟洗手間，單子就拜託妳拿給櫃台吧。」

「嗯。」何詠婕猶豫了一會兒，便起身要結帳。

就在她轉身面向櫃台的瞬間，她發現馮子恆也正好看向她這個方向，雖然僅僅一秒，就讓何詠婕的心跳異常地變得紊亂起來。

「今天晚上妳會去嗎？」接過何詠婕的點餐單，馮子恆沒頭沒尾的開口。

「啊？」還沒搞清楚狀況的何詠婕聽完馮子恆的話後怔然在原地，臉上的表情充滿了困惑。

「招生。」馮子恆緩緩地解釋，「妳也要入社不是嗎？既然要加入就要參加面試，妳不知道嗎？」

有這回事嗎？雖然確實陳若儀他們是有不斷說服她入社的事情，但她其實仍在考慮當中，這兩天也因為鄭苡慈的不斷遊說讓她動搖了，可是她壓根就沒聽說過入社還得參加面試這件事。

因此馮子恆的話在她的心頭投下一枚不小的震撼彈。

「我不知道……」

「那妳是確定要加入了，還是還沒？」

「我……」

見何詠婕一副欲言又止的模樣，馮子恆垂下眸子淡然地說：「準備一首歌。看妳要清唱、帶自己的樂器當伴奏或直接使用伴唱帶都可以。」講完以後，他伸出手，「一百六十元。」

何詠婕不知道馮子恆為什麼要告訴自己這些，回想起他們的第一次見面是多麼的尷尬，而他們之後的見面更是連一句話都沒有說過，她總是不經意地會想在四周找尋他的身影，可他呢？對他而言，她應該不過就只是個在他們初次見面就胡亂說話的一個普通學妹而已。

為什麼要幫她？

難不成，他也覺得自己跟她其實是兩個很相像的個體嗎？

應該是吧。

不知道為什麼何詠婕自己發自心底的給了這個應該要是問號的句子，畫上了句號，若要把馮子恆想像成一個討厭自己的人，她還寧可去想像或許在自己身上那些和他或多或少相像的因子會讓他覺得自己跟他是一樣的。

同性相吸，這樣的她在他眼裡說不定其實也是一個無法忽視的存在吧？

畢竟人們總是會不免習慣去追逐跟自己相似的存在。

□

「詠婕，妳來啦。」在練團室外張貼面試順序的陳若儀一見到何詠婕，便開心的向她打起招呼。

「嗯。」在思索了一下午後，何詠婕最後還是決定來參加面試了。

對話的同時何詠婕發現到一旁站著許多生面孔，有的揹著吉他，有的則是在嘴邊哼哼唱唱，想必都是為了待會的面試在做準備。

「學姊這是……？」她刻意指著牆上的順序表問。

「這是待會兒的新社員面試順序。」

「那……我是第幾個？」

聞言，陳若儀握住何詠婕的手，「妳不用參加這個面試沒關係，在我們心裡妳已經是我們社團的成員了。」

「不。」何詠婕一口回絕，「我要參加，我不想要讓其他人覺得我是走後門進來的。」

「可是……等等……」陳若儀眨了眨眼，「妳的意思是，妳已經確定要加入我們社團了？」

見陳若儀一臉又驚又喜的模樣，何詠婕有些靦腆的笑，「嗯……對……」

「那太好啦！來，妳就坐在這裡等就好，等等就會公布正式名單了。」陳若儀拉著她到一旁的位置示意她坐下。

見狀，何詠婕連忙抽開陳若儀的手，「學姊妳是怕參加面試，會讓我進不去社團嗎？妳放心，我會讓自己達到你們的入社標準的。而且其實……我今天有遇到子恆學長……」

「哦……妳在哪裡遇到他的？」

「在他打工的餐廳。是他告訴我今天社團要面試的事情，所以我有特別準備了一首歌，想要待會表演給你們聽，所以讓我參加面試吧。」

陳若儀看見她眼中的堅持後，輕拍了下何詠婕的肩，「那好吧……先到旁邊準備一下吧，我把順序表拿進去調動一下。」

「好。」

在等待的過程中，黃淨雅傳了封短訊給她，向她說了今天晚餐吃了些什麼、一天不見有點想她之類的內容，還傳了張對鏡頭扮鬼臉的照片，何詠婕看著手機不禁發笑。她有些難以置信地覺得自己真的好幸運，可以遇見這些人。

或許那些不快樂的事情真的都已經變成了過去式了吧？

或許。

「下一位，十三號何詠婕。」陳若儀對著外頭喊道，便帶著何詠婕一起進到練團室。

一進到裏頭，何詠婕感覺自己的心跳開始快得有些不像是自己的，她努力的深吸了一口氣，緊張的感覺卻沒有因此而消逝。

「不用緊張。」卓少徹看著何詠婕的樣子燦爛地笑道。

而陳若儀臉上同樣也掛著笑，對著她做出了加油的手勢，但馮子恆卻只是板著一張臉幽幽地說：「先簡短的自我介紹後，講一下妳要表演的曲目跟表演方式，我說開始妳就可以直接開始了。」

「嗯。」何詠婕點點頭，「你們好，我是財金一A的何詠婕，今天要唱的歌是《你不是真正的快樂》，表演方式是清唱。」

聽見歌名時，馮子恆的臉明顯閃過一絲詫異，而陳若儀跟卓少徹則是在聽見何詠婕表示要清唱時感到了有些擔憂。

清唱的方式可不是人人都能做好的，音準還有旋律通通都必須仰賴演唱者本身，何詠婕是今天第一個表示要清唱的面試者。

「好，開始吧。」

輕輕閉上眼睛後，何詠婕微微吸了一口氣，緩緩地啟口——

「人群中哭著　你只想變成透明的顏色

你再也不會夢　或痛或心動了

你已經決定了　你已經決定了

這世界笑了　於是你合群的一起笑了
當生存是規則　不是你的選擇
於是你含著眼淚　飄飄盪盪　跌跌撞撞的走著

你不是真正的快樂　你的傷從不肯完全的癒合
我站在你左側　卻像隔著銀河
難道就真的　抱著遺憾　一直到老了

然後才後悔著

你不是真正的快樂　你的笑只是你穿的保護色
你決定不恨了也決定不愛了
把你的靈魂關在永遠鎖上的軀殼

你值得真正的快樂　你應該脫下你穿的保護色
為什麼失去了　還要被懲罰呢
能不能就讓　悲傷全部　結束在此刻
重新開始活著

《你不是真正的快樂》 詞／曲 五月天 阿信」

尾音一落下，陳若儀跟卓少徹兩人都瞪大了眼看著何詠婕，而馮子恆更是用著一臉極為複雜的神情望著站在前方的這個女孩。

這首歌很明顯的是唱給他的。馮子恆可以聽得出來，何詠婕她是在用自己的方式表達她對他早已看的透徹的那股明瞭。

其實這首歌唱的不僅僅符合馮子恆，甚至也是在說著何詠婕她自己，何詠婕曾經聽著這首歌哭的不能自已，因為她的心像是有一塊突然被昭然若揭的感覺。

失去的人，為什麼還要被懲罰呢？

這一直一直都是馮子恆和何詠婕兩人心裡共同的困惑。

何詠婕她是在用這首歌告訴他也告訴自己，其實他們都值得去擁有真正的快樂。

如果可以，能不能為我褪去你的那身保護色？

Chapter 3

陰天

那天晚上過後，何詠婕正式的成為了詞創社的一份子，那一首歌曲不僅僅讓陳若儀跟卓少徹留下不少餘韻，也同時帶給馮子恆不小的撼動，讓他對這個女孩產生了更多的好奇心。

雖然一開始何詠婕對馮子恆而言就只是一個普通、和自己某些地方有點像的學妹，甚至第一次的見面馮子恆還有些訝異何詠婕怎麼會不顧自己全身表露無遺的傷口，反倒先指著他問了為什麼要假裝自己很快樂。

明明，她也是在假裝快樂不是嗎？為什麼要拆穿他？既然同病相憐了，不是更應該要互相掩護嗎……

即便他不知道她心底的傷是來自於哪裡，可他有預感，那傷口疼痛的感覺絕對不亞於他的，經過了那一個晚上後，他開始有點好奇關於她心口上的那道傷疤究竟源自於何處……

可是他知道，那想必是自己碰觸不得的部分，因為揭開瘡疤之後，伴隨而來的可能不僅僅只是流血化膿而已，甚至有可能會嚴重的發炎或引發一連串任他都不敢去想像的一切。

就跟他的一樣。

只是他的那一道傷口所引發的毒素早就已經伴隨著血液蔓延至心臟，一旦碰觸，就連他自己也不敢保證能否有痊癒的機會，既然他都比誰還要害怕揭開瘡疤的那一刻，想必她肯定也是吧。

「哥，你今天不用上班嗎？」躺在病床上的馮子晴漾著笑對著有數日不見的哥哥馮子恆說。

「嗯。」馮子恆點點頭，往病床旁的折椅坐下，「吃過了嗎？」

「有，剛剛綵甯姊姊有帶吃的過來了。」

「綵甯來過了啊……」

馮子晴點了點頭，「對啊，但好像有什麼急事所以就走了，早知道哥哥你會來我就叫她要留下來了……你們是不是吵架了？感覺綵甯姊姊這幾天來的時候心情都不是很好。」

「看來妳身體已經好很多了，居然能說這麼多話。」馮子恆笑著摸了摸馮子晴的頭，跟以往那種讓人有距離感的不同，這個笑容是讓人看了不禁會想跟著發笑的那種。

「所以真的吵架了嗎……」

看著馮子晴的眼神，馮子恆連忙說道，「沒有，我們兩個沒有吵架，妳放心。」

馮子晴轉了轉她皎潔的眼珠子，「真的嗎？」

順著她的注視，馮子恆有些心虛地將目光避開，轉而從包包拿出手機，「當然是真的，我們什麼時候吵過架了？」

「也是。」馮子晴聽見答案之後，放心地笑了，「哥哥跟綵甯姊姊的感情那麼好，怎麼可能會吵架呢。」

可是馮子恆卻完全不敢回答她。

他跟游綵甯的感情好嗎？他不知道……即便他們兩個已經交往這麼久了，他卻不敢肯定自己是出自真心的喜歡游綵甯。

他，從來沒有對游綵甯說過愛，甚至是喜歡這個字眼，更別提那些情侶之間有的親密舉動。往往他們都只有在馮子晴面前才會虛偽地假裝一下，但也不就僅止於牽牽手，偶爾擁抱罷了。

而上個星期，他確實和游綵甯吵架了。

因為游綵甯突然向他索吻，而他……拒絕了。

這對於一對已經交往將近六年的情侶來說一點也不正常……雖然馮子恆相當的清楚這一點，在那個當下他知道自己這個名為游氏集團千金的男朋友是不應該這樣拒絕自己的女朋友的，可是他更清楚，他不可以接受。

因為他們之間根本從來就沒有存在過愛情。

「子恆……」游綵甯被馮子恆推開後一臉失落的看著他。

「……」而馮子恆卻只是低著頭不發一語。

「你還是對我一點感覺都沒有嗎？」她的眼角泛著一絲淚光，明明知道答案，卻仍舊不願去面對的人總是最傻的。

馮子恆面對她的問題沒有給予答案，只是看著醫院的大門輕聲地說：「我們一起進去看子晴吧。」

「為什麼？」游綵甯再也忍不住了，這五年多來的付出卻依然得不到一絲回報的她，已經沒辦法再堅持下去了，她失控的淚水潸然落下，「為什麼……」

「為什麼我都已經把你留在身邊這麼久了，你還是沒辦法喜歡我……為什麼？馮子恆！我為了你付出這麼多，難道你真的一點感覺都沒有嗎？為什麼你對我的態度始終跟外面那些女孩子一樣？那身為你女朋友的我到底算什麼……我……我……嗚嗚嗚……」

止不住的抽泣聲在空氣中蔓延開來，馮子恆即便心裡頭感到有些不捨，卻仍舊只是淡淡地說：「綵甯，我們進去看子晴好嗎？」

「子晴？」游綵甯伴隨著汩汩流出的淚水，眼珠子冒著血絲看著馮子恆，「難道我們之間唯一的連結就只有她嗎？是不是要是今天沒有了子晴，我們……我們根本就不會在一起？」

「綵甯，妳不要說這種話好不好。」馮子恆有些無奈地看著她。

她知道，馮子晴是他在這世上僅存的親人；她知道，馮子晴是支撐著馮子恆繼續苟延殘喘過著每一天的唯一動力

所以他不允許這樣的假設存在，她已經踩到了他的底線了，以往她只要想到了這點，她就不會再繼續說下去了。

甚至，馮子恆也從來不會允許她說出這樣的話，要不是今天她這般的失控，想必馮子恆早就已經生氣了吧？

可是這次不一樣，她已經沒有辦法這樣掛著女朋友的身分待在馮子恆的身旁，卻像是個跟他一點關係也沒有的陌生人一樣。

「如果今天沒有了子晴，你……還會跟我交往嗎？」

馮子恆沒有給予她任何的答覆，只是任憑著游綵甯隻身一人默默地待在原地望著他逐步消逝的背影抽泣，一顆顆從她雙頰滑落的淚珠化作無聲的悲鳴，讓夜色顯得更加的令人惆悵。

一旦說開了，不論是對游綵甯或者馮子恆而言，都只會造成傷害，那就這樣吧，馮子恆知道自己是給不起游綵甯答案的，因為他的身分，從來都不是可以匹配得起她的。

自從那一天起，兩個原本就鮮少說話的人，更加的減少了見面和閒聊的次數，而不知道是天意，又或者是游綵甯刻意避著馮子恆，來探視馮子晴的時間上兩人都湊巧地沒有見到面。

這是冷戰。

從來沒有吵過架的兩人，這次是真的吵架了，而且還是用這種誰也不跟誰說話的方式。

不，正確的來說，或許不願意說話的人應該只有游綵甯，馮子恆只是對於游綵甯的問題不願意回答而已。

「好像要下雨了。」馮子晴的話讓馮子恆的思緒抽回到現實。

他呆愣地望著窗外那片灰暗的天空，看著看著不由自主的伸出手將窗簾給拉了起來，「哥要走了……妳如果有事就打給我吧。」

「咦，哥不是不用上班嗎？怎麼這麼早就要走了……」馮子晴有些失落地拉拉他的衣袖，試圖想要挽留他。

他笑了笑輕輕把她的手掰開，「社團明天下午有個簡單的迎新活動，我今天要先過去開會，所以不能陪妳，但是我保證我晚上會過來陪妳，再帶妳喜歡吃的來看妳，好嗎？」

「那好吧，可是天空……」馮子晴一邊說一邊從窗簾的一角看了出去，表情有些擔憂，「這樣哥還要騎車嗎……？」

「妳放心。」他輕拍了下她的手，「我會坐車回學校。」

「嗯！那就好。」她收拾起擔心，揚起一抹淺笑，「那我們晚上見！」

「晚上見！」馮子恆笑著揮了揮手後便走出病房。

而站在走廊外角落的游綵甯望著他離去的身影一面苦笑，「這樣子愛你到底是對還是錯？」

□

「詠婕妳看！就是那一間，我們去吃吧！」

星期六的一大早，黃淨雅就打了電話約何詠婕出門，說是發現了一間很棒的餐廳，想要約她一起去吃，而鄭苡慈則是出門打工了，所以何詠婕想了想也沒什麼事便答應了她。

「Pizza？」她看著招牌問。

而且……這店名怎麼覺得好像有點熟悉？

「對啊！看起來很好吃對不對？」黃淨雅開心地對著何詠婕說，按捺不住天生吃性的的她二話不說拉著她的手便往店內衝去。

「咦！這不是詠婕嗎？」一走進店內，鄭苡慈便連忙放下手中的抹布對著何詠婕喊道。

「苡慈！」難怪剛剛覺得這個店名有些似曾相識，原來這正是鄭苡慈假日打工的餐廳。

「妳怎麼會突然跑來啊？」鄭苡慈一身黑色的制服、紮著整齊的馬尾，搭配上清新甜美的笑容，讓一旁要走到櫃台點餐的男客人都不禁停下腳步看了幾眼。

「是我朋友找我來的。」

「朋友？」

「嗨，妳好。」黃淨雅揮揮手露出一口整齊的牙齒燦笑。

「妳好，我是詠婕高中時的好姊妹，我叫鄭苡慈。」

「我是黃淨雅，是詠婕現在的同班同學。」

「太好了……」鄭苡慈看著黃淨雅，不禁低喃。

「什麼……？」黃淨雅沒有聽清楚鄭苡慈的話，面露疑惑。

「沒事。」鄭苡慈撇撇頭，「妳們要吃什麼儘管點，今天我請客！」

「耶！」黃淨雅一聽便開心地舉手歡呼，臉上洋溢的笑容讓人看了也不禁跟著會心一笑。

「這樣不好吧，苡慈這是妳打工賺的錢，妳應該要自己留著。」何詠婕連忙阻止。

「這怎麼可以。」她伸出手，輕輕握著何詠婕的手說：「妳好不容易願意敞開妳的心房，甚至還交到了朋友，我很替妳開心，所以今天就讓我請妳跟她這一次，好嗎？」

「可是……」望著鄭苡慈透澈又堅定不移的目光，何詠婕有些妥協，「那好吧……」

「很高興認識妳，淨雅，以後詠婕就麻煩妳多多照顧囉。」鄭苡慈朝黃淨雅眨了眨眼，淺淺地笑著。

「沒問題！」黃淨雅舉起手比了個六，「不然我們來打勾勾。」

「好啊。」鄭苡慈一聽，也跟著伸出手，兩人象徵性地做了約定。

「店長要來了，不多說了，我先去忙喔。」

揮手道別後，鄭苡慈揚著一抹笑繼續擦拭著玻璃，對她而言，看著何詠婕願意試著去看看這個世界的美好，她內心的喜悅是不可言喻的，一直以來她所認識的何詠婕明明就不該是那麼的鬱鬱寡歡，而是應該要發自內心真誠的笑，不為什麼，只因為開心而笑。

她還一直煩惱著自己這麼忙，要是何詠婕還是不願意去交朋友，這樣她會不會過著比高中還要更加行屍走肉的生活。所以，她能夠交到黃淨雅這個朋友，也算是彌補了她不能在假日或閒暇時刻陪伴何詠婕的遺憾。

希望黃淨雅能夠讓何詠婕徹底地從那痛苦的深淵中走出。

希望。

吃飯的過程中，黃淨雅仍舊開心地跟何詠婕分享了很多事情，只是這一次何詠婕不再只有聆聽，她也漸漸地試著跟黃淨雅說了一些關於自己的事，雖然她依然害怕自己會說錯話，但是從黃淨雅臉上的反應看來，她的擔心顯得很多餘。

當兩人聊得正愉快，驀地陽光被烏雲給遮蔽，從玻璃望去，天空陰暗地像是隨時都會降下大雨。

「天空突然變得好暗喔。」黃淨雅一邊喝著飲料一邊說。

何詠婕望著昏暗的天色，內心有股不安的情緒在翻攪，「怎麼辦，我們要不要早點回去？我沒有帶傘。」

「要回去了嗎？」

「嗯。」何詠婕點點頭一邊收拾著東西。

「那……」黃淨雅猶豫了一下，吞了口口水後小心地開口問道，「詠婕的Pizza不吃了嗎？」

「喔，對啊，我吃不下了。」搖了搖頭，她無奈地露出一絲苦笑。

「那可以給我嗎？」一聽見答案後黃淨雅興奮地眨了眨眼。

「當然可以啊。」

然後就在聽見答案不到五分鐘後，黃淨雅就瞬間吃掉了剩下的那兩片Pizza，臉上滿足的表情讓何詠婕看了忍不住笑出聲來，「呵呵，好吃嗎？」

「嗯！很好吃。」

經過這幾天的相處，她漸漸地對黃淨雅這個人了解的越加多，她發現黃淨雅只要一遇到「吃」這件事就會特別沒有免疫力，而且她的心思很單純，有顆像孩子般純淨的心，要不是何詠婕很確定她是自己的同班同學，如果在路上看到像她這樣的人，應該很容易誤認成國中生吧，畢竟黃淨雅那稚氣未脫的臉蛋，還有那才一百五十幾公分的身高，以及在她身上尚未完全褪去的童貞，真的很難讓人相信她是一個大學生。

而且她跳脫框架的說話方式，也真的很不像是一個大學生。一剛開始，何詠婕對於黃淨雅有時突如其來說出的話都會感到有些困窘，但慢慢的她發現到這就是黃淨雅這個人獨特的地方。認識了之後，就會忍不住的覺得這樣的她其實蠻可愛的。

看著黃淨雅伸出舌頭舔著唇瓣的樣子，何詠婕的嘴角不禁跟著上揚，原本因為陰天而感到沉重的心情全都一掃而空。

最後天空還是緩緩地飄下了綿綿細雨，提早回到家中的何詠婕看著窗外落下的雨絲，眼神有些閃爍，從玻璃窗折射出的她看似有些沉重，也許是自己也感覺到了，她最後選擇將窗簾拉上，蜷曲著身子將自己用棉被團團裹著。

□

「我還以為你不會來了。」陳若儀見到馮子恆的時候有些詫異。

「明天不是要迎新嗎？我怎麼可以缺席。」馮子恆甩了甩髮梢上的水珠，跟著陳若儀一同進到社團辦公室內。

「咦，子恆你來啦。」一聽見門被打開的聲響，卓少徹便停下手邊的工作，抬起頭來向馮子恆打招呼，但同樣的他也對於馮子恆的出席有些驚訝。

「你們今天是多不想見到我啊。」看見他們的反應，他忍不住自嘲。

「因為天……」陳若儀才要開口便立刻被范承浩用眼神阻擋。

「不要說。」那是范承浩透過眼神給陳若儀的警告。

因為只要說了，馮子恆說不定就真的不會繼續待在這了。

「天什麼？」

「沒事。」陳若儀緊張地搖搖頭，「我們趕快開會吧。」

「嗯，還有很多事情要討論，我們還是先趕快談正事吧。」范承浩連忙跳出來幫腔。

「好。」見狀馮子恆也不再多說什麼，順從他們的話，開始進行明天活動的流程討論。

雖然今年入社的社員數多達近三十人，但其實明天能來的人也不過就只有十多人，活動規模不算大，加上今年留在社團願意幫忙的人夠多，所以其實需要準備的部分平均分攤下來也沒到很多，所以他們簡單分配了工作事項，又粗略地跑過一次流程後，就決定散會了。

「那明天活動的開始時間是下午一點在文館的302教室，幹部的部分就要麻煩大家提前在十一點的時候就先到場準備。那因為這次新社員很多都是新生，我怕他們不清楚文館的位置，若儀妳今天晚上打電話提醒他們時間的時候，也順便幫我確定一下他們知不知道教室的位置。」

「好。」

「那今天就先這樣吧。」身為這次活動總召的范承浩放下手中的檔案夾宣布。

「耶！終於結束了。」卓少徹一聽見便開心地舉起手歡呼。

「你啊，今天到底是來開會還是來看我們開會的啊，從頭到尾都在恍神。」陳若儀擰著眉問。

「唉唷，我的職位是教學長，我根本就不擅長這些啊，我的實力要保留到明天發揮。」他自信地揚起下巴粲然一笑。

「那我們都很期待你的表現喔。」范承浩挽起陳若儀的手拍了拍卓少徹的肩，又跟馮子恆和其他社員們揮了揮手，「那我跟若儀先走，我等等系會那邊還有事情要處理，掰。」

「掰掰。」

「嗯，再見。」

在范承浩跟陳若儀走後，其他人也都紛紛地從社辦離開，最後留下的只剩卓少徹跟馮子恆兩人。

卓少徹收拾完東西後看著坐在角落發呆的馮子恆，「在想什麼？」

他的話讓馮子恆陡然一驚，整個人像是受到了劇烈的驚嚇似的抽動了一下。

「幹嘛？我有這麼嚇人嗎？」

「沒事。」馮子恆撇撇頭，「只是想事情想的太專心而已。」

「那……你在想什麼……？」卓少徹坐到了他身旁的座位問。

這是他第一次跟馮子恆獨處，因為他一直都對於在馮子恆身上產生的那種距離感感到有些憂心，他雖然平常話是很多，但是要是遇到了像馮子恆這樣情緒反應很少，說的話更少的人，他的聒噪模式就完全沒轍了。

跟馮子恆講話的他顯得比平常還要謹慎許多，因為他們兩個即便在社團也相處兩年多了，他卻還是對於馮子恆這個人了解的甚少。

他只知道馮子恆似乎是個祕密很多，曾經受到很重的傷害的人。

即使他曾經出於好奇的問過陳若儀，陳若儀也沒向他透露些什麼，他不知道究竟實情是像陳若儀說的馮子恆什麼也不願意跟她說，還是其實是陳若儀想要替馮子恆守住這些祕密。

「雨停了。」這句話馮子恆沒有看著卓少徹說，反倒是雙眼含著一絲微弱的光芒張望著窗外的彩虹低喃。

卓少徹聽見他的話後，也跟著看向窗外，「哇，是彩虹耶！」

「嗯，是彩虹。」聽著卓少徹口中的雀躍，馮子恆依舊維持一貫的冷靜，淡然地說。

但在說完話的當下他便立刻把窗簾給拉上了，這讓卓少徹有些不解，「好不容易出現彩虹，你怎麼把窗簾拉上了？」

「難道你……不喜歡彩虹嗎……？」卓少徹看著正在收著東西的馮子恆悠悠地問。

但馮子恆像是沒聽見似的，沒得到答案的卓少徹選擇繼續開口，「我只聽說你討厭陰天，原來其實你是因為討厭看到下雨過後出現的彩虹嗎……？」

「我要回去了，明天見。」

「啊？」

「掰掰。」馮子恆臉上掛著一抹依舊帶著距離的笑，匆匆地向卓少徹揮過手後便轉身離去。

「再、再見。」而卓少徹因為還來不及反應，所以只能看著漸漸被闔上的門無奈地對著空氣說出道別的話語。

馮子恆一走出門後對於那道依然掛在天上閃耀著璀璨光芒的彩虹彷彿視若無睹，筆直地往公車站的方向走去。

彩虹對他而言從來都無法和喜歡這個字眼套上關係，因為那正是讓他午夜夢迴都會不禁驚醒過來的夢魘。

他討厭陰天、討厭雨天，更討厭下雨過後出現在天空中的那道彩虹，什麼雨過天晴，對他而言其實不過就只是用來安慰人的。

從來沒有人告訴過他，要是雨一直都沒有停要怎麼做，所以他只能任憑那場在他心底從未停過的雨持續下著。

因為他比誰都明白，屬於他的彩虹永遠都不會出現了。

他只能死守在這場雨中，期待救贖。

□

「又下雨了……」一大早何詠婕就被窗外的暴雨吵醒，她盯著窗外無情地大雨臉色有些難看，怔怔地看了幾秒後，她選擇將被褥掀開走了下床。

「咦，今天怎麼這麼早？不多睡一點嗎？」今天鄭苡慈依然要出門打工，所以很早就起來準備，正坐在客廳吃著早餐的她看見何詠婕的身影不禁問。

「雨太大，我睡不著。」她撥了撥凌亂的頭髮，走到鄭苡慈身旁的空位坐下。

聞言，鄭苡慈放下手中的熱咖啡擔心地問道，「又想起之前的事了嗎？」

「不是。」何詠婕搖搖頭，眼神中卻有些心虛。

鄭苡慈很明顯的看出來她在說謊，但卻也不忍拆穿，「那就好，過去的事都過去了，就不要去想了吧，那件事真的不是妳的錯，知道嗎？」

「我知道。」何詠婕瞇著眼淡然地笑著，「我真的已經沒事了，妳放心。」

「妳這個人之所以總是讓人擔心的原因就是妳從來不告訴別人妳的事，妳總是太過壓抑的把所有情緒藏進自己的心裡。而且妳啊，在說謊的時候，都會讓人不忍心拆穿妳，因為妳的表情真的讓人很容易為妳心疼。」

原來鄭苡慈有發現到自己說了謊啊……

見狀，何詠婕有些歉疚地開口，「對不起……」

「不用道歉。」鄭苡慈輕撫著她的手，「這不是妳的錯，還有那件事也不是妳的錯。保護自己是對的，但是有時候太過壓抑真的很不好，妳啊還是要適度的抒發自己的心情，知道嗎？」

「嗯。」她點點頭，「我會的。」

「那我先出門上班了，為了懲罰妳剛剛對我說謊，這個杯子就麻煩妳幫我洗囉。」她朝何詠婕眨了眨眼便出了門。

在鄭苡慈出門後何詠婕先是發呆了一會兒，才起身替自己烤了兩片吐司，又泡了杯麥片後靜靜地坐在沙發上。

小時候的她其實很喜歡下雨的，因為她很喜歡在雨中奔跑的感覺，那一種沁涼的感覺對於一個小孩而言是很愉悅的，所以她總是很樂在其中。

雖然每當她那樣做後總是換來爸媽的責罵，她還是很愛在雨天偷跑出去，或者在陰天的時候期盼著下雨，只是當漸漸的長大過後，她就再也不能像小時候的自己那樣肆無忌憚的跑去淋雨了。

甚至……現在的她看到雨，還會有一絲害怕，因為那是她和他之間的羈絆產生斷裂的開始，也是她之所以會變得這樣傷痕累累的根源。

那一場雨，下得太不是時候了。

所以現在的她，只要一看到烏雲密布的天空，就會顯得比平常的她還要惶恐，她害怕下雨，更討厭雨水淋在自己身上的感覺，因為那會讓她想起自己有多麼的無能為力……

所以一旦遇上雨天或者是看似就快要下起雨來的陰天，她只要能不出門就不出門，只為了讓自己別又一次的被回憶纏身。

就這樣何詠婕縮在沙發上發愣了不知道多久，一直到手機發出震動聲她才回過神來。

「已經十一點多了啊……」她先是看了時間後又看了看來電者，便直接接了起來，「喂，若儀學姊怎麼了嗎？」

「呼，妳終於接了，昨天打妳電話都打不通，我還以為妳留給我的該不會是假號碼呢。我是要提醒妳今天下午要記得來參加社團的迎新活動。」

「嗯，我還記得。」

「地點在文學館的302教室，妳知道位置嗎？」

「我知道，是在社會學院旁邊的那棟對嗎？」

「嗯，那我們晚點見，掰掰。」陳若儀的語調顯得有些急，想必是還有其他事情要處理吧。

「等一下！」

「怎麼了嗎？」陳若儀一邊說著周遭跟著傳來陣陣優雅樂聲。

「我……」何詠婕的話到了嘴邊，卻不知道怎麼就是說不出口。

「詠婕，我這邊現在有點忙，方便晚點我們見面妳再告訴我嗎？」陳若儀有些急促的說。

「嗯、嗯，好。」

「那晚點見，掰掰。」

「掰掰。」

「唉。」結束通話後，她無奈地嘆了口氣後將手機放回桌上。

原本她是打算跟陳若儀說今天她想要缺席一次，可話才要說出口她就沒有勇氣繼續說下去。明明就只是要請假而已啊，自己是在膽小什麼？

或許，是她出自內心的不希望自己再這樣逃避下去吧，她知道自己不應該每每遇到雨天就把自己鎖在家裡哪也不去，這裡是台北，一年四季都會下雨的那個台北，她怎麼可能真的就這樣關在家裡一直不出門呢？

雖然正視問題不一定真的能解決問題，但逃避永遠都不可能解決問題。

她看著窗外漸漸趨緩的雨勢，內心暗自盼望著雨能盡快停，將手中的吐司跟麥片解決了以後，她決定回到床上稍稍補個眠，說不定這一覺醒來之後，雨就也跟著停了。

而陳若儀在跟何詠婕結束通話後便急忙地跑去找范承浩。

「什麼，你說子恆他還沒來嗎？」范承浩眉頭深鎖詢問著陳若儀。

「對。我剛剛一直打給他他都沒接，我們明明說好了十一點就要過來準備的，現在都快十二點了還是沒看到他的人。」陳若儀憂心忡忡地緊緊揪著范承浩的衣袖，「怎麼辦？他今天是第二隊的隊輔……他不會這樣無故缺席的啊，他會不會是發生什麼危險了？」

「別擔心。」范承浩緊握著她的手安撫道，「現在外面還在下雨……說不定他只是因為這個原因又有些心情不好才沒出門，也不敢接妳的電話，又或者是因為他妹妹又有什麼狀況需要他去處理，他一定沒事的。」

「隊輔的部分我會請小明暫時想辦法頂替，妳不用擔心。」

「好。」陳若儀回握著他的手點點頭，「那我會再試著打給他看看，剩下的就拜託你了。」

「嗯」范承浩允諾，「還有一個鐘頭，我相信他一定會來的。」

□

「哥。」躺在病床上的馮子晴有些虛弱地喚著馮子恆。

「怎麼了？又覺得痛了嗎？」

「不是，你不去那個活動了嗎？」

「先不要說這個，妳先好好休息。」馮子恆一邊說一邊將她的棉被整理好。

「對不起……」馮子晴有些歉疚地看著他，「都是我，害你又為了我留下來。」

「答應我，下次不准再忘記吃藥了，知道嗎？」

「嗯……哥……我一個人真的沒有關係，我現在也已經好多了，你就還是去吧，你的朋友他們應該在等你吧。」

馮子晴將視線看向馮子恆擺在桌邊的手機，「他們已經打了好多通電話給你，你就還是去吧。」

「你還記得以前學校放暑假的時候我最討厭什麼天氣嗎？」

「當然。」聞言，馮子晴斂下眼，「你最討厭晴天。因為那代表著你必須跟我一樣被關在家裡不能出去。」

「但是現在的我最討厭的卻是現在的天氣。」馮子恆望著窗外陰暗的天色，表情很是複雜。

「對不起……」馮子晴的淚珠突地落下，咽嗚地哭泣著。

「傻孩子，哥又沒有怪妳。」他拍了拍她的頭安撫。

更何況要說有錯的人也應該是我才對……

他沒有將這句話說出口，只是悄悄地將這份愧疚繼續放回心底，對他而言今天這一切之所以會變成現在這樣，其實都是過去的自己太過於不懂事所產生的結果。

但即使他後悔了又能怎麼樣，日子終究還是得過，他依然得背負著照顧馮子晴的使命，繼續虛無縹緲地過生活。

窗外的雨依然下著，天空蔓延的灰未曾褪去，馮子恆依然選擇將窗簾拉上忽視著外面的景色。

「哥。」馮子晴對著馮子恆起身拉著窗簾的背影說。

「嗯？」

「你的朋友他們又打來了。」她望著手機螢幕上的光點說：「我真的沒事了，你就還是去吧，不要讓他們擔心你。」

聞言，馮子恆拿起了手機迅速地在螢幕上輸入了一串文字到詞創社的聊天群組內，然後便直接將手機關機。

「今天哥哥哪裡也不去了，妳就先聽我的好好休息，好嗎？」

□

「今天很高興見到這麼多新成員的加入，今天為了讓大家更加了解詞創社，我們特地準備了幾個簡單的小活動想要讓大家參與。」

范承浩一邊說著，一邊指著站在他身旁的卓少徹手中的箱子，「稍後呢我們會先請大家到這邊抽籤，籤上面的人就是今天帶領你參加這些小活動的人，而這些人都是我們精挑細選過的，他們都會是你們未來在詞創社重要的夥伴。」

范承浩說完後將視線看向坐在台下的何詠婕，給了她一個安心的笑容。

最後，何詠婕還是出了門，雖然她是費了好大的力氣才說服自己出門的，畢竟如果真的用「下雨」這個理由請假的話，任誰聽起來都會很像是公主病的人吧？

而且事情都已經過去了，她也是該讓那個每到雨天就只懂得畏畏縮縮的自己勇敢一點了。

也是該，正式的向你道別了吧。

何詠婕看著窗外仍未停歇的雨，她不再選擇忽視，而是勇敢的走進那場雨中。

「那現在就麻煩大家先過來抽籤吧。」

抽籤的過程中，詞創社的舊社員和幹部們隨著新生抽出的籤給予各式不同的反應，有的讚嘆、有的大聲嚷嚷著保重，讓大夥兒都感受到這個社團熱情的渲染力。

何詠婕排在隊伍的最末端，隨著人龍的漸漸消逝，她竟開始感到有些緊張，終於輪到她了。

「嗨，好久不見。」范承浩噙著笑，朝何詠婕眨了眨眼。

「嗯，學長好。」她點點頭，可見她還沒忘記眼前的男人是自己的直屬學長。

「抽一個吧。」他指著籤箱。

何詠婕順著指示將籤從箱子內抽出，拆開一看後她怔怔地看著那張籤，而後將籤揉進手心內，轉身看著整間教室試圖尋找著籤上那人的身影。

沒有。

沒有。

他沒有來。

「學妹……那個……」范承浩的話讓何詠婕終於是回過了神。

「嗯？」

「方便讓我看一下妳的籤嗎？」他指了指她手中露出一角的紙張。

「喔！抱歉。」她連忙躬身，將籤遞給了范承浩，一邊低喃，「他好像沒有來……」

范承浩接過後看了上頭的名字後，馬上明白了何詠婕剛剛的舉動，「今天子恆他臨時有點事，所以沒來。妳介意讓我暫時當妳今天的夥伴嗎？」

「子恆學長他……他為什麼沒來？學長你知道嗎？」不知怎的，何詠婕她突然很想要知道答案。

「這個嘛……」范承浩不知道該如何跟何詠婕解釋。

「是不是因為他妹妹又住院了？」

范承浩思忖了一會兒，還是決定把答案告訴何詠婕，「因為下雨了。」

「而子恆他討厭看見這樣灰濛的天空。」

如果可以，我多麼希望這個世界上永遠都不要有陰天。

Chapter 4

刺蝟

「這給妳。」范承浩遞了杯熱可可給何詠婕，一邊用眼神看向靠窗的雙人座位，「我們坐那吧。」

「嗯。」何詠婕接過後點點頭便坐到了右側的位子。

「之前知道我的直屬學妹是妳之後就一直很想約妳出來，但是社團的事情實在是太多了，所以就一直拖到了現在，真抱歉。」坐下後的范承浩有些歉疚地搔搔頭。

「沒關係。」畢竟其實一開始也是何詠婕自己先躲著他的。

「學校的事情有什麼需要我這個直屬學長幫忙的嗎？」

「嗯……」何詠婕轉了轉眼珠子，想了一會兒回道，「目前的話應該還沒有。」

「不過……學長今天約我出來，應該不是只為了這個吧？」

那天詞創社的活動，身為學長以及原本應該要是何詠婕隊輔的馮子恆卻始終沒有出現，想必今天范承浩特地約了自己出來應該是有些話想對自己說。

而且上週在那間學校附近的義式餐廳是何詠婕最後一次見到馮子恆，或許馮子恆的消失是有原因的。

「嗯。」范承浩毫不避諱地頷首，「我找妳來最主要的目的是想跟妳說說關於子恆的事情。」

「為什麼是對我說？」

「因為……我跟若儀都認為妳是那個最能夠了解，甚至走進他的心裡的人。」他抿抿唇，嘴角勾著一抹笑。

「我嗎？為什麼？」何詠婕有些不解。

「就好比只有被熱水燙過的人才可以理解燙傷的感覺有多痛一樣。若儀她即便也曾經如同子恆一樣受過傷，但是我們都太了解子恆了，他對我們早就已經形成一個固定的防護網，沒有人能夠走得進去。」

「而妳。」范承浩頓了頓，望著何詠婕明亮的瞳仁，「對他而言就是一個出現在他生命裏頭的新人物，而且因為你們兩個彼此的相同處，或許這讓你們更加的了解彼此。」

「我有聽了妳那天在面試時唱的那首歌。」

范承浩的話讓何詠婕的心頭一震，「可是那天──」

不等何詠婕的話說完，范承浩便先一步解釋，「我有請若儀把面試當天的表演通通錄了起來。」

「那首歌，很好聽。」范承浩拾起眸子，「很讓我驚豔呢，不僅僅是情感，還有妳所想要投射進那首歌的意念。」

聽聞後，何詠婕有些羞澀地脹紅了雙頰，「謝謝。」

「我們都覺得說不定妳就是那個能夠讓子恆重拾笑容的人。妳不知道吧？我跟他其實是國小同學，雖然是很久以前的事了，但是在我的記憶中，小時候的他總是那個可以輕易帶給大家歡笑的人。」

「但是小學畢業後，好不容易我們重新遇見了彼此，他卻不再是我記憶裡那個溫暖的人了，他變得冰冷、拒人於千里之外，他變得習慣用笑容築起他的堡壘，不讓人輕易靠近。就像是變了一個人似的。」他的眉緊緊地揪成一團，眼中透著混濁的光芒靜靜說著。

「難道……子恆學長他就從來沒有跟誰說過他到底發生了什麼事嗎？畢竟小學畢業到大學少說也過了六年，他應該是發生了什麼事才會轉變成另外一個人吧……」說著說著，她不禁想起了自己。

記憶裏頭，她也是個總能輕易把笑容掛在嘴邊的人，她擁有一群和自己交心的好朋友，甚至……一個很愛她、珍惜她的人。她曾經覺得自己是全世界最幸福的人。

可是，一切都不一樣了，從天堂跌到地獄的滋味，讓何詠婕深刻體悟到了樂極生悲的道理。

「那妳呢？」范承浩抬首，輕瞥了何詠婕一眼，淡然地問，「妳又是發生了什麼才會讓妳變成現在這個樣子？」

范承浩的話讓何詠婕不禁繃緊了神經，她暗暗地深吸了一口氣平復紊亂的呼吸後才緩緩啟口，扭捏地強迫自己笑著，「這應該不是我們今天要聊的重點吧。」

「那好吧。」發現到何詠婕的緊張後，他攤攤手淺淺地笑著。

「要說知道子恆發生什麼事的人其實也不是沒有。但我想唯一知道的應該就只有綵甯了吧，可是礙於她跟我們不同學校，子恆又很少帶她出現，我們都跟她沒什麼聯絡，對彼此也不太熟悉，所以也無法從她那邊得到些什麼。就算見面，她也總是把子恆不願意透露給我們的事情保護的很好。」

說著說著他的眼光漸漸變得黯淡了起來，「或許是子恆交代她不能告訴其他人的吧……畢竟子恆都已經守著這個祕密這麼多年了，他或許是真的不想讓其他人知道。有些時候我都會想，這樣強逼著他走出來，甚至說出他的事情到底是對是錯……」

「我也不知道。」何詠婕苦笑著，畢竟她懂馮子恆的心情。

有些事情不願意開口往往是因為真相過於殘忍，而讓當事者不禁想要保護自己，或者是保護其他人，畢竟知道了以後，誰能保證有多少人願意站在自己這裡？所以默默隱忍這股痛，雖然看似愚笨，卻也是唯一能保護自己的方式。

何況當真相以訛傳訛漸漸地被扭曲了以後，就只會讓結果變得像當初的自己，最後被眾人所唾棄一般，成為眾矢之的。

要換作是她，她可能也會暗自希望這些過去永遠也不要為人所知吧。

看著自己在乎的一切從眼前消失的感覺，真的很痛，真的很痛。

「好了，不要再說這些了。」范承浩拍了拍何詠婕的頭，「不管怎麼樣，今天最主要的目的是希望詠婕妳願意試著打開子恆的心房。聽若儀說那天妳之所以會知道要面試，是子恆告訴妳的？」

何詠婕點點頭，「對，剛好在他打工的地方碰上了，然後他就告訴了我這件事。」

「他很少會這樣去跟一個認識不久的人攀談。不……正確的來說，他很少會主動跟人說話，這表示在子恆的心中，妳應該不只是一個普通的學妹。」望著何詠婕臉上複雜的表情，范承浩解釋道，「所以，或許妳的出現就是那個可以打開他心上的結的那個人。」

「我嗎……」何詠婕雙手握著桌上的熱可可，陷入沉思。

她已經不敢再次的去成為對誰而言重要的角色，對她而言還能夠這樣偶爾找回一些開心的感覺，已經是很渺小的幸福了。

畢竟，太多的幸福只會讓她害怕自己得必須又一次的失去所有。

□

「詠婕剛剛去了哪裡？」

剛剛的午餐何詠婕因為跟范承浩有約，所以黃淨雅就說她要跟朋友吃，兩人便相約在教室見面。

轉眼間已經將近有一個禮拜的時間過去了，明天的課堂上何詠婕就又會遇上馮子恆，這陣子馮子恆莫名的都沒有出現在打工的店裡，也從未在社課上出現，再加上那天活動中范承浩告訴了自己馮子恆討厭灰濛的天空的事情，這讓何詠婕感到有些擔憂。

也瞬間想起自己剛剛不小心忘了問清楚范承浩那句話中的意思了。

「詠婕有聽到我說的話嗎？」

聞言，何詠婕這才倏地回過神，「嗯，我剛剛去找一個社團的學長。」一邊回應何詠婕一邊從包包內掏出這堂課要用的筆記本。

「喔，這樣啊。」黃淨雅隨即拉起何詠婕的手晃呀晃的，臉上的笑很是燦爛，「詠婕我跟妳說喔，剛剛我跟朋友去吃了超級好吃的漢堡喔！」

何詠婕沒有回應，只是淡然地笑，看著教授走進教室後，一邊聽著黃淨雅描述著剛剛她與朋友發生的一切，一邊上著課。

「所以，下次我們一起去吃吧！還有妳的那個好朋友，苡什麼……？」

黃淨雅晃著腦袋拼命地想講，卻又想不出來，滿臉苦惱的樣子很是可愛。

見狀何詠婕停下抄著筆記的手，抬眸會心一笑，「妳是在說苡慈吧？」

「對！就是苡慈！。我們下次約苡慈一起去吃漢堡吧。」

結果一個不小心黃淨雅的音量過大，吸引到台前教授的目光，「那邊的同學有什麼問題嗎？」

黃淨雅連忙唯唯諾諾地回道，「沒有、沒有。」但她的心卻其實早已緊張的都快要心臟麻痺了。

雖然才剛進學校兩個禮拜但她們兩個也都大致弄懂了上課的模式，在大學內基本上上課的時候教授是不太會去在意學生是否有專心上課的，除非真的太過誇張影響到其他同學，所以教授看見黃淨雅的反應也只是稍作警告就繼續講課了。

黃淨雅被警告過後當然就也不敢再繼續講話，連忙抄起筆記，但她認真的模樣跟剛剛那個聒噪的女孩相比，簡直就是反差。

何詠婕看她的樣子忍不住暗自在心裡偷笑著，心裡也不禁羨慕起黃淨雅總是可以這麼輕易的就擁有笑容，甚至將這股歡愉感染至周遭的人。

她也好想要，當一個讓人不自覺就會想要靠近的人，而不再只是渾身帶刺扎得人滿身是傷。

□

「那再麻煩你們幫我提醒同學要記得交作業，然後下禮拜上課前先到辦公室找我，我要請你們先幫我發上課要用的講義。」教授說完後收拾起凌亂的講桌，「那就先這樣吧，你們可以下課了。」

「謝謝教授。」

「謝謝教授。」

由於兩人幾乎是毫秒不差的同時說出口，這讓教授不禁驚訝，「哇，你們兩個默契可真好。」

馮子恆聽了後，依舊維持一貫的淡然，冷冷地道了句，「教授我還有事，我先走了。」

「喔，這樣啊，那何同學妳也趕緊去吃飯吧。」

「教授再見。」這一次只有何詠婕開口，馮子恆只是揮了揮手便和她一同從教室內離開。

馮子恆這次走得似乎沒有上次匆忙，只是悠悠地走向樓梯離去。

鄭苡慈今天因為中午要打工的緣故便直接去上班了，擱下何詠婕一個人，她望著他消逝在樓梯口的身影，匆匆地追了向前，「等我一下。」

馮子恆也不知自己是怎麼搞的一聽見何詠婕的話後，竟也真的不自覺放慢了腳步，他瞥見她追了上來的身影後又回復了正常的步伐繼續走著。

而何詠婕就這樣靜靜地望著他的腳根，一路跟在他身後一直走一直走，直到她終於意識到自己似乎不小心和她來到了一個自己不太熟悉的地方她才有些不安的問，「那個……」

馮子恆雙手插在口袋裡，一副不在乎的樣子轉過頭問，「嗯？」

「你要帶……啊不對！是你要去哪裡？」她扭捏地低著頭說。

「這句話應該是我要問妳的才對吧。」

何詠婕被他的話堵的一愣，繼續低著頭，「我……」

馮子恆看見她的反應後不禁失笑，「妳這樣一直跟著我幹嘛？」

「不知道。」何詠婕仍舊未將頭抬起，有些猶豫地說出了答案。

但這個答案似乎讓馮子恆不是很滿意，眉頭深鎖的他朝她逼近，「不知道？」

他的逼近讓何詠婕心跳莫名加快，有些不安的她慢慢往自己的身後移動，「你……你幹嘛……？」

馮子恆沒有因此停止他的步伐，持續地往何詠婕的方向靠近，這讓何詠婕不禁慌亂了手腳，朝他大喊，「你不要再過來了！」

也不知道馮子恆是覺得玩夠了，還是真的打從心底聽從了何詠婕的話，他這才終於停下了腳步，眼神從起初的玩味瞬間轉為荒蕪般的冷淡，「不要再跟著我了。」

「妳難道不知道一個女孩子這樣隨便跟著一個男生走很危險嗎？」

看著他揪起臉孔，一副像是在對著自己說教的樣子，明明應該感到厭惡的，但此刻的何詠婕內心竟有些開心。

他是在擔心我嗎？

其實他也不是他外表看起來那麼的讓人有距離感的嘛……說不定他只是跟自己一樣過於習慣將自己封閉起來而已，在他的內心深處，其實還是住著一顆替人著想的心。

想到了這裡何詠婕微微地綻開笑容回道，「可是，我知道你不是壞人啊。」

聞言，馮子恆驀然一驚望著何詠婕臉上過於耀眼的笑，怔怔地無法言語。

何詠婕看著他愣然的表情，接著說，「所以你也不必渾身是刺的拒絕人，讓別人誤以為你是壞人。」

沉默了幾秒，馮子恆兩眼望著地面輕聲地說：「我要去醫院，妳要來嗎？」

何詠婕搖搖頭，「不了，我下午還有課。你是要去看你妹妹吧？幫我跟她打聲招呼吧，下次有機會我一定會去看看她的。」

「嗯，我會的。」馮子恆允諾，「妳待會兒就沿著這條石子路一直走，之後碰到第一個十字路口左轉走大約一百公尺就會看到學校了。我還有事，就先走了。」

「嗯，謝謝。」

他看著她緩緩沒入視線的身影，心裡暗自羡慕起她總是能夠如此清澈地看透那個總以為隱藏的很完美的自己。

她究竟有著什麼樣的過去？才會有著和自己如此相仿，強顏歡笑的面容，是不是也和自己一樣，時常在午夜夢迴時陡然驚醒呢？又或者，如同自己一樣害怕面對夜晚降臨的孤寂。

快樂是會渲染的，所以馮子恆總是盡量讓自己處在快樂的氛圍內，即便他總是那個看起來最為迥異的，但至少處在那樣的氣氛中，可以讓他短暫的忘卻某些他所不願去正視的部分。

笑容是他最好的武裝，讓他得以假裝自己很好、很快樂，雖然他知道那些了解他的人都知道他其實一點也不快樂，但久而久之這個面具就像是附著在他臉上似的，怎麼拆也拆不掉了。

其實很多人都很羨慕馮子恆有著一張帥氣的臉蛋，但他自己卻最討厭看見這張臉，所以他住的地方從不擺鏡子，手機內也沒有任何一張屬於自己的照片。

畢竟，雖然他總覺得一切會變成現在這樣都是自己的錯，但他卻始終沒有勇氣正視。回憶總有些愉快的畫面，但對馮子恆而言，每當回想到過去，那些歡樂的片段卻總是最傷人的。

因為那會提醒著他，他失去的有多少。

□

「詠婕妳來啦？」陳若儀一進到練團室便開心的向坐在角落的何詠婕打招呼。

放下手中的歌詞，何詠婕靦腆地揮揮手，「嗯，嗨學姊。」

今天是何詠婕第一次和他們一起練團，詞創社平常社課都是一起上課的，但是除了社課外的時間他們會將社員們分成幾個團，私底下相約練習，雖然說是私底下，但各團之間都有規定要練習一定的歌曲量。

而何詠婕雖然說是一個新社員，但在歌曲詮釋方面的技巧相當圓融，讓她一入社便被安插進去陳若儀他們這團在社團裡最熱門的團，對於這點何詠婕心裡很是忐忑，畢竟要是自己在表演的時候不小心犯了什麼錯，可是有可能會壞了詞創社的名聲的。

「會緊張嗎？」

她微微顫著身子，「嗯，有一點。」

「放輕鬆，就唱出妳的聲音就好。」陳若儀拍拍她的手，「加油，我對妳很有信心喔。」

本來今天馮子恆應該也要來的，但似乎因為打工的關係所以就因此缺席了，不過這點反倒讓何詠婕感到輕鬆不少，畢竟那天馮子恆對她說的話她還不是很能確定其中的意涵。

他對她或許真的有那麼些許關心吧？可是呢，她還是對他的一切一無所知，甚至那天還是自己跑去跟著他的，即便她對於他是真的有那麼點不同好了，他的心卻依然沒有為她敞開，所以真要說的話，他們兩個的關係也不過就是剛好上同一堂課、參加同一個社團講過幾句話的學長與學妹罷了。

「在想什麼？」卓少徹握著吉他撥了撥弦漾著笑。

「沒有。」搖搖頭，何詠婕斂下眼問，「承浩學長還沒來嗎？」

「大概還在忙妳們系上的事吧。」卓少徹聳聳肩，「他這樣忙兩邊的幹部，肝還沒跟他抗議也真是夠厲害的。」

「喂喂喂！誰准你這樣詛咒我男朋友的肝啊？」陳若儀一把捏起卓少徹的耳朵。

「很痛！」卓少徹掰開陳若儀的手，擰著眉，「妳真的很可怕耶，一個女人力氣大成這樣。」

陳若儀擺擺手錶示，「誰叫你要亂講話。」

「抱歉抱歉，我遲到了。」范承浩拱拱手一臉歉意道歉，「讓你們久等了。」

「我是沒差啦，反正也沒等很久。」卓少徹笑了笑，回過頭繼續把玩著他的寶貝吉他。

看見范承浩來了後，陳若儀便走到了keyboard前彈了幾個音後，對著他們一夥人說，「那我們差不多可以練習了。」

「急什麼啦，妳好歹也先讓承浩調個音。」

瞥見范承浩才剛將貝斯拿出，陳若儀抓了抓頭，「哦，抱歉抱歉。」

「沒關係。」范承浩露齒一笑很是燦爛。

他將貝斯迅速地調完音後，朝站在一側的眾人示意，「嗯，我們可以開始了。」

「好。」何詠婕惴惴不安地放下手中的歌詞，走到了麥克風前。

隨著音樂的傾瀉而出，何詠婕握住眼前的麥克風，將自己完全的融入歌詞的意境中，閉上眼悠悠地啟口——

「一個我像不會累一直往前
一個我動彈不得傷心欲絕
我不確定　幾個我　住在心裡面
偶爾像敵人　偶爾像姐妹

一個我相信用心會被感覺
一個我大喊真心會被欺騙
開始的熱烈　不停奉獻　後來剩決裂
謊言吞噬了心　帶來刺痛　撕裂的蛻變

分裂前的熱淚　分裂後的冷眼
越愛誰　越防備　像隻脆弱的刺蝟
分裂中的心碎　分裂後的假面

不快樂　不傷悲　情緒埋藏成了地雷　等待爆裂

《分裂》　詞／姚若龍　曲／鄭楠」

即便付出了真心，卻仍舊很有可能是一場空，那又為什麼要付出真心呢？這是何詠婕在傷痕累累過後最想要問的問題。

那時候的她好怕，一旦交付出真心後，又會得到相同的結果。

他應該也是跟自己一樣吧？所以才會選擇對人如此的冷淡，只為了保護自己那顆可能早已經碎裂不堪的心。

可是，如今她已經決定選擇打開她的心了，那他呢？他要到什麼時候才願意重新讓人走進到他的心裡。

她又該如何幫助他？

音樂的終了，何詠婕的淚水竟也不自覺地跟著潸然落下，她低著頭抹抹眼角的淚珠，不願讓身後的人發現到她失控的情緒。

但殊不知她演唱時略為沙啞的嗓音早已讓人發現到她的不對勁，而且她的歌聲也早被站在門外那原先打算將門打開的人給聽的一清二楚。

「幹嘛站在外面不進來？」卓少徹放下手中的吉他走到大門一旁的窗邊嚷嚷。

「你在跟誰講話？」陳若儀跟著走到了窗邊，探了探頭，「沒人啊。」

當陳若儀還在疑惑時，門把就被旋了開來。

一開始何詠婕還杵在那兒低著頭不敢亂動，就怕臉上的淚痕被看見，直到她回過神時身邊已經有個人正拿著包面紙對著她說：「給妳擦眼淚。」

「你怎麼會來？」何詠婕接過馮子恆的面紙，一臉詫異的望著他，眼角還閃耀著些許淚珠。

「今天提早下班。」馮子恆的話輕的像是片羽毛似的，「妳剛剛唱的很棒。」

說完，他便緩緩地走到一旁的椅子上坐下，何詠婕擦拭著淚水，對於他的讚美心裡有些彭湃，能夠讓他喜歡上自己的歌聲，那股愉悅不知怎麼形容的是她聽過最讓她為之雀躍的，剛剛因為太過沉浸在歌詞裡產生的負面能量，竟也如此隨之一掃而空。

不知道是說好了還是剛好是巧合，這個時候陳若儀他們一群人突然說臨時有事無法繼續練習，要他們兩個先討論一下合唱曲的部分，就這樣丟下他們跑走了。

坐著的馮子恆像是什麼事也沒有發生的靜靜看著歌詞，而何詠婕雖然瞪大了眼想要試圖挽留他們三人，卻也在看見范承浩朝自己眨了眨眼後決定放棄。

這樣看來，他們應該是故意的吧？

見狀何詠婕也只好點點頭看著他們的離去，走到馮子恆身旁坐下，「你妹妹她……好多了嗎？」

「嗯，她已經出院了。」

「可以……」何詠婕的話說到一半後有些踟躕不決。

在何詠婕那沒說完的話後空氣彷彿在兩人之間凝結了，但看見馮子恆沒什麼反應的樣子，讓她更加迷惘是否要繼續開口。

「妳要說什麼？」馮子恆依舊緊握著手上的歌詞沒有抬頭淡然地說。

「我可以說嗎？」

「妳想說什麼就說。」

聞言，她眨了眨眼很是猶豫，「可是、可是這個問題你可能不一定會想要回答我。」

馮子恆放下手中的歌詞，拾起眸子對上何詠婕的目光後像是明白了她所想要問的問題，「那妳就還是不要問吧。」

那些問題大概不外乎就是那些讓他不願意說出口而被他塵封的過去。

他的話才一說完，何詠婕就接著問道，「為什麼？」

「因為妳的問題我不是不一定會想要回答，而是絕對不會想要回答。」馮子恆站起身，低下頭看著一臉錯愕的她，「既然他們不打算練習，那我就先走了。」

「不要管我，也不要想去了解我的過去，因為那只會讓妳跟我一起弄得自己全身是傷。」在馮子恆離開這個只剩下他們二人的空間之前，丟下了這麼最後一句話，說的語調明明很輕，落在何詠婕的心頭卻重的像是千斤頂一般。

她呆愣地坐在椅子上思索著馮子恆的話，卻只是越想越心煩，一直到她終於停止了思考，抱持著一絲的希望盼望他其實跟剛才一樣正站在門外等著他。

但當她一推開門後，她才發現那個她所希冀的身影早就消失在她所能觸及的地方。

兩個帶刺的靈魂，要怎麼樣才能不弄傷彼此卻又能撫平對方的傷口？

在走道一側的馮子恆看著何詠婕垂喪著頭往另一端離去的背影，在心底不禁想問。

「詠婕早安！苡慈早安！」黃淨雅一走進早餐店發現到何詠婕和鄭苡慈的身影便開心地向她們問候。

「妳是上次那個詠婕的朋友吧？要不要乾脆跟我們一起坐？」鄭苡慈指著自己身旁的空位。

「好啊！」黃淨雅開心的直點頭。

「反正妳們待會也要一起去上同堂課，這樣剛好可以一起去。」

「嗯，我們也剛到還沒點，妳想吃什麼？」何詠婕將菜單推到了黃淨雅的桌上。

「我好餓，想吃很多很多很多。」

看見黃淨雅貪吃的模樣，何詠婕跟鄭苡慈都不禁莞爾一笑。

何詠婕原先因為踏進店裡看見馮子恆而產生的尷尬也全都跟著一掃而空；而正在櫃台結帳的那人看著她們三人臉上的笑心情也順著愉悅了起來。

「好了，我吃飽了！」

眼睜睜看著黃淨雅吃完了兩個漢堡、一份蛋餅和一份巧克力吐司還喝完一杯大冰奶的鄭苡慈有些難以置信的望著黃淨雅臉上那燦爛的笑，「妳好厲害……」

「還好啦。」被誇讚的黃淨雅有些羞赧地抓抓頭，「今天真的剛好比較餓一點。」

何詠婕在她們閒聊的過程中其實一直不是很專注，時不時的會不經意想要往櫃台的方向尋找馮子恆的身影。

明明今天一開始還要鄭苡慈不要帶自己來這間早餐店的，但被鄭苡慈拖了進來後，反倒是自己開始無法將視線移開了。

看來她自己還是很在意那天馮子恆最後對自己說的話。

但是……他怎麼突然不見了？是下班了嗎？

「翠姨，子恆哥好像忘了拿他的外套了。」站在櫃台裡的女孩眉心緊皺，手裡握著一件深灰色的夾克外套。

「唉呀，他明天好像沒班，妳等會兒有空幫翠姨打給他要他有空記得過來拿。」

「好，那我現在——」

聽見她們的對話後，何詠婕走到櫃台打斷了那名綁著俏麗馬尾女孩，漾著一抹笑說：「給我吧。」櫃台內的兩人不禁張大了眼，「啊？」

「那件外套給我吧，我幫妳們交給它的主人。」何詠婕解釋道。

「請問妳是？」

「我是他的社團學妹，今天晚上我們剛好約了會一起練習，我可以幫妳們把外套給他。」

「喔喔，是這樣啊。」翠姨明白後點點頭，一邊把外套交到了何詠婕手中，「那就再麻煩妳了。」

「嗯，不會。」

「怎麼了？」當何詠婕回到座位後，鄭苡慈問。

「沒什麼。」她將外套放到包包裡，「只是剛好幫她們一個忙而已。」

「那我們走吧，好像快要打鐘了。」黃淨雅舔舔唇角殘留的巧克力甜甜地笑說。

「嗯。」

但其實詞創社今天根本就沒有社課，何詠婕輕拍著自己的包包，腳步沉重的跟上鄭苡慈和黃淨雅，心裡暗自盤算著該如何將這件外套交付給他的主人。

今天的天空好像又有些不是那麼晴朗呢。

何詠婕望著漫漫飄散在空中的幾朵烏雲歛著眼，撇過頭不打算讓那些煩心的畫面纏上心頭。

□

「我記得，他這堂課應該是在體育館五樓的籃球場上課。」范承浩在電話中向何詠婕說道，「妳可以過去碰碰運氣。」

「好，謝謝學長。」結束通話後，剛好有兩節空堂沒課的何詠婕往體育館的方向走去。

一進到館內，各式球類的拍打聲還有吆喝聲在裏頭充斥著，何詠婕緩緩地走到了五樓籃球場上方的觀眾席，她瞇著眼看向下方的籃球場，試圖從人群中找尋馮子恆的身影，但眼睛卻不自覺的被一個坐在對面觀眾席的女孩給吸引。

那女孩全身穿著長袖的白色洋裝，搭配上一頂遮陽草帽在這朝氣蓬勃的運動場內顯得有些迥異，但她臉上的笑容卻讓人看了心裡很是溫暖，她應該是單純的來看他們打球的吧。

當何詠婕轉移視線將目光回到籃球場內，她這才發現剛剛那名女孩似乎只注視著球場內的某一個位置，而那個地方站著的人——

正是馮子恆。

她該不會就是那個傳說中馮子恆的神祕女朋友吧……

何詠婕盯著她，發現到她的身邊又多了一個女孩，但不同的是這人並沒有戴著帽子，而是露出一頭烏黑的浪漫捲髮，穿著黑色的短版上衣搭配著牛仔短褲，兩人看著馮子恆有說有笑的樣子，讓何詠婕心裡滿是問號。

當何詠婕決定還是先把外套還給馮子恆的時候，發現到場中央的人都已經紛紛移動到一旁休息了，而那兩個女生似乎也就跟著一起走到了球場內。

這讓何詠婕有些猶豫是否要去找馮子恆。

她靜靜地看著那兩個女生緩緩地走到了馮子恆的身邊，馮子恆臉上的詫異與取而代之綻開的笑顏讓何詠婕看了很是欣羨。

要是我出現了，他應該不會也跟看見她們一樣那麼開心吧？

想到了這裡，何詠婕重新將外套放進了包包裡，決定還是等到下次碰面了再還給他。

而馮子恆在看見馮子晴跟游綵甯的現身，連忙放下手中的毛巾，不顧周遭的耳語上前開心地跟她們寒暄。

雖然最主要是對著自己的妹妹，畢竟他跟游綵甯的誤會仍然尚未解開，但在馮子晴面前馮子恆還是得做做樣子給她看，「子晴妳們怎麼會突然跑來？」

「子晴她說她想見你，所以我就帶她過來了。」

「對啊，誰叫你都這麼忙，我已經好久沒有好好的跟你說說話了。」馮子晴調整了一下她的帽簷，朝馮子恆的耳畔貼近，「而且啊……綵甯姊姊說她也很想你喔。」

「這樣啊。」馮子恆只有在遇見馮子晴的時候才會露出如此真誠的笑，他寵溺地捏了捏她的臉，「不過妳怎麼能這麼調皮跑出來呢，學校那邊請假了嗎？」

站在一側的游綵甯淺笑，「嗯，我已經幫她請假了，你放心好了。」

「子恆我們……能聊一聊嗎？」

「哥哥，我先去你們學校附近晃晃吧，你就好好的陪一下綵甯姊姊。」馮子晴俏皮地眨了眨眼。

「欸，不准亂跑！還有要記得走——」

「還有要記得走陰涼處，不可以曬太多太陽。」不等馮子恆說完，馮子晴搶先一步說了出口，「我都知道啦，哥你儘管放一千萬個心，我一定會好好照顧自己的。」

「不管怎麼樣，妳都要給我小心一點。」他捏了捏她的鼻子，「我們好了會再打給妳。」

「嗯。」她從背的包包裡拿出口罩戴上，又一次的提醒著馮子恆，「綵甯姊姊她真的很想你。」

「好啦，我知道。」

「綵甯姊姊等會兒見。」

「走吧，妳要跟我聊什麼？」瞧見馮子晴離去的身影後，馮子恆的臉上又變回原先的冷淡。

馮子恆領著游綵甯來到學校附近的一間咖啡廳，他要游綵甯先去找位子坐，自己先到櫃台點餐。外頭陰暗的氣氛讓游綵甯選了一個較靠近吧檯的座位，她知道這會讓馮子恆的心情不要那麼糟。

「嗯，妳要的臻果拿鐵。」馮子恆將飲料放到了游綵甯桌上，便坐到了她對側的位子。

接過飲料後，游綵甯先輕啜了小口，有些猶豫的啟口，「你……最近還好嗎？」

斂下眼，馮子恆低著頭回以一個單音，「嗯。」

「那就好。」游綵甯勉強地勾著笑，但對於馮子恆的冷漠心裡卻有些受傷。

「妳想說什麼就趕快說吧，我不放心子晴一個人。」他瞥了一眼灰濛的天色，此刻的心境有些矛盾，一方面是對於陰天感到排斥，卻又慶幸著至少可以避免馮子晴接觸到太多陽光的問題。

「我……」垂下眼瞼，她十指交疊著有些緊張，好不容易才說出口，「對不起……都是我的錯。」

她不該那樣的。

明明當初就已經說好了，他不一定會愛上自己。

她早就該知道這段感情始終是自己的一廂情願，即便將他留在了自己的身邊，卻怎麼也不可能藉此連同他的心也一塊綁住。

除非，他真的愛上了自己，才有可能將他的心也一併託付予自己。

雖然馮子恆的冷血無情看似傷人，可是她比誰都清楚，這一切都只是他的武裝，如果她堅持著要他愛上她的話，只會讓他對自己的武裝越加強韌，甚至搞不好連在馮子晴面前他都不願意假裝了。

只是，到底要等到什麼時候，他才能願意好好的看一眼她對他的喜歡？

「那天……都是我太著急了。你也知道，我們都在一起這麼久了，我真的很害怕要是……」說著說著游綵甯想到了馮子晴，要是馮子晴有一天消失在他們的世界了……那馮子恆還會接受自己嗎？

「要是什麼？」馮子恆猜測的出游綵甯想要說出的話，眼中佈滿血絲地直盯著她的雙瞳要她說清楚。

「沒、沒什麼。」游綵甯意識到自己的出言不遜，連忙回道。

「怎麼可能沒什麼。」馮子恆冷冷地瞅了游綵甯一眼，「希望妳剛剛想要說的那句話最好不要成真，要是真的發生了……我絕對、絕對會毫不猶豫的離開妳的。」

說完，馮子恆作勢要離開，游綵甯連忙拉住了他的手腕，「子恆，你不要生氣好不好，我不是那個意思。」

「放手。」

「我跟你在一起這麼久了，我也早就把子晴當作自己的親生妹妹在看待，如果要說這世界上最疼愛她的人是你，那我也絕對只會輸給你一個人，拜託你，你原諒我好不好？」游綵甯一邊說，淚水也隨之滾滾墜下。

聽見她的話後，馮子恆只是推開她的掌心，冷冷地說：「我會當作我們沒有吵架。但是妳說的話都已經說了，我是不可能忘記的，希望妳是真的愛子晴，不會拿她當妳對我們這段感情的實驗品。」

「不會、不會，我當然不會，我怎麼可能這樣做呢。」游綵甯用手抹去眼角的淚允諾，「你放心，我一定會好好的照顧她的，就像照顧自己的親妹妹一樣。」

「那就好。那我們去找子晴吧。」

游綵甯撫去臉頰上的眼淚，「嗯。」

馮子恆看著游綵甯強顏歡笑的樣子，心裡其實有些複雜。

他不免心疼著這個深深愛著他，甚至為了他付出許多的女孩，明明在她身邊就有更多值得她去愛的人，她卻偏偏選了自己這個不愛她的人。

在今天見到她之前，他早就默默在心裡原諒游綵甯了，因為對於她為他們兄妹倆付出的一切，他本該用他的一輩子去還，只是他還是沒能做到罷了，他會生氣其實要說也是在氣自己。氣自己沒有那個能耐去愛她。

要是馮子晴離開了他的身邊……他真的會選擇毫不猶豫的離開她嗎？

他不知道。

因為其實馮子晴現在之所以還能活在這個世界上，一切要感謝的人正是游綵甯，所以就算今天詛咒馮子晴的人也是她，馮子恆似乎一點生氣的資格也沒有。

但是他還是生氣了。

因為只要一想到馮子晴，他就會想起他的父母、想起一切、想起自己的犯下的罪有多麼的沉重。

他不知道自己是否有辦法承擔馮子晴的離去，更不知道要怎麼向他死去的父母最常在他耳邊叮嚀的那句話交代——

「子恆，你是哥哥，要替爸爸媽媽好好照顧子晴知道嗎？」

我是哥哥，一個很不稱職的哥哥。

如果可以，能不能讓我卸下全身的武裝，不再當一個只會讓人傷痕累累的刺蝟？

Chapter 5
不說生日快樂

「妳在看什麼？」走出體育館的何詠婕發現剛剛在觀眾席的那個白衣女孩就站在自己眼前，瞧她一臉心事重重凝視遠方的樣子，便忍不住帶著笑上前關心。

馮子晴將視線收回，一副欲言又止的樣子，「我……」

「發生什麼事了嗎？」她瞥了一眼深灰色的天空，心底有些許不安的悸動。

「沒什麼。」她搖搖頭，「只是有點擔心我哥哥而已。」

哥哥？

這樣說來這個女生應該就是馮子恆的妹妹了吧？何詠婕看著戴著口罩的她暗自猜想。

「妳哥哥他發生什麼事了嗎？」

馮子晴望著何詠婕澄澈的瞳仁，猶豫了一會兒便決定告訴她，畢竟剛才她對自己的態度感覺就不像是個壞人，「我哥哥他啊……感覺快要跟他的女朋友分手了。」

聞言，何詠婕不免感到一絲詫異，但又隨即轉為鎮定，「妳怎麼會這樣說呢？」

「因為哥哥他……他其實一點也不喜歡綵甯姊姊。雖然他從來沒有跟我說過，但是我怎麼可能那麼笨嘛，連自己的哥哥喜歡誰都不知道。」

馮子晴說著說著，心裡就越是自責，「有的時候我都會想，是不是我消失了，哥他就可以不用活得這麼辛苦；可以去喜歡他喜歡的女生；可以去完成他想做的事情；可以好好的抬頭看一下這片灰色的天空……」

她抬起略顯疲態的雙眸凝望著空中飄逸著的朵朵烏雲，「或許……沒有了我，哥哥就不會這麼討厭下雨天了吧。」

這些話馮子晴從來也沒敢跟馮子恆說過，畢竟馮子恆一直都將錯誤攬在自己的身上，從來都不願讓她去煩憂他內心所乘載的那些罪惡感，可馮子恆不知道的是馮子晴也和他一樣，認為這一切之所以會變成現在這個狀況，全然都是自己的錯。

「妳不要這樣想。」何詠婕伸出手，緊緊握著馮子晴略顯冰涼的手掌，「妳哥哥才不會這樣認為呢，他一定比誰都希望妳能夠好好的活下去。」

「要是我沒有生病就好了。」馮子晴臉上黯淡的光芒和此刻灰濛的蒼穹像是一幅極為相符的畫作，但看在何詠婕的心頭卻不禁替這個女孩心疼。

「你哥哥她一定也希望妳可以趕快好起來，所以……所以妳一定要加油，不要這麼絕望，要連同哥哥的份一起努力，知道嗎？」

「我的病……它真的好得起來嗎？」

這些年來她進出了醫院已經不下數十次了，每一次她都以為自己終於距離健康這個字眼向前進了一大步，卻又在下一次對自己的身體感到失望。

對於痊癒，不只是她，應該就連馮子恆都早就已經放棄了吧？多少年來秉持這樣的信念，也真的是夠他們受了。所以好像只要她還活著，對於馮子恆而言，就算馮子晴擁有的是如此不健康的身體，好像都也已經無所謂了。

只要他還遵照著爸媽留下的那句叮嚀，他就會覺得自己不那麼難受一些。

但是馮子晴卻不願意看著他這樣為自己犧牲這麼多……要是沒有了她，他一定可以擁有更璀璨的未來。

「相信我，妳一定會好起來的。」

迎著何詠婕明淨的眼光，馮子晴彷彿得到了一股力量，她感覺到一陣溫度自何詠婕握著的那隻手蔓延開來，那溫暖的感覺讓她笑著對何詠婕說：「謝謝妳。」

「子晴！」遠遠的何詠婕和馮子晴聽見了馮子恆的呼喊。

「是我哥哥。」馮子晴有些羞赧地吐吐舌，樣子很是可愛。

「哥，你跟綵甯姊姊……」馮子晴看著他和游綵甯十指緊扣的手，「和好了？」

「嗯。」游綵甯加深了他們雙手交疊的力道，漾著笑，「我們已經沒事了。」

這個畫面在何詠婕看來，心裡卻莫名有股酸楚自心底湧出，她說不上來這是什麼樣的感覺，但卻相當的難受，讓她就快要忘了該怎麼去呼吸。

她轉移目光，想要離開這裡卻立刻被馮子晴叫住，「那個……」

馮子晴還不知曉她的名字，所以只能這樣稱呼她，但何詠婕聽見後卻一點也不願意別過頭，因為她不想再看見他牽著別人手的樣子。

但馮子晴卻沒有察覺到她的不對勁，直接將她的手捉起，「妳不要這麼急著走嘛，我介紹我哥哥跟他的女朋友跟妳認識一下。」

馮子恆望著這個熟悉的背影，心頭一震，暗自希望這個人不是他腦海裡出現的那個人，畢竟他不希望讓她看見他和游綵甯此刻的模樣。

他不知道這是什麼樣的心態，明明他就一點也不在意這個女生的，卻還是害怕著在她確認自己非單身的狀態後會逃離自己。

為什麼？

就在何詠婕轉過身來的剎那，他捫心自問著，身體卻無法出於直覺性的回答。

「哥，這是我認識的新朋友。」馮子晴拉起何詠婕的手，嘴角漾起的酒窩讓人看了很是開心。

「嗨。」何詠婕尷尬的揮了揮手。

「妳怎麼會在這裡？」

「剛好路過。」何詠婕隨口撒了謊，躺在包包裡的外套她不敢在這個時候拿出來，就怕游綵甯誤會了什麼。

馮子晴看了看兩人，「你們認識？」

「嗯，她是我社團的學妹。」

「那……你知道她叫什麼名字嗎？」馮子晴轉了轉她的眼珠子問。

「何詠婕。」馮子恆答道，寵溺地摸著馮子晴的髮絲，「妳不是說她是妳的新朋友嗎？怎麼會連名字都不知道呢。」

「因為我們還來不及自我介紹。」何詠婕出聲回道。

「這樣啊。」站在一旁的游綵甯倏地開口，掛著一抹自信的笑，「那我來幫子晴介紹一下她吧。」

「她是子恆的妹妹子晴，十六歲，今年高一。」

十六歲。聽見這個字眼的時候，何詠婕臉上張揚過一剎啞然。

十六歲那年正是她人生中最燦爛卻也最灰暗的一年，她深刻的品嘗到所謂的天堂和地獄那僅僅一步的差別。

游綵甯發現到她有些不對勁的反應，「怎麼了嗎？」

「沒什麼。」她撇撇頭，「我是何詠婕，財金系大一，子恆學長的社團學妹。妳應該就是那個傳說中子恆學長的女朋友了吧？」

原來何詠婕早就知道自己有女朋友了嗎？馮子恆有些訝異。

「咦，子恆有向妳提到過我嗎？」游綵甯側著身子，卻只看見馮子恆一臉尷尬的看著她們，她掩飾著失落轉回頭，「看來是沒有。」

「不過沒關係。」她泰然地強笑，「我是游綵甯，跟子恆同年，是C大大三的學生，我們是從高中就交往到現在的男女朋友。」

「請多指教。」游綵甯率先伸出了手，但和馮子恆緊緊握著的手卻始終沒有鬆開過。

「嗯，請多指教。」何詠婕撥了撥瀏海，也跟著伸出了手。

「子恆他……跟你們大家相處的狀況還好吧？」

「還不錯。」何詠婕低著頭說。

「那就好，因為我們念不同學校我都怕他不懂得好好照顧自己，所以現在認識妳可真是太好了，以後還要麻煩妳多幫我照顧他。」游綵甯拉起何詠婕的手，臉上的笑意很深。

何詠婕看著游綵甯姣好的面孔，和那讓人不禁看到失神的笑顏，有些羨慕，「嗯，我會的。」

「那時間也差不多了，子晴她今天還要回診，子恆你要跟我們一起去吧？」

馮子恆看著此刻游綵甯臉上過多的笑容，有些閃神。

「子恆？」

「什麼？」

「我說，你要不要跟我一起陪子晴去回診？」游綵甯極有耐心地又說了一次。

「嗯。」馮子恆瞥了一眼何詠婕後點點頭，「我們走吧。」

「詠婕姊姊再見。」馮子晴開心地朝她揮了揮手。

「再見。」

何詠婕望著他們離去的身影，極像是幸福美滿的一家人，撥雲見日過後的晨曦灑落在他們三人身上，和樂的畫面讓人看了好生羨慕。

不過這也讓她更加困惑了……明明身邊就有這麼愛他的女朋友還有這麼善良的妹妹啊，到底是什麼讓他選擇將自己的心封閉，帶著這麼深的一層保護色？

□

「我才不要！」

還沒進門何詠婕就聽見練團室裡傳來卓少徹的哀號，她探了探頭，「怎麼了嗎？」

「我們在為子恆的生日苦惱。」陳若儀抓抓頭。

「子恆學長生日要到了？」

「嗯，下個禮拜六。」范承浩回道，「我們已經跟他打工的地方都說好了，那天不要排他的班，我們打算給他準備個驚喜給他，妳覺得怎麼樣？」

「聽起來很不錯啊。只是阿徹學長為什麼說他不要？」

「喔，那個啊，因為剛剛我們慫恿他扮女裝啦。」陳若儀忍不住大笑，「妳都不知道他扮起女生來，可是一點都不會輸給網路上的那些網美喔，上次還被他的同班同學要電話呢。」

「噗哧，哈哈哈哈。」一想到那個畫面，何詠婕像是被打開了笑穴跟著大笑。

「所以，我才說我不要。」卓少徹噘著嘴一口回絕。

「現在可不是你說不就說不的時候。」陳若儀斜睨著他，「越是這種時候，就越是需要你上場，你懂不懂啊？」

「這種時候？」何詠婕偏著頭不是很能明白陳若儀的話。

「子恆不喜歡過生日。」范承浩雙手交疊，臉色沉重，「去年我們幫他慶生，他發了很大脾氣。」

「那你們知道原因嗎？」

陳若儀搖搖頭，「不知道。」

「那萬一這一次他還是不喜歡我們幫他過生日呢……」何詠婕想起馮子恆總是那般淡然的樣貌，就不免開始擔心。

「這就是我們最擔心的地方了。」范承浩斂下眼，「說不定，生日正是讓他之所以會變成現在這個樣子的根柢。」

「那這樣我們不是更不應該幫他慶生了嗎？」

「不。」陳若儀回道，「如果總是讓他這樣逃避，問題始終都沒辦法解決，所以我認為最好的方法就是幫他過生日，找出他到底為什麼要這麼抗拒生日的原因。」

好像也對。

何詠婕轉念一想，畢竟馮子恆總是把話藏在心底，這樣他們就算再怎麼想幫他，卻也只能被他晾在一旁。只要馮子恆的心結一天不打開，他們之間的那道牆永遠都會在，除非他願意敞開心房。

「可是，也不是非要我扮女裝不可吧？」卓少徹扁扁嘴，內心是百般的不願。

只要一想起上次扮女裝居然被自己班上的男生要電話，他就好想要找個洞鑽進去，所以這件事打死他都不願意再嘗試一次。

「好嘛，不要就不要。只是……這樣你有什麼好方法嗎？能夠讓馮子恆那個笑起來像個冰塊似的人發自內心的大笑？」陳若儀眼帶認真的問。

「我……我不知道。」卓少徹撇下頭，不敢繼續說話。

而何詠婕在聽了陳若儀的話後，倏地一個靈光乍現，「我想到了！」

「什麼？」三人一聽到她的話後，都不禁連忙逼問。

「子晴。」

卓少徹撐著下巴，「妳是說子恆他妹喔？」

「妳怎麼會突然提到子晴？妳們見過面？」陳若儀撥了撥瀏海，柔柔地問。

「嗯。」何詠婕淺笑，「前幾天碰巧見上一面，感覺她是個心地很善良的女生，還有那時候我也見到子恆學長的女朋友了……」

范承浩擰眉，「綵甯？」

「對。她人也很好，看起來跟子恆學長他們兄妹就像是感情很好的一家人，子恆學長站在她們身邊的時候，笑得好自然、也好開心。」說著說著她的笑越發心虛，喃喃自語著，「真是太好了……」

「嗯……」范承浩瞥見她眼角那抹逞強默默思索著。

穩住心裡有些紊亂的思緒，何詠婕接著說：「所以我在想，或許能夠讓子恆學長真正發自心底大笑的人，就只有他妹妹子晴跟他的女朋友了吧。」

「剛剛學姊說了吧，要讓學長發自內心——」

「其實那個能讓子恆笑的人，應該只有子晴才對……」范承浩碎念著。

聞言，何詠婕斷了句子，「學長你說什麼？」

「沒事。」回以一笑，范承浩撒了謊，「我沒說話。」

「喔，那應該是我聽錯了。」

「總之，我的意思是我們要不要乾脆邀請她們兩個一起來幫子恆學長過生日，學長看見他這麼珍視的兩個人都在，一定不會像之前一樣當場翻臉。說不定……還可以連帶的讓他願意讓我們也一起走進他的世界。」

「這個想法好像還不錯。」陳若儀摸摸下巴點點頭。

「只是，這樣我們誰要去約她們兩個？我記得我們幾個跟她們好像都不太熟，她們會不會拒絕啊……」卓少徹皺著眉。

斂下眼，何詠婕默默地開口，「我去吧。」

范承浩張大了眼，「詠婕妳有她們的聯絡方式嗎？」

雖說認識馮子恆很久，但范承浩卻從不知道要如何聯繫馮子晴和游綵甯，往往僅能從馮子恆口中稍稍得知一些她們倆的近況，但馮子恆願意吐露的內容實在甚少。

「嗯。子晴跟我有互留手機，她說希望有機會還可以再跟我見面。」

「那真是太好了！」卓少徹難掩興奮之情的歡呼，「這樣就拜託妳跟他們聯絡吧。」

「但是……」

「但是什麼？」陳若儀拾起一剎疑問問著范承浩。

「萬一、我是說萬一，其實子晴和綵甯之前在幫子恆過生日的時候，也跟我們一樣讓子恆抗拒了那該怎麼辦？你們有沒有想過，會不會其實子恆心裡的這個結正是出自於她們兩個人也說不定？」

范承浩的話迴盪在練團室內，所有人像是約好了似的都屏氣凝神著沒有開口，而流淌在他們之間的那股緊張氣息重得都快要讓他們窒息。

□

「我的外套。」

正當何詠婕和鄭苡慈兩人坐在通識課教室內有說有笑時，馮子恆突然出現打斷了他們。

一時之間何詠婕還沒能反應過來，「什麼？」

「上次妳從翠姨那邊拿走了的那件外套。」

「喔喔！你等我一下喔。」何詠婕猛然想起，便開始翻著背包。

「找到了，還給你。」

「下次請妳不要隨便拿我的東西。」馮子恆冷冷地瞥了她一眼轉身要走。

見狀何詠婕連忙拉住了他的衣角，攔住了他，「我沒有……我只是想幫她們把外套拿給你。」

抬眸，馮子恆望向何詠婕真摯的眼光，有些心軟，但一想起昨天在練團室外聽見何詠婕跟陳若儀他們所說的那席話，便又暗自決定狠下心。

他討厭生日。

所以，對於他們想要替自己過生日的舉動他只有排斥，何況自從爸媽離開之後，他就再也沒有想要慶祝過任何一次生日，馮子晴和游綵甯是知曉的，他的生日……，不過是一場不堪回首的悲劇。

把她推的遠遠的，這樣她就不會想要替自己過生日了吧？

拜託不要、不要揭開我的瘡疤。

「離我遠一點，不要對我好，先照顧好妳自己就好。」馮子恆斜睨了她一眼後丟下這麼一句話，滿滿的震驚與不解充斥在何詠婕的心中。

「他幹嘛啊？吃炸藥？」鄭苡慈瞪大眼看著馮子恆的背影問。

「我也不知道。」搖搖頭，何詠婕露出一抹苦笑，心裡有些難受。

「妳該不會……」

「該不會什麼？」

「該不會是跟他告白了吧？」

何詠婕擺擺手，「怎麼可能啦。」

「那就好。看他氣成那樣，我還以為妳……」看見何詠婕臉上有些複雜的表情，鄭苡慈停下沒說完的句子，連忙改口，「聽說啊只要跟他表白的人都會被他狠狠拒絕，還會被他討厭耶，所以啊如果妳真的要喜歡他的話，要記得做好十足的心理準備喔。」

「不是跟妳說了嗎，我沒有要喜歡他啦，老師在看我們了，別說了，趕快上課吧。」何詠婕眼光閃爍的從包包裡拿出筆記本，埋首於課堂之中。

這個模樣讓鄭苡慈不禁嘆了一口長氣，何詠婕現在的樣子她不是第一次見過，但是第一次看見那樣的她的時候，何詠婕臉上的表情要比現在還要青澀多了，至少不是那樣的心事重重。

好像人只要經歷過一些挫折或事件之後，都會變得和起初原先的那個自己有些許不同呢。

不僅僅何詠婕是這樣，她也是這樣。

□

「來，這個給妳喝。」馮子晴倒了杯水放到了何詠婕桌上。

「謝謝。」

何詠婕環顧了一下四周，發現到他們兄妹倆住的地方挺小的，廚房和客廳的位子只相隔了幾步的位子，但是可以從屋內的擺設感覺的出一股淡淡的溫馨感。

「伯父伯母都不在家嗎？」

馮子晴的臉色突然黯淡了下來，她抿抿唇喉嚨有些乾澀地說：「他們都已經不在了……」

「對不起。」聞言，何詠婕瞪大眼連忙道歉。

她應該要想到的，如果他們的父母還在世，馮子恆何必打這麼多份工，將自己累成這副模樣呢？

「沒關係。」馮子晴淡然地笑，「妳不要介意。」

「妳願意來找我，我很開心。平常我就算待在家裡，也都不見得能夠見得到我哥，因為白天的時候我跟他都要上課，晚上的時候他常常工作到很晚才回來，假日的話有時候我還沒起床，他就已經出門了。」

「所以，除了綵甯姊姊有時候會來看我陪我聊聊天之外，大多時候我都是一個人待在家裡的。」馮子晴說著說著無奈地鼓起雙頰笑了笑，「一個人待在家，真、的、超、無、聊、的。」

何詠婕聽著她說的字句，讓她不禁替馮子晴心疼，再看見她這般苦中作樂的可愛模樣，心裡又更加替她不捨了，「只要以後妳無聊的話，都可以打給我，我會努力排除萬難的過來陪妳。」

她的話鏗鏘有力地鼓舞到了馮子晴，「真的嗎？只要我打給妳，妳都願意過來？」

「當然是真的。」何詠婕笑了笑，「不過妳可不要選在那種半夜三點的時間喔。」

說完兩人都異口同聲的失笑。

「對了，妳剛剛在電話裡面說有件事情想要拜託我幫忙是什麼事啊？」偏著頭，馮子晴問。

「是這樣的。下個禮拜六是妳哥哥的生日，我們社團裡的幾個學長姊和我想要一起幫他慶祝，所以想要問問妳跟綵甯願不願意來參加？」

聞言，驀地馮子晴臉色驟變，「可能、可能不太方便。」

「怎麼了嗎？」發覺到她的異常，何詠婕有些擔憂。

「因為……那天不只是我哥的生日，也是我爸媽的忌日。」

望著馮子晴瞳仁中散發著濃濃的哀愁，何詠婕瞬間明白馮子恆之所以如此抗拒過生日的原因了。要換作是她，她應該會比馮子恆更討厭聽見「生日」這個字眼，她……應該也不會希望有任何人去慶祝這一天。

「對不起……我不知道這件事……」何詠婕斂下一抹歉疚。

「沒關係，妳不用介意，畢竟哥哥他自己不是很願意提到這件事，所以妳會不知道也是正常的。」馮子晴的笑容很淺，說完後喃喃自語著，「而且這一切會變成這樣也是我的錯……」

「什麼意思？」

「沒事。」馮子晴笑得很是尷尬，「只是你們那邊，可以不要幫哥哥過生日嗎……？」

「我怕他會想到一些不開心的事情。」

「嗯，我答應妳。」

「那我還有事就先走了，之後如果有空我會多多過來陪妳的。」何詠婕眨了眨眼。

「嗯，妳回家小心。」馮子晴臉上又掛回起初的笑容，笑著說。

離開馮家後，何詠婕心底有些不解馮子晴那句話語中所代表的意思，為什麼爸媽的離開她會認為是自己的錯呢？

會不會其實就跟范承浩推測的一樣，馮子恆之所以會將自己的心封閉起來，真的跟馮子晴有關呢……

□

眼看著再過兩天就是馮子恆的生日了，何詠婕一走進練團室裡便看見他們開心地在做著卡片相互打鬧著。

何詠婕掂著腳，深深吸了一口氣後向他們走近，「我們，還是不要幫子恆學長過生日吧。」

卓少徹放下裁剪到一半的色紙，「怎麼突然這麼說，子晴她們不答應？」

「嗯，她們說不方便過來。」

「那這樣的話，還是我們再想想要怎麼幫他過比較好？」陳若儀率先出聲詢問。

「不──」

「怎麼了嗎？」范承浩發現到何詠婕眼神的不對勁。

何詠婕眼光閃爍，有些猶疑不決是否該說出馮子恆抗拒過生日的真相，畢竟馮子晴也說了，他並不是很想讓人知道，「沒事……只是子晴建議我們還是不要幫子恆學長慶祝會比較好，所以我在想我們還是聽她的不要過好了。」

「她有說為什麼嗎？」卓少徹問。

「沒、沒有。」何詠婕有些心虛地回道。

「這樣啊……可是我們蛋糕跟餐廳都訂好了。」

「那、那還是就我們幾個去吃？不然都訂好了現在取消也有點對不起餐廳跟蛋糕店。」何詠婕連聲說道。

「可是明明是他生日我們卻自己約去吃飯還沒有約他，感覺這頓飯吃起來挺怪的。」陳若儀說。

「嗯……」何詠婕抿抿唇，若有所思後啟了朱唇，「那還是你們幾個先過去餐廳，子恆學長那邊我試著去說服他看看？」

何詠婕暗自決定和馮子恆商量，就單純只是大家一起吃吃飯，不要把它視作是在慶祝生日，這樣就能不讓馮子恆拒絕自己了。

卓少徹有些愕然，「妳、妳是認真的嗎？」

畢竟卓少徹對馮子恆這座冰山簡直就是束手無策，他實在有點不敢相信何詠婕居然有這個勇氣要對這座冰山進行挑戰。

「我不是很有把握啦。」何詠婕有些羞赧地低著頭，「但是，我想就算我們直接約他過去，他應該也不會去的吧？」

「嗯，詠婕說的很對。」范承浩垂下眼瞼說。

「只是，要麻煩你們答應我，那天我們就純粹吃吃飯、吃吃蛋糕，不要有蠟燭也不要有生日快樂歌。」

「可是——」卓少徹出了聲，卻又在看見陳若儀的眼神後連忙住嘴。

「詠婕，妳會這樣做是有原因的吧？」陳若儀問。

「嗯……因為子恆學長他之所以會抗拒也是因為他討厭生日的那種氣氛，所以我想要是只單純吃飯的話，他說不定會願意。」

陳若儀和范承浩相視一看後有默契的點了點頭看向何詠婕，異口同聲地說：「好，那就拜託妳了。」

「哇賽，夫妻同心，其利斷金啊你們。」卓少徹誇張的瞪大眼，一臉討喜的模樣逗得他們幾個哄然大笑。

但願，這樣歡樂的氣息也能感染到馮子恆的身上。

□

「不好意思，小姐提醒妳一下，我們的用餐時間只到兩點半，可能要麻煩妳……」看似是店長的人走到了何詠婕的座位解釋。

「好，我知道，不好意思影響到你們的休息時間。那你們員工也是兩點半下班嗎？」

「對。」

何詠婕揚起一抹笑，「謝謝你，盤子可以先收走沒關係。其實……我在等你們的一個員工下班。」

「好的。不過，妳是在等……？」他抬頭瞥了一眼廚房的方向，轉了轉眼珠子思索著今天上班的人之中有哪些人。

「他出來了。」何詠婕看著馮子恆說。

「哦，是子恆啊。」店長粲然一笑，「妳是他女朋友？這傢伙也真是的一直都不肯說他女朋友到底是誰，欸，子恆你女朋友來找你！」

「女朋友？」馮子恆抬眸瞥向店長和何詠婕的方向。

「不是！」發現到馮子恆的注視，何詠婕連忙解釋，「你誤會了，我只是他的一個學妹而已。」

「啊，對不起對不起，誤會你們了。」店長連忙抓抓頭，「我想說上次你不是好像請她——」

「沒關係。」馮子恆連忙打斷了店長未完的話，「店長時間也差不多了，我先下班了。」

「喔喔，好啊，那你就趕緊回去休息吧。」

說完後馮子恆便頭也不回的往店外的方向走去，見狀，何詠婕連忙收拾包包後匆忙的追出。

但當她一把門推開後，便看見馮子恆倚靠著一旁的牆面，一臉心事重重，「找我什麼事？」

其實剛剛在見到何詠婕的那個剎那馮子恆的心情有些複雜，畢竟今天不僅僅是他的生日、是他父母的忌日，也是讓他和馮子晴的人生產生劇變的一個轉捩點。

只是，關於這個轉捩點他從未跟任何人提起，就連游綵甯也沒有，因為怕痛，所以他始終無法向人傾吐；馮子晴也是當事者之一，但他們兩個卻都基於一種自我保護、抑或是互相袒護的立場，從未和對方談起過這件事。

因為太痛了，就連不去碰都會不自覺的感受到痛楚的那一種痛。

每年一到這一天他通常是會將自己鎖在房間裡的，彷彿只要將自己與這個世界隔絕起來，他就會覺得自己不那麼的罪無可赦一點，雖然他比誰都明白那樣做只是自欺欺人。

他卻還是習慣性地想逃避。

雖然在子晴的說服下，這幾年他已經漸漸的能夠在這個日子裡走出房間，那些心碎的畫面卻依然不願自他底心褪去。

依舊無法擺脫他渾身的罪惡。

今天他在早知道何詠婕他們一夥的計畫後，特地拜託店長務必要讓他來上班好擺脫他們，但沒想到何詠婕居然會直接跑來這裡堵他，讓他連這短暫幾小時的休息時間還是碰見了她。

他原以為他們會直接到家裡去找自己的……

「我都知道了。」沒頭沒尾的何詠婕垂著頭輕聲地說。

「什麼？」聞言，馮子恆冒著冷汗匆然回問。

她該不會是知道了自己那段可怕的過去了吧……馮子恆的心猛然加快，擔心、害怕、緊張，所有的情緒複雜的攪和在一塊，連他都不知道自己應該要如何反應才好。

「你不喜歡生日的原因。」何詠婕勾起耳畔的髮絲，小心謹慎的開口，就怕自己一個不小心說錯了話，「因為你生日的那天……，發生了不開心的事情對吧？」

馮子恆張大了眼，眼中佈滿著血絲，臉上有些惶恐，「妳怎麼知道的？」

「是子晴告訴我的。」抿抿唇，何詠婕繼續說：「我知道他們的離開讓你抗拒過生日。要換成是我的話，我應該也會跟你一樣吧……畢竟這樣的情況，任誰也沒辦法放下心來好好的過生日。」

「子晴還跟妳說了些什麼？她有提到我們爸媽是怎麼走的嗎？」挑起眉，馮子恆揪著何詠婕的手臂問。

感受到微微的痛楚自手臂蔓延開來，何詠婕擰著眉心望了一眼馮子恆咄咄逼人的目光緩緩答道，「沒、沒什麼。她只有提到今天不只是你的生日，還是你們爸媽的忌日，剩下的她只有希望我答應她不要幫你過生日而已。」

聽見後，馮子恆像是鬆了口氣，鬆開手低喃，「好險……」

何詠婕輕輕揉著被馮子恆抓過的位置，望著馮子恆鬆懈下來的表情，心裡有著許多困惑，「你們的爸媽……是怎麼離開的？」

為什麼要這麼害怕馮子晴告訴了自己這件事？

「不要問。」馮子恆原先有些嚴肅的面孔在發現她有些紅腫的手臂，表情轉為歉疚，「對不起，剛剛太衝動了，很痛嗎？」

「還好。」

「既然妳都答應子晴不會幫我過生日了，那妳還來這邊找我幹嘛？」

「雖然說不過生日，但是大家一起吃個飯總可以吧？」何詠婕笑了笑，漾起的梨渦讓人看了很是可愛。

「不論過去的你到底發生了什麼事，或許真的很難啟齒、很難面對、很難讓你對我們卸下你的心防，但是其實這些我都懂，因為我也跟你一樣。」何詠婕的話讓馮子恆訝異地望著她認真的樣子。

「我也跟你一樣，有不想讓別人知道的過去。」何詠婕眼底的光芒突然轉為黯淡，「我也跟你一樣，只想把它永遠永遠的塵封在心底。」

「但是，跟你不一樣的是，」她的嘴角揚起笑，彎起眉燦爛的露出牙齒，整個人倏地散發出光芒，「我不打算再拒絕別人對我的好了。」

「因為我知道，人不能永遠活在過去，太沉重的包袱只會讓我們越走越看不清楚方向。既然都有人願意陪著你重新找回你原本應該要走的方向，我們又為什麼要拒絕呢？」

「只能有吃飯。」

「什麼？」

「等等除了吃飯之外，不能有任何的慶生道具，我也不要聽到任何跟生日有關的字眼。」

馮子恆最害怕聽到的就是「生日快樂」或是「Happy Birthday」這類的字眼，只要一聽到他就會忍不住渾身顫抖。

去年陳若儀他們幫他安排祕密慶生的時候，他是整個人癱在地上對著端著蛋糕的他們大發脾氣的，他們還以為是馮子恆氣到不能站立，殊不知他是因為聽見了他們的那句——Happy Birthday!而跌坐在地上的。

「好！當然！」何詠婕開心地回道。

而馮子恆也在那一瞬間感染到了何詠婕發散出的歡樂氣息，唇角忍不住跟著微微上揚著。

如果可以，我有多麼盼望還能再聽見你們對我說一句——子恆生日快樂，Happy Birthday!

Chapter 6
想幸福的人

那天生日過後，馮子恆總會時常想起何詠婕對自己說的話——

「既然都有人願意陪著你重新找回你原本應該要走的方向，我們又為什麼要拒絕呢？」

是啊……為什麼要拒絕呢？馮子恆捫心自問著，卻無法給出一個能夠說服自己的答案。

這麼久以來，自從爸媽離開後，他就告訴自己：你已經失去了擁有幸福的資格了。

所以笑啊、開心啊這些屬於幸福的人才能擁有的情緒，在他的臉上很少是真的，因為他不認為自己匹配得起這些情緒，即使渴望擁有，卻也害怕自己會因為這份希冀而讓身邊的人受到懲罰。

他所造成的傷害……已經夠慘重了。

每每一想起子晴，他就會忍不住想要好好的教訓、揍過去那個曾經那般不懂事的自己一頓。

可是，其實在他的心底他卻仍然存在著渺小的期盼，希望自己可以不要再這樣下去，卻總是矛盾的在前進或後退之間徘迴不前。

他可以找回他應該要走的方向嗎？

他能嗎？

在前方等著他的，會不會其實依然是一場人間煉獄？

他也想要、好想要，可以把那些過去暫時的、短暫的拋諸腦後，可是只要一看見馮子晴，他就沒辦法做到，因為只要一看到她，他就會想起自己所釀成的悲劇。

他好羨慕何詠婕。

他以為自己對於她所說的話，不過就只是一種羨慕她可以如此灑脫，所以自然而然的出於反射動作想去思索罷了，進而忽略了，藏在這抹欣羨背後那悄悄萌芽的某些情愫。

「子恆？」范承浩放下彈奏到一半的貝斯，喚著馮子恆。

「抱歉，想事情想到出神了。」

「嗯，沒關係，那我們再來一次吧。」卓少徹撥了撥吉他弦，發現到何詠婕今天臉上似乎多了個口罩，「咦，詠婕妳感冒了嗎？」

「沒有啦，最近天氣比較涼，想說戴著可以防風。」

「那就好。詠婕妳準備好了嗎？」陳若儀說。

「可以。」何詠婕點點頭。

今天練習的是對唱曲，之前因為時間喬不攏的關係，都已經開學好幾個月，他們都還沒能練習到對唱曲。但礙於下個禮拜有個表演的活動，他們五個才好不容易湊出今天這個短暫的片刻練習。

「那子恆我們就正式開始囉。」范承浩重新拿起貝斯，向陳若儀和卓少徹示意。

「好。」馮子恆站到了麥克風前，瞄了一眼將口罩拿下的何詠婕皺著眉。

看她的臉紅成這樣該不會是真的感冒了吧？他心想。

但隨著陳若儀的琴聲傾洩而出後，馮子恆立刻拋下這個想法，將自己完全地投入在音樂之中。

慢慢地范承浩的貝斯、卓少徹的吉他和陳若儀的琴聲融為一體，悠揚的樂聲流露出一股淡淡的哀傷。

馮子恆抓準了拍子後緩緩地啟口——

「你眼眶超載的眼淚 乘客是絕望和心碎
我可以看見 妳忍住傷悲
那一雙愛笑眼睛不適合皺眉」

前面短短幾句歌詞，馮子恆就將其詮釋的相當完美，或許是因為歌詞內容的關係，再加上看著馮子恆如此全神貫注的模樣，不多久的時間何詠婕很快地也讓自己沉浸在歌詞的意境之中。

「你目光獨有的溫暖是不會熄滅的明天
我可以感覺你沒有說出口的安慰
遠比我失去的更加珍貴」
「手心的薔薇[1]——」

當副歌的音樂一落下，馮子恆抬眸，張開手注視著何詠婕深情地唱著。雖然何詠婕知道馮子恆只是因為歌曲的意境而做出了這個這個舉動，但看見馮子恆這麼做之後，她的心跳還是不經意地異常加速。甚至，一個不小心的何詠婕竟然落了拍子。

見狀陳若儀停止了彈奏，卓少徹和范承浩也只好紛紛放下手中的樂器。

「對不起。」何詠婕連忙道歉。

「沒關係啦，這是正常的。」卓少徹笑了笑，忍不住調侃，「正常女生看到子恆對著自己唱歌，能像妳一樣只是不小心放空沒有心臟病發就已經很不錯了。」

「對不起……」一想到剛剛的畫面，她就忍不住又羞紅了臉。

---

[1] 手心的薔薇（詞／林怡鳳　曲／林俊傑）

「第一次合唱嘛，難免都還要經歷一點磨合期，這是正常的，別緊張。」陳若儀拍了拍何詠婕的肩，要她放輕鬆些。

聽聞他們的對話後，馮子恆對於早已滿臉通紅的何詠婕沒多解釋些什麼，只是瞥了她一眼後問，「妳老實說，妳是不是感冒了？」

不過就只是輕微的喉嚨痛，他是怎麼發現的？她還以為自己藏的很好……

有些心虛的她只好誠實回答，「對……」

「那妳還來練習。」馮子恆緊緊皺著眉，「下個禮拜就要表演了，萬一妳今天練習去傷到喉嚨或者感冒變得更嚴重怎麼辦？」

「不會啦。」何詠婕笑了笑，「我只是喉嚨有一點點痛而已啊。」

「今天就先練到這邊吧，承浩。」馮子恆走離麥克風架，轉身走到一旁拿起包包，「練習的事先等她的感冒好了再說。」

「沒關係啦，我還是可以——」

何詠婕一開口便換來馮子恆的惱怒，瞅了她一眼，「可以什麼？」

看見他的眼神後，她只敢聲音微弱地回道，「我沒事，還可以練習……」

但在答話的瞬間，何詠婕彷彿感到一陣暈眩有些飄飄然，為了不讓大家擔心，她只能吃力地想盡辦法站住腳，不讓自己倒下。

「如果真的有事，妳就不會站在這裡了。」

「……」

他的話讓何詠婕的瞳孔中散發出一陣愣然，不知該如何反應是好，他為什麼要這麼生氣……？

「唉唷，發這麼大的脾氣幹嘛呢？」卓少徹連忙跳出來緩頰。

雖然馮子恆平常總是讓人看起來很有距離感，但就算是這樣卓少徹卻很少看見他像今天這般發過脾氣。就連他們之前比賽因為卓少徹的失誤輸了，馮子恆都沒對自己發這麼大的脾氣……

馮子恆也許是突然驚覺到自己的失態，連忙說：「沒事。只是覺得我們下禮拜就要表演了，你也知道這場活動是我去接洽的，我不想讓他們失望，要是她的感冒變得更嚴重我們的表演要怎麼辦？」

但其實馮子恆知道事情並沒有他口中陳述得這麼嚴重，身為一個表演者一點小感冒硬是上場表演的情況是很常發生的，他自己也弄不清楚他何必為了何詠婕感冒這種事這麼生氣。

「詠婕妳怎麼了？」陳若儀瞥見何詠婕有些蹣跚的腳步，上前攙扶。

「頭有點暈。」她抓了抓自己的後腦勺，暈眩的感覺越加沉重。

「妳的手好燙，妳是不是發燒了？」陳若儀說完摸了何詠婕的額頭，「天，妳也太燙了吧？燒成這樣妳一點感覺都沒有嗎？」

何詠婕搖了搖頭，畢竟她從一早起來就覺得自己的頭有些暈，還以為只是因為昨天晚上吹了一點風，引起的喉嚨痛綜合著一些頭痛的小感冒而已。

早知道昨天不應該跟黃淨雅那麼晚還跑去吃宵夜，還忘了帶外套就跑出門了，不然她應該也不會弄得自己現在漸漸的有種頭痛欲裂的感覺。

「沒有。」何詠婕傻笑，「不過學姊這樣一說，我好像真的覺得自己的身體有點燙。」

「嘖嘖完了，我們詠婕她燒笨了。」卓少徹晃晃腦不禁感嘆。

見狀陳若儀瞟了卓少徹一眼，「還在搖什麼頭啦，還不趕快幫我扶她去看醫生。」

「坐我的車吧。」范承浩說：「我車停在學校後門附近的停車場，我先過去開車，你們扶她到後門，我們一起過去。」

「好。」陳若儀點點頭。

陪伴何詠婕到醫院的過程中，馮子恆緊蹙的眉心從未放鬆，但何詠婕卻依然只是不停地要大家別緊張，她沒有他們所想像的那麼嚴重，真的就只是小感冒而已。

「這樣看來應該是沒什麼大礙，藥記得吃，別碰油炸的東西也別喝冰的，記得多喝水多休息。」

「謝謝醫生。」馮子恆代替何詠婕道過謝之後，便率先扶起她走出看診間。

這個畫面讓陳若儀一夥人都有些驚訝，雖然從剛剛馮子恆一連串的行為跟舉動確實都有些讓人察覺到異樣，但還是有點不敢相信馮子恆會對何詠婕這麼的關心。

而口直心快的卓少徹更是忍不住調侃道，「哇，什麼時候我們子恆學長這麼關心我們詠婕啦？」

被卓少徹的話一提醒，馮子恆鬆開了手，有些不知所措的解釋，「我說了，我只是擔心我們的表演不成功而已。」

「好啦，我知道，不要緊張。」卓少徹忍不住笑出聲，因為他也難得只有這個時候覺得自己跟馮子恆的距離貼近了一些。

平常的馮子恆他才不敢跟他開這種玩笑呢，雖然剛剛在來醫院的路上他好像覺得馮子恆有些地方跟平常變得不太一樣了，卻又有點說不上來是哪裡的不一樣。

好像就是……不那麼難以親近一點了？

雖然他不知道這是為什麼，但他卻合理的推斷出或許會有這樣的感覺是因為何詠婕，這個他也還是不太能夠深入去了解的女孩。

□

隔天一早鄭苡慈便特地早起替何詠婕煮了粥，一見到她起床後她便關心地問道，「感冒好點沒？」

「嗯，吃過藥之後就覺得好多了。」她鼓鼓雙頰淺淺笑道。

「那就好，昨天一聽說妳發燒都快嚇死我了，昨天下班後回到家妳又睡了，只從妳朋友那邊聽說妳發燒了，都不知道到底發生了什麼事。」

「我沒事啦。」她笑了笑，「妳看，我現在人不是好好坐在這跟妳聊天嗎？」

「妳要是真的有事的話，我也不會放過妳的！」鄭苡慈威脅道，「我現在命令妳，把這碗粥給我吃完。」

何詠婕伸出五指放在額前俏皮地敬了禮，「是的，遵命！」

「妳啊妳，下次不准再這樣了，明明昨天早上看到妳還好好的，突然就給我發燒。我平常很忙，所以妳更要好好照顧自己知道嗎！」

「知道知道。」何詠婕皺著眉，摀著耳朵，「妳好像我媽喔，好嘮叨。」

「我也是為了妳好耶。」鄭苡慈無奈地搖搖頭。

「好啦，我知道。」何詠婕漾著笑，繼續吃著那碗鄭苡慈替自己煮的粥。

「對了……有件事昨天沒能告訴妳。」垂下眼瞼，鄭苡慈的表情瞬間變得有些黯然。

「怎麼了？」

「我昨天……好像看到林俐萱出現在這附近……」

鄭苡慈的話一說出口，何詠婕手中的玻璃杯哐啷一聲便掉落到了地面，地板上的景象就跟她那些好不容易才收拾好的心情一樣，變得滿目瘡痍、不堪入目。

「妳沒事吧？」鄭苡慈連忙上前捉住何詠婕作勢要將碎片撿起的手，「不要撿，妳會受傷。」說完，她便趕緊走到廚房拿起掃把將地上的玻璃碎片一一掃起，一邊說道，「我告訴妳是要妳小心一點，我怕妳又遇上她。天知道那個女人要是看見妳，又會對妳做出什麼樣的事情來……」

何詠婕低著頭思忖過後，即便雙手早已無法抑制住顫抖，她仍舊拾起一抹倔強的光芒勉強地回，「不可能啦，妳一定是看錯了。」

她怎麼可能會出現在這裡？她的目的不是都已經達成了嗎？我都已經逃得這樣遠遠的，她為什麼還要跑來這裡？為什麼就不能讓我好好的重新開始我的人生？難道……是因為她覺得我受到的懲罰還不夠嗎？

一想到這裡，何詠婕早已止不住內心的恐懼拚了命的顫抖著，「不可能……絕對不可能……」

「詠婕，妳冷靜一點。」鄭苡慈晃了晃她的身子，「我也不能肯定那一定是她。」

「對嘛，我就說了那一定不是她。」

看著何詠婕眼中那抹畏懼，鄭苡慈的心裡很是心疼，想再說點什麼，卻又害怕著會讓何詠婕的情緒更加不穩，於是她心虛地笑，「對，應該是我看錯了。」

「一定是我看錯了。」她又重複了一次，想讓此刻仍在微微發顫的何詠婕平靜一些。

但是，她怎麼可能會看錯？

那個人可是她和何詠婕曾經最最要好的好朋友、曾經說要攜手走過下半輩子的好姊妹，曾經那般深厚的感情，她要怎麼樣將她認錯？又要怎麼樣才能讓她們兩個不要碰見彼此？

「準備好了嗎？」范承浩側著身子一臉興奮地向大家問道。
「當然。」卓少徹帥氣的撥了兩下弦表示。
「嗯。」陳若儀和何詠婕也異口同聲地點了點頭。
至於馮子恆則是直接拿起放在眼前的麥克風，燦著笑問台下的人們，「你們大家都準備好了嗎？」
「好了！」

今天這場表演是馮子恆安排的，台下的觀眾全都是一些家裡因為某些特殊原因，像是單親、雙親離異、父母犯罪服獄或是家庭狀況稍不理想等情況，而變得有些叛逆，甚至逃學、逃家正處於青春期的孩子們。

社會大眾對他們帶有著既定的刻板印象，認為這群人不聽從大人的話、不去學校上課，便是不合乎常理的「壞孩子」，但又有多少人願意看看他們背後的故事。

當你的爸爸吸毒、媽媽離家出走不要你的時候，你還真的有心思乖乖的到學校上課，而不是試圖去藉由逃學這件事引起媽媽或者其他家人對你的一點關心嗎？

他們和一般的小孩並沒有不一樣，他們只是比較缺乏家人對他們的關愛，又或者只是希望用那樣的方式，表達他對這個不公平的世界的一點委屈。

他們只是想要被愛、想要擁有幸福。

雖然這樣的方式很愚笨，但當你聽見了他們背後的故事以後，一定都會忍不住替這些孩子心疼。

他們做了多少壞事，就代表他們有多渴望家人能多愛他們、多看看他們一眼。

而這些孩子之所以會聚集在此，都是因為陳偉的緣故。

陳偉是馮子恆國中時的輔導老師，也是他在人生中最迷惘挫敗的時刻，讓他能夠擁有繼續堅持下去力量的心靈導師。

這些孩子在知道陳偉曾經開導過一個會唱歌有在玩樂團的男孩後，都紛紛表示想要看他們表演，馮子恆在得知這件事後，當然是二話不說的一口答應。

「剛剛太小聲了。」馮子恆拿著麥克風露出一剎真率的笑，「你們大家都準備好了嗎？」

「準備好了！」

「那我們要開始囉。」馮子恆向後示意，後方的人也跟著紛紛點點頭。

音樂落下前一刻，馮子恆毫不猶豫的將麥克風傳給了何詠婕，第一首歌是她所要表演的獨唱曲。

何詠婕懷著忐忑的心從馮子恆的手裡接過麥克風，緩緩地站到了麥克風前，她惴惴不安望著台下數十對皎潔的目光，隨著音樂的流洩而出，她閉上了眼將自己沉浸在裏頭。

「心裡的烏雲 眼角的祕密
來不及燃燒的感情
被流言給吹熄 轉身回到孤寂

生活的叢林 堅強的遊戲

在白天掏空了勇氣

在黑夜剩不平 不懂錯在哪裡」

歌詞就像是在訴說著何詠婕那痛心疾首的過去，她一邊唱著，那些回憶也一同隨著音符的擺盪悄然映上腦海。

她就是被那些可怕的流言給打敗的，她永遠也無法忘記那時候的她過得有多麼痛苦，有多麼的孤單、寂寞。

一個深呼吸，她用手抹去眼角的淚接續著副歌——

「我不過是一個很想幸福的人

為什麼遇不到會生根的緣分

學著戒掉悲觀負我的都不恨

讓心靈完整 美麗動人

還是一個人

我相信當一個很想幸福的人

也必須是能夠讓人幸福的人

我不怕去付出也肯承擔責任

溫暖的誠懇 溫柔的迷人

「誰是那個人 能讓我沸騰

想幸福的人

詞／姚若龍 曲／張向榮、魏文浩」

如同何詠婕一樣，台下的這群孩子一個個又何嘗不是想幸福的人呢？唱到心坎裡的情緒讓他們的眼角都不禁渲染著幾顆淚珠。

站在舞台左側的陳偉見到了這一幕，向站在他正對面的馮子恆做出了個讚賞的手勢，他沒有料到這個看似嬌小的女孩的聲音竟然會如此的有穿透力。

一連幾首歌曲表演下來，陳偉對於他們幾個這次的演出內容相當滿意，便邀請了他們一起到他朋友開的餐廳用餐。

「吃吧，今天這桌都我請客。」陳偉指著桌上滿滿的各式菜餚說道。

這是一間在這一帶價位頗高的港式餐廳，能夠進到這裡吃飯對於何詠婕他們一群人而言可說是又驚又喜，畢竟他們都還是學生嘛，是不太可能常常吃這樣價格高昂的餐廳的。

「這樣不好吧……」范承浩怔然。

「這是為了謝謝你們今天給了那群孩子們這麼棒的演出，也謝謝你們讓我看見了你們的年輕活力。」陳偉露出一抹欣慰的笑。

「我以前啊，也跟你們一樣喜歡音樂，但是因為家裡反對的關係，我的吉他在我二十歲生日前夕就被我那個當醫生的老爸給扔了。」

說到了這，陳偉的目光變得有些迷茫，淡然地說：「但也是多虧了他生給我這個還算可靠的腦袋，我才能當上心理治療師，幫助他們這群孩子。」

「總之呢，」陳偉一邊說，一邊舉起桌上的茶杯，「我很喜歡你們今天的表演，希望你們有機會會願意再來為這群孩子們唱歌。」

「謝謝。」何詠婕率先出聲道謝。

「尤其是妳。」

「我？」何詠婕轉了轉她的眼珠子。

「我很喜歡妳唱的想幸福的人。」陳偉解釋道，「唱得很有感情。妳……是不是也有過什麼不愉快的回憶啊？」

「我……」她垂下臉，「算是吧。」

但又隨即讓笑容在臉上張揚著，「不過都是過去的事情了，我現在已經沒事了。」

「那就好。」陳偉笑了笑，「原本想說如果妳有需要的話，可以找我聊聊的，看來這樣是不用了。」

「呵呵，如果之後真的有這個需求的話，我一定會記得拜託你的。」

「不要吧，妳這樣笑著比較好看，我可不希望看見妳的笑容消失。」

「所以我說了如果啊。」何詠婕忍不住笑出聲，「我會努力不讓這個如果發生的。」

但是很多時候，如果不會只是如果，我們無心說出口的話，常常一個不小心地就讓它變成了結果。

那是我們再怎麼努力，也沒有辦法去阻止的。

□

通識課下課鐘聲一響，何詠婕便拎了一袋東西給馮子恆，「這個麻煩你幫我拿給子晴。」

「這是？」馮子恆問。

「我親手做的餅乾。」漾著笑，她鼓起雙頰說。

挑起眉，馮子恆露出不可置信的表情，「妳會做餅乾？」

聞言，何詠婕有些羞赧地抓了抓頭，「會啊，但是也還是會有烤失敗的時候。」

「啊！不過！這次的我有試吃過，很成功！所以你也可以吃喔。」

看見她認真向自己解釋的樣子，馮子恆的嘴角忍不住上揚，「要不要乾脆跟我一起去看子晴？」

「可以嗎？」

「為什麼不可以。」他一手扠在口袋裡挑挑眉問。

難道自己真的這麼有距離感嗎？他在心裡困惑著。

之前子晴也跟他提到過，曾經邀請過何詠婕來家裡的事情啊，怎麼她這次被自己問就一副膽戰心驚的樣子？

「因為……」何詠婕低著頭，心裡很是驚喜馮子恆居然會邀請自己到他的家裡。

他肯定不懂這樣由他親自問出口的意義，遠遠大於由馮子晴說的。

「嗯？」

「我以為你會不喜歡我去你家。」

「妳想太多了。」

何詠婕不知道的是，上一次她對自己的話起了多大的化學作用，漸漸的他開始對她有了不一樣的感覺……甚至，會開始在意她。

就像是上次她發燒的時候，不知怎的他就是比誰都還要著急。

他知道這樣是不對的，他已經有女朋友了，但卻還是出於身體的自然反應，想要多靠近她一點。

他還不太確定這樣的感覺到底是什麼，喜歡？愛？又或者只是出於一種同為天涯淪落人，而想要更加與她貼近的心境？

畢竟感情這種事情，真的太過複雜。

「上課了。」何詠婕吐吐舌，「我先回位子了。」

「那我今天下班後再傳訊息給妳？」

「好。」

何詠婕臉上不禁綻放著一抹顯而易見的燦笑，一邊揮揮手走回到鄭苡慈身旁的座位。

「笑得這麼開心？發生什麼好事了嗎？」

「沒有。」她搖搖頭，「只是突然覺得很開心而已。」說完便專注地投入在課堂上。

看她如此發笑的樣子，鄭苡慈也不禁微微揚起嘴角，拿出課本認真上課。

□

「有等很久嗎？」

「還好。」

「抱歉，下班前臨時又來了一組客人，才會耽誤到時間。」馮子恆搔搔頭有些歉疚。

「我真的沒有等很久。」何詠婕又說了一次，「不用覺得對不起。」

「那就好。」見狀，馮子恆收拾起愧疚的表情。

「在去我家之前，能先陪我去一個地方嗎……？」馮子恆小心翼翼的說著。

「可、可以啊。」

不知道為什麼，何詠婕突然覺得今天的馮子恆好像不再跟過去的他一樣，那麼的有距離感。

為了打工，馮子恆平常都是騎車到學校的，但今天這還是第一次何詠婕搭上馮子恆的機車，當走到馮子恆的機車旁時，何詠婕的心噗通噗通跳的很是急促，一瞬間緋紅色的紅暈便在她的雙頰上蔓開來，她在心裡暗自責備著自己，都還沒有坐上去就已經緊張成這樣了，會不會也太少女心了些？

所以當馮子恆將安全帽遞給她的時候，她差一點兒就要沒聽到他的聲音，一發覺到馮子恆拿著安全帽的那雙手，她連忙道歉，「抱歉抱歉。」

「各一次，就當作互相抵銷吧。」馮子恆露出牙齒燦笑，表情很是好看。

何詠婕看著馮子恆的笑容，有些驚訝，「你笑了……」

「快走吧，子晴知道妳今天要到家裡，異常的興奮呢。」

「喔……好。」

說完，何詠婕匆忙地想將安全帽扣起，但也不知道是她太著急還是這頂安全帽設計的比較特別，任她怎麼嘗試就是沒辦法順利的扣起。

「我來幫妳吧。」

馮子恆將身子往她的靠近，兩人之間的距離僅僅隔著數公分，這樣有些曖昧的距離讓何詠婕的心猛然地加速，原本就已經羞紅的臉，霎時紅得像個蘋果似的。

「謝、謝謝。」何詠婕將頭低著，羞澀地回道。

一等安全帽確定扣上後，何詠婕便焦急地想坐上機車後座，希望能藉由騎車的路途趕快緩解自己過於緊張的情緒，「我、我們趕快走吧。」

「等一下。」馮子恆伸出手將自己的圍巾摘下，一邊將它圍繞住何詠婕的脖子，一邊解釋，「妳感冒才剛好不能這樣吹風，妳把圍巾繫好，這樣就比較不會冷了。」

何詠婕的心臟彷彿又跳得比剛剛還要更快了，她只敢怯弱地低頭回答，「嗯，謝謝……」

「要記得抓好。」

馮子恆的話迴盪在冷風中，但吹拂在何詠婕的身上，卻有著她從未在他身上感受到的溫暖。

何詠婕有些不是很明白，馮子恆今天怎麼突然對自己這麼好？先是邀她去他家，又接著擔心她會著涼給了自己圍巾。

她還不知道馮子恆其實已經漸漸的在對她敞開心房了，因為她說過的話；因為她這個人散發出來的特質；因為她在唱歌時，也帶給自己那般似曾相識的感受。

即便所用的方法何詠婕還不太習慣，但對他們兩人之間的關係，已經算是一個很大的邁進了。

坐在機車後座的何詠婕依稀聽見前座的馮子恆在哼著歌，歌詞是什麼她沒能聽得很清楚，但從那輕快的旋律中，她可以感受到他此刻的愉悅，令她不由自主地勾起了嘴角淺笑。

「到了。」馮子恆將機車停下，指著街角一處散發著黃光的攤販說。

何詠婕往馮子恆手指的方向一看，角落一只招牌上有些斑駁地寫著「幸福豆花」，從這個角度看去店內散發出一股說不上來的溫暖，帶點復古風格的氛圍讓她不禁對這間豆花攤有些好奇。

「豆花？」

「對，我們走吧。」

走到店內的同時馮子恆一邊說：「子晴她啊，最喜歡吃這間豆花伯賣的豆花，每個禮拜的這一天都非得要吃上一碗。」

一推開店門，門上掛著的風鈴便隨著風的吹拂發出清脆的聲響，原先站在流理台有著蒼蒼白髮的伯伯聞聲轉了過來，「我還想說是誰呢，原來是子恆你啊！」

「對，麻煩伯伯了。」馮子恆淺淺笑道，從口袋裡掏出三個十元銅板放到了桌上。

放下洗到一半的碗，豆花伯熱情地迎接著兩人，「今天一樣一碗豆花加綠豆、薏仁跟粉圓嗎？」

何詠婕抬起頭來看了看價目表，在這物價飛漲的年代裡，一碗豆花最便宜的只要二十五元，最貴的甚至也只要四十元，這個伯伯人也太好了吧。

「我、我也可以要一碗嗎？」何詠婕有些語塞地問。

「咦？剛剛沒注意到，這是子恆你的女朋友啊？」豆花伯推了推他鼻樑上的老花眼睛，笑的很是開心。

「不是！她不是我女朋友！」

「不是！他不是我男朋友！」

豆花伯聽了他們兩人如此一致的回答後不禁失笑出聲，「哈哈哈哈哈，你們越是這樣說，伯伯我就越是懷疑喔。」

「不是啦，」馮子恆的臉有些紅潤，「她只是我社團裡的學妹，真的不是我的女朋友。」

「哎呀，現在不是，不代表以後不會是啊。」

「不──」

「我、我的豆花也要加薏仁、綠豆跟粉圓！」站在一旁的何詠婕驀然大聲說道。

豆花伯因何詠婕的話稍稍吃了一驚，呆滯了幾秒後才連忙回答，「喔喔，好，只是妳可能要等我一下，我去後面廚房補一些薏仁。」

「好。」何詠婕點點頭。

「妳剛剛嚇到伯伯了。」馮子恆低下頭，在何詠婕的耳際說道。

「……」但何詠婕只是默默地低下頭緊閉雙唇不發一語。

見狀馮子恆也沒再多說些什麼，只是默默地坐在一旁等著豆花伯將何詠婕的豆花盛裝好。

何詠婕其實是在生悶氣，但她一點也沒有辦法弄懂自己為什麼要生氣。

好像是在聽到了馮子恆跟豆花伯說的那些話之後，自己的心情就突然像是下了一場暴雨似的，無法開心起來……她覺得自己突然就這樣不說話實在是有點莫名其妙，但是因為錯過了那個適合開口的時機點，她也無法就這樣倏地想出什麼話題和馮子恆對談。

低著頭，她偷偷看了馮子恆此刻有些放空的臉龐，看著看著心底的感受開始變得有些複雜，複雜到……她居然看他看到都差點要出了神。

「小姑娘？」

「啊？」

「噓。」豆花伯默默地拿出了一條毯子蓋到早已經坐在一旁呼呼大睡的馮子恆身上。

「他啊，肯定又是工作太累了，上次也是這樣，買了碗豆花之後在我這邊睡到我都要打烊了還是沒起來，看他睡得那麼沉，我都差點捨不得叫他起來了呢。」

「呵呵，那後來呢？」

「後來大概是聽見我拉鐵門的聲音把他給吵起來了，他就一直跟我道歉過後匆忙地走了。」

豆花伯笑了笑，但又不免露出一抹心疼，「唉，這孩子也過得真的是有夠苦的，一個人要養生病的妹妹跟自己還要念書，這老天爺啊，也真是夠狠心的，居然讓他那麼小的時候就沒了爸爸媽媽的。」

「伯伯你跟學長他……認識很久了？」何詠婕挑起眉問。

「豈止認識很久。」豆花伯索性拉了椅子開始跟何詠婕聊起馮子恆，「他啊可是我從小看到大的。」

「他以前跟他爸媽就住在我們這一帶。只是他爸媽在他跟他妹妹都還很小的時候就去世了，後來大概是房租太貴的關係吧，就乾脆搬走了，但是他幾乎每個禮拜還是會回來這裡跟我買豆花。」

說著說著，豆花伯不禁嘆了口氣，「唉，可惜啊，一個原本多愛笑的孩子，搞到現在變成這副模樣。妳知道我剛剛為什麼會說妳是他的女朋友嗎？」

「為什麼？」

「我很久沒看到子恆笑得這麼開心了。他啊，只有講到他妹妹的時候偶爾會露出一點笑容，妳可是我第二個看見他笑得這麼開心的女孩子。」

我嗎？那他的那個女朋友呢？伯伯應該只是還沒有看過學長他真正的女朋友吧……

游綵甯才是那個，真正可以捕獲馮子恆笑容的女生才對，我也不過就只是出現在他生命裡頭的一個普通的社團學妹。

想到了這裡，何詠婕無奈地苦笑，「可是……伯伯，學長他已經有女朋友了。」

豆花伯聽了出乎意料的只是點點頭表示，「我知道啊。」

所以，反倒是何詠婕對於豆花伯的答案給吃了一驚，「那、那你……？」

「子恆他啊……大概是因為一直覺得爸媽的離開都跟他有關，所以才會覺得自己沒有資格去擁有真正的幸福吧。」豆花伯瞳孔中散逸著一股濃濃的哀愁，「這孩子，唉……」

「什麼意思？」

「他不是真的喜歡那個女孩子。」

不是真的喜歡？那……那之前看到他們那麼恩愛又是什麼狀況？既然不喜歡她又為什麼要跟她在一起？

「我知道妳在想什麼。」豆花伯看著她皎潔的目光，「但是，我也不知道他們為什麼要在一起，所以妳問我也是沒用的。」

「那伯伯你是怎麼知道子恆學長他不喜歡綵甯的？」

「用這裡跟這裡就知道了吧。」他爽朗地笑了笑指著自己的眼睛跟心臟的位子，「伯伯我都活到這把年紀了，如果連喜歡一個人應該會有的情緒都看不出來的話，那我也就白賣這些豆花了。」

「呵呵。」

「那……」何詠婕深吸了口氣問，「伯伯你知道他為什麼會覺得他爸爸媽媽之所以會去世跟自己有關嗎？」

「這個嘛……」豆花伯歛下眼，似乎有些猶豫是否要說出口。

見狀，何詠婕匆匆地說：「如果伯伯你覺得不方便說也沒關係！」

「我只是、只是，」她垂下臉，喃喃說著，「有點想要找出解開他心上那個結的方法而已……」

「妳知道他爸媽是在他生日那天走的嗎？」

「嗯，我知道。」

「那一天……對子恆來說應該是這輩子過得最艱辛、也最苦痛的一個生日了……」豆花伯一邊說，一邊將眼睛看向仍處於夢鄉之中的馮子恆。

但豆花伯不知道的是，對於馮子恆而言，在他的雙親離開以後的每一個生日，都是他最不願意去面對的日子，他……在那之後就再也沒有感受過過生日才會有的那種歡樂氣息。

那一天，對他而言，每一次想起都是個痛苦的夢魘。

「那個時候，子恆他甚至只有十三歲，一個才剛剛從小學畢業，踏入中學沒多久的孩子，爸媽就這樣走了，唉。」豆花伯不禁搖搖頭，「只要一想到他那天哭到眼淚都哭不出來了的可憐模樣，我就真的覺得老天爺對他實在是太不人道了……」

當豆花伯正要解釋馮子恆爸媽去世的詳情時，在兩人身後昏睡的馮子恆卻突然醒了過來——

「對不起，我睡著了……」他扭了扭身子，伸了個懶腰，瞥見牆上掛鐘的時間後連忙說：「哎呀，一個不小心居然睡了這麼久！」

「是啊。」豆花伯站起身，臉上掛著一抹極為深邃地笑，「本來想說讓你再多睡一點的。你這次醒得有點太早喔，我跟你女朋友都還沒聊完呢。」

「伯伯，我都說了，她不是我女朋友啦，我女朋友是上次我帶過來的那個才對。」馮子恆極有耐心地解釋著。

「好啦好啦。」豆花伯無奈地擺擺手，「伯伯跟你說，你啊有時候還是要好好看看自己的心啦！一直這樣口是心非伯伯看得都替你覺得累了。」

聞言，馮子恆表情瞬間轉為愕然，但又立刻平復成以往的淡然，露出一排整齊好看的牙齒粲然笑著，「好，那我先跟我學妹回去囉，子晴她還在等我們的豆花。」

「好好好，騎車要小心點啊。」他輕拍了馮子恆的肩，隨後轉身對著何詠婕說：「小姑娘，下次有機會再來伯伯的店裡坐坐吧，我們到時候可以再繼續聊我們還沒有聊完的部分。」

「嗯。」何詠婕勾起嘴角，露出兩側好看的梨渦用力地點點頭。

「你們剛剛都聊了些什麼？」馮子恆瞇著眼，有些好奇。

「沒什麼。」豆花伯朝何詠婕眨眨眼，用著唇語示意她不要將剛剛他們所聊到的內容告訴馮子恆，「對吧，小姑娘？」

「哦，對、對啊，子恆學長，我們趕快走吧，你剛剛不是說子晴她還在等我們嗎？」

「嗯，那伯伯再見。」

「再見，下個禮拜也歡迎你再帶小姑娘過來玩啊。」

「妳真的好不可思議。」一走出「幸福豆花」，馮子恆便這樣沒頭沒尾地說著。

「什麼？」

「沒什麼。」馮子恆沒多做些解釋，只是加緊了腳步對著依然杵在原地發愣的何詠婕笑了笑，「還不快一點，剛剛是誰說子晴還在等我們的？」

「你很過分耶，居然偷跑！」

夜空中，濯濯月光照耀在兩人的身子上，形成一幅極為絢麗的倒影。

機車後座的何詠婕感受到一股來自馮子恆身上的淡淡清香飄來，莫名地覺得挺暖心的。

如果可以，我只希望自己能夠誠實地去擁有所謂的幸福，做一個真正幸福的人。

Chapter 7
傷不起

「綵甯？妳也在啊。」馮子恆看見游綵甯出現在家中的瞬間閃過一絲訝異，但很快地他讓自己的心情轉為平淡。

「對啊，想說沒事就跑來你這邊看看。」

「學長那個我的安全帽——」何詠婕一走進屋內便發現游綵甯的存在，她未完的語句便在頃刻間跟著戛然而止。

游綵甯臉上原先掛著的笑也在看見何詠婕的那一個剎那轉為愕然。

尷尬的氣氛讓他們三個人都不敢開口，但只有馮子晴例外，她一看見何詠婕便開心地直撲向她，「詠婕姊姊！」

被馮子晴這麼一抱，何詠婕先是身子一顫後接受了這個與馮子晴的相擁，但站在一旁的游綵甯見狀臉色一沉心底很不好受。

「好啦，妳快把人家放開。」馮子恆拉了拉馮子晴的手，「妳一見面就對人家又撲又抱的，這樣她下次怎麼還敢來啊。」

「我還以為哥哥你是騙我的，沒想到是真的，你真的願意讓詠婕姊姊來我們家。」

「我幹嘛騙妳，而且我又什麼時候騙過妳了啊。」馮子恆寵溺地摸了摸馮子晴的頭，一邊將手中的袋子地給了她，「給，這是妳要的豆花。」

「謝謝哥哥！」馮子晴嫣然一笑後接過袋子，晃晃腦，「但是……怎麼有兩碗啊？哥哥你的嗎？」

「啊，一碗是詠婕的。」他抬眸望向手中還拿著安全帽的何詠婕走了向前，「安全帽給我，先跟子晴去吃豆花吧。」

「嗯。」點點頭，何詠婕走到了馮子晴一旁的位子坐下。

游綵甯看見這副景象彷彿自己就像是個局外人似的，內心百感交集著相當難受，但她也沒有多說些什麼，畢竟她跟馮子恆的感情從來就不是真的，她能有什麼資格去對這一切的發生說些什麼？

「綵甯，妳跟我一起出來吧。」馮子恆臉上揚著一抹看似燦爛，但其實有些虛假的笑說。

「好。」游綵甯回眸一望看見馮子晴跟何詠婕有說有笑的模樣，她莫名地感到有些妒忌。

「怎麼會突然跑來？」他將安全帽收拾進機車的車廂內悠悠問道。

「我……很想你。」

「……」

馮子恆斂下眼，望著兩人在月光底下被拉長的身影不知看了多久，他有些猶豫地說：「綵甯……妳是不是不小心放太多的感情在我們的這段關係裡面？」

面對馮子恆的問句，游綵甯怔怔了數秒後開口，「你知道答案。」

「那妳知道妳自己已經違反我們起初訂下的遊戲規則了嗎？」

「我知道。」她的瞳孔散發出淡淡的惆悵，「但是……已經付出的感情，是沒有辦法收回的。」

「雖然……如果可以的話，我多希望自己從來都沒有遇見你。至少這樣我就不會跟你相遇；不會訂下那個約定；不會去喜歡你……」

「可是，我就是沒辦法克制自己對你的感情啊，我、我就是喜歡你……好喜歡、好喜歡你……」

此刻，游綵甯原先強忍住的淚水，說著說著有如波濤洶湧般汨汨流出，馮子恆看著這個畫面即使不捨卻也不知該如何是好。

馮子恆咬著下唇，好像只要再用力一點就會嚐到一絲鐵鏽味，他無奈地垂著頭緊盯自己在月光下的倒影，想說些什麼卻又不知道該說什麼，這樣的氛圍緊繃到彷彿只要一個不小心就會讓人窒息。

他怕自己會傷害到游綵甯，因為自頭徹尾他都沒有對她產生任何的情愫，這樣的話卻不是很合適在這個時刻說出口。

要怎麼對一個替自己付出這麼多的好女孩說出那樣殘忍的話？

「子恆……」游綵甯用衣袖拂去眼角的淚珠，語帶哽咽的開口。

「嗯？」

「你……是真的沒有喜歡過我嗎？一點點、就連一點點都沒有嗎？」

有些人就是這樣的，明明知道答案，卻仍然一心期盼著那個答案跟自己所想像的或許會有些許差異。

即使知道會痛，卻依然要去觸碰，這應該就是愛情吧。

愛不到那個想愛的人的，感情。

「綵甯，」馮子恆揚起下巴，嚥了口口水後啟口，「我真的不想傷害妳。」

「妳對於我來說，就像是第二個妹妹。我很感謝妳這些日子以來對我還有子晴的照顧，真的。」

「妹妹？」游綵甯像是發了瘋似地自嘲大笑，「哈哈哈哈哈，原來、原來我做了這麼多，在你心裡就只是你妹妹嗎？而且還是一個可有可無的妹妹，哈哈哈，我、我怎麼可以這麼可笑啊我。」

「綵甯妳冷靜一點。」馮子恆輕摟著游綵甯的手臂，試圖想緩和她過於不穩的情緒。

「算了……」游綵甯的眼神轉為空洞，「算了……你不要管我，去管你那個學妹吧！她才出現多久，我出現多久？你看她的眼神卻比看我的……」

說著說著游綵甯或許是已經不願意再接著說下去，她瞥了馮子恆家中的方向一眼，垂喪著臉，「對不起，跟你說了一堆你不喜歡聽的話。時間不早了，我先回去了，別忘了子晴不適合太晚睡。」

語畢，馮子恆看著游綵甯踏上計程車離去的背影，濃濃的歉疚感擁著他的心。游綵甯她……好像又瘦了。

一走進屋內，馮子晴便拾起一剎窘惑，「哥哥怎麼只有你？綵甯姊姊呢？」

聞言，馮子恆輕瞟了一眼窗外，「她……還有事，所以先走了。」

「這樣啊。」馮子晴轉轉眼珠，「感覺她最近的心情好像都不太好，你們是不是又吵架了啊？」

「嗯……」他拐著頭想了想，「算是吧。」

「那你們和好了嗎？你們最近怎麼這麼常吵架啊，哥哥你就多讓綵甯姊姊一點嘛，女生都比較容易胡思亂想。」馮子晴漾著笑，吃完碗裡最後一口豆花。

「好好好，我知道。」馮子恆甩甩手中的鑰匙圈，「豆花吃完了，妳也差不多該睡了，明天還要上課，趕快刷牙上床去吧。哥哥先載詠婕姊姊回去。」

「好。」

說完，馮子恆便領著何詠婕走到了屋外，「今天時間太晚了，沒能讓妳跟子晴相處的夠久，妳有空的話下次再過來吧。」

「可、可以嗎？」

「嗯，我先送妳回去吧。」

「那個……」何詠婕吞了口口水，有些猶豫地支吾著。

馮子恆放下手中正要戴上的安全帽說：「想說什麼就說吧。」

「你跟你的女朋友還好吧？」

對於她的問題，馮子恆有些驚訝她竟然會關心這件事，「沒事，妳別擔心。」

「那就好，希、希望你們早點和好。」何詠婕露出一抹看似真誠，卻有些徬徨的笑。

她也弄不太明白自己幹嘛問這個問題，甚至心裡竟有一些些盼望著，或許他們兩個就這樣不要和好也不錯？雖然知道有這樣的想法實在很不應該，但卻怎麼也無法從心裡將這個念頭剔除，所以只能說著這樣口是心非的話語試圖讓自己的腦袋瓜清醒一點，明白到自己不能夠這樣子想。

馮子恆聽聞後，怔怔了數秒才回過神，「好，謝謝妳。」

「謝謝你載我回來。」

「不會，早點睡吧。」

「嗯，你也是。」何詠婕揮揮手，看著馮子恆的機車消逝在巷子末端，才有些不捨的掏出鑰匙。

在轉動鑰匙孔的剎那，她依稀覺得角落裡有個人似乎正盯著自己，但當她轉過身想確認，卻只是發現那裏空無一人。

「大概是我自己想太多了吧。」她擺擺手，拖著疲憊的身子回到公寓內。

「詠婕妳回來了啊……」鄭苡慈看著何詠婕，臉色有些難看。

「嗯，剛剛出去了一趟。妳沒事吧，身體不舒服嗎？臉色看起來很差耶。」

「我、我沒事啦。明天還要上課，趕快去洗澡啦，臭死了妳。」

「我哪有啊。」何詠婕張大眼搖搖頭，「好啦，妳沒事就好，有事要說喔，我先去洗澡了。」

望著何詠婕離開沙發走向房間的身影，鄭苡慈握著手中的相片，緊咬著下唇瓣，直到嚐到一絲血腥味才悄然鬆口，「怎麼辦……」

她看著手中的相片，不停地顫抖著身體，「我該要怎麼辦……嗚嗚嗚……」

□

「那詠婕，我們再試一次A段的——」陳若儀的話還沒說完，就被開門的聲音給打斷。

「子恆？你怎麼會來？你不是說今天沒有要跟我們一起團練嗎？」

「原本是要帶子晴去回診的，但是綵甯幫我去了，所以閒著沒事就想說過來看看。」

「喔喔，這樣啊，那待會兒要不要一起去吃飯？」陳若儀揚著笑，「剛剛阿徹跟我們打賭輸了，說要請客。」

「喂，妳是真的想害我吃土啊？范承浩你也管管你女朋友吧？」卓少徹悶著一張臉，表情痛苦。

「可是你的意思難道是要我們自己去吃，不帶子恆去？」范承浩一臉無辜。

「唉，既然這樣我還是先回去好了。」

「喂喂喂！我……」卓少徹連忙拉住馮子恆，「你不要聽他們兩個在那邊一搭一唱啦，請就請啊，誰怕誰！」

聞言，眾人一副得逞的樣子，相互擊掌。

看見這個畫面的卓少徹咬牙切齒反駁，「你們很過分耶！原來根本是故意弄我的！」

「我們也不知道這次子恆居然會這麼願意配合啊。」范承浩聳聳肩，心裡對於馮子恆這陣子的轉變很是開心。

「好啦，男子漢大丈夫，一言既出，駟馬難追。想吃什麼就說吧！」

「耶！謝謝阿徹學長！」何詠婕燦爛地露齒一笑，這個畫面讓馮子恆看見的瞬間發愣了數秒。

「滷肉飯？」卓少徹看著招牌，有些不敢置信，「你們認真要我請吃這個？」

「喂，少瞧不起滷肉飯喔，它可是台灣的特色美食耶。不然你如果不想請滷肉飯，比較想請牛排也是可以啦。」陳若儀攤開雙手，歪著嘴要卓少徹決定。

見狀，卓少徹的態度立刻一百八十度大轉變，甚至卑躬屈膝的替大家開門、拉椅子，「哇！是滷肉飯耶，大家應該都跟我一樣餓了吧，我們趕快進去啊。」

看見這幅景象，何詠婕跟馮子恆都忍不住一同笑出聲來。

「你們兩個幹嘛？偷偷來喔，小心我跟綵甯告狀喔！」卓少徹指著兩人嘴角的笑意，忍不住調侃道。

「什麼啦，學長我們又沒怎樣。」何詠婕連忙駁斥。

但馮子恆在聽見卓少徹的話之後，卻是一句話也沒說收起笑容，頭也不回的走進了店裡，這個畫面讓卓少徹有些困惑，「幹嘛？我說錯什麼了嗎？」

「沒事沒事。」范承浩拍了拍卓少徹的肩，「他應該是在生自己的氣。」

何詠婕對於范承浩說的話有些不解，但沒有問話，只是默默地走進了店裡，選擇了一個和馮子恆位於對角線的座位。

馮子恆是在生自己的氣沒錯。

他已經有女朋友了，他甚至還有妹妹要照顧，他需要這個女朋友才能維繫住妹妹的生命，所以他怎麼能、怎麼能忘記自己身上所擔負的責任？

一切就好像那麼自然而然的，他開始不經意的會在意何詠婕這個人她說的話、她的笑容、她的所有情緒，還會開始擔心她，可是這樣的感情好像一個不小心就放得太多、太重了，他這樣做真的可以嗎？

不可以。

絕對不可以。

他自己比誰都清楚的明白，自己不可以這樣。這麼做不僅僅會傷害到游綵甯，更會傷害到何詠婕，這陣子游綵甯的不安，對於他們之間的平衡，已經是一種警訊了。

現在游綵甯之所以還待在他的身邊，憑藉著的是她依然還喜歡他，而他也還沒有打算要捨棄掉他們的這段關係，一旦他失去掌控，這苟延殘喘維繫的存在只會顯得更加殘破不堪。

馮子恆看著右側的何詠婕，輕咬著下唇瓣，試著要讓自己回歸到最起初的那個樣子。

距離感，永遠都會是最適合用來保護自己也保護別人的武器。

別人對他的好他都知道、也很需要，可是卻也可能會讓他迷失了最起初的那個信念——子晴。畢竟一直以來他之所以讓自己如此封閉就是為了守護她，如果因為何詠婕的出現讓他亂了方寸，因而失去了子晴，那他該怎麼辦？

——「你是哥哥，要替爸爸媽媽好好照顧子晴知道嗎？」

我是哥哥，所以要好好照顧妹妹。

他永遠也忘不了爸媽躺在血泊中用盡最後一絲力氣交代自己的話，這是他這些年來咬著牙關苦撐到現在的唯一動力。

如果沒有子晴這個妹妹、沒有爸媽的那句話，說不定他早就失去了求生的念頭……

「沒事吧？」范承浩遞了杯汽水給馮子恆，順口問道。

「嗯，沒事。」他搖搖頭，接過飲料，「謝謝。」

「有什麼事可以說出來，大家一起解決，不要像之前一樣總是悶在心裡。」

「我知道。」馮子恆淺笑，內心卻很是矛盾。

他看著和大家有說有笑的何詠婕，心臟被歡樂的因子給包覆，卻又被不斷湧上心頭的惆悵給覆蓋了過去。

他知道大家對自己的好，卻不知道自己應該要怎麼做才是對的，內心的糾結讓他感到一陣無力，不知道自己到底應該要用什麼樣的態度去面對，在心裡悄悄滋長著的對何詠婕那番有些不同的心意。

□

一夥人在享用完卓少徹請的滷肉飯大餐過後，紛紛各自找了藉口離座，到了最後只剩下何詠婕跟馮子恆望著桌面上發呆。

「要回去了嗎？」何詠婕抬起頭看了馮子恆緊緊擰著的眉心問。

「嗯。」

「你沒事吧？」踏著影子，何詠婕跟在馮子恆略顯滄桑的背影身後，小心翼翼地問。

剛剛整場飯局，馮子恆開口說的話不超過五句，不要說是何詠婕了，就連平常神經大條到一個不行的卓少徹都察覺到他的異狀了。

卓少徹甚至還偷偷的傳訊息要何詠婕替他向馮子恆道歉，因為剛剛的玩笑讓他感到不開心了，雖然范承浩一直強調他覺得馮子恆並不是因為那件事情而生氣，但他的心裡卻依然不免感到自責。

「沒事。」馮子恆說著，深鎖的眉頭卻絲毫未鬆懈下來。

「那就好。」見他不願多說，何詠婕便決定不再追問。

兩人雙雙停止了話題，默默地往學校的方向走去，但氣氛卻有些凝重的讓他們彼此的步伐略顯沉重。

馮子恆倏地停下腳步想了想後開口，「詠婕。」

走在前頭的何詠婕回過頭，「嗯？」

「上次妳是真的希望我跟綵甯和好嗎？」

「怎麼突然這麼問？」嘴角微顫，何詠婕苦笑著回應。

看見何詠婕的反應後，他有些後悔著自己問了這個並不能解決他心底那股煩憂的問題，「算了……當我沒問吧。」

他搖搖頭，換了個話題，「先陪妳回去吧，我今天機車也剛好停在妳家附近。」

「好。」

正當兩人越加地往何詠婕家靠近時，一抹對何詠婕而言有些熟稔的身影，正站在不遠處緊緊盯著他們的方向。

馮子恆指著那個人影，開口問道，「那個女生她是在等妳嗎？」

何詠婕顫抖著身體，表情有些吃力地啟口回答，「應、應該不是吧。」

「可是她好像一直在看我們這裡。」

「說、說不定，她是認錯人了吧。」何詠婕勉強地勾起唇角解釋道，但看著那道身影，越看卻越加確定那個人百分之百是認識自己的。

「我！我、我突然不想回家了，你可以陪我到附近走走嗎？」何詠婕如此倏地驚然一吼，嚇了馮子恆好大一跳。

「不去跟她說一下她認錯人了嗎？」

「拜託。」何詠婕眨巴著眼，眼角若有似無地閃著些許淚光。

面對她突如其來的請求，馮子恆心裡有著許多困惑，但還是沒多說什麼，只是點點頭答應，「那好吧，我們回學校。」

但當兩人一轉過身，那個站在不願處的身影匆也似地跟著追了上來，「何詠婕！」

這一叫讓馮子恆更加的確定她跟何詠婕肯定是認識的沒錯，朝何詠婕眨眨眼問，「不過去？」

「我……」

看見她的猶豫，驀地，馮子恆抓起了何詠婕的手，極為認真的說：「跑。」

「蛤？」

「不是不想跟她碰面嗎？那就給我跑！」

然後兩個人就這樣一起牽著手跑著跑著，跑到了學校裏頭，一當兩人發現到彼此緊緊牽在一起的手時，都用著極為迅速的速度匆匆鬆手。

一鬆開口手後，馮子恆扁扁嘴問，「剛剛、剛剛那個人是誰？」

「……」何詠婕停下了腳步，緊緊咬著下唇不發一語。

「不想說啊。」馮子恆抬起頭看了一眼天空，「那妳看看天上，今天好多星星。」

聞言，何詠婕抬起雙眸看向天際，「好漂亮……」

「如果你先告訴我你怎麼了，我就告訴妳剛剛那個人是誰。」

馮子恆聽了她的話之後先是詫異了數秒後，輕笑出聲，「呵，這算是交換條件嗎？」

「算是吧。」何詠婕緊盯著天空中一顆極為耀眼的星星，緩緩回道，「那你願意跟我交換嗎？」

抿著唇，馮子恆思忖了數秒後揚起笑開口，「妳真的很特別。」

「什麼？」

不是應該要告訴她，願不願意跟自己分享他到底發生什麼事嗎？怎麼反而突然這樣說了一句莫名其妙，還讓人有些心跳加快的話？

「我說妳，真的很特別。」又一次的，馮子恆向何詠婕強調著，一邊說著還一邊朝她的方向前進了幾步。

這個舉動讓何詠婕的臉湧上一抹緋紅，「為、為什麼這樣說？」

——「妳真的好不可思議。」

這已經不是第一次他對自己下了這樣的註解，只是上一次在幸福豆花的時候，馮子恆沒有對此多作解釋，何詠婕還是不太明白他的話中之話究竟是什麼。

「妳總是會讓人不經意的想要告訴妳很多事情。跟妳相處在一起的時候，有一種很難以言喻的氛圍……那種讓人忍不住耽溺在裏頭的感覺，會讓人一個不小心把自己的全部都掏出來。」

抬眸，何詠婕咀嚼著馮子恆的話後，緩緩啟口，「可是，你並沒有對我交出你的全部。」

她的話讓馮子恆的身子為之一震，但隨之自嘲地笑了笑自己，「呵，妳真的——算了……」

「妳應該還記得吧？我爸媽是在我生日那天走的。」馮子恆垂下眼瞼，低聲說著。

「嗯。」

「其實……他們是被我給害死的。」

他的話不疾不徐地迴盪在風中，傳到了何詠婕耳中的那個剎那，何詠婕彷彿覺得自己的心跳就要停止，他……也跟自己一樣背負著如此沉重的罪過嗎？

「為、為什麼？」顫抖著雙唇，何詠婕惴惴不安地問。

「我從來沒有告訴過任何人這件事情，所以妳能答應我不要告訴其他人嗎？」

「好。」

看見何詠婕堅定地點了頭後，馮子恆思索了一下便接著說：「爸媽走的時候我才國一，我永遠忘不了那天一早起來我就看見外面的天空是灰濛濛的，也永遠忘不了那天的我有多麼不懂事……」

說著說著，幾顆淚珠跟著滾滾墜下，他有些哽咽地撫去眼角的淚水，繼續未完的話，「那天是我的生日，他們說好了一放學後就會來接我，替我買那時候最流行的遊戲機給我當生日禮物，但是……這些年過去了，他們卻始終沒能親手把那份禮物送到我的手裡……」

「那、那天放學後，我就站在校門口一直等、一直等，等他們來接我，一直到我看著身邊的同學一個一個的被家長接走後，警衛室的伯伯才在接了通電話後跑來告訴我說子晴又住院了，爸媽要我先到附近的商店晃晃等他們去接我。」

「小時候的我很不懂事，只覺得爸媽一直都對我很偏心，比較疼愛子晴，甚至連我的生日都這麼的不被重視……」馮子恆一邊說，眼眶的淚水一邊跟著汩汩流出，「都是我……要不是我他們就不會……」

「不是你的錯。」何詠婕輕輕地將馮子恆顫抖著的雙手緊緊握著，又強調了一次，「這不是你的錯。」

「他們、他們就眼睜睜的在我的眼前……我……如果那天的我不要那麼任性，聽他們的話乖乖的待在商店裡等，他們就不會為了找我發生那場車禍，子晴也不會沒有了爸媽……一切都是我的錯……」

月光下倒映著兩人長長的影子，不遠處的女人看著這個畫面，站在原地踟躕不決不知是否該打斷他們。

「不要這樣想。」何詠婕抬起馮子恆的臉，「他們不會希望你這樣想的，不論是你的爸媽，還是子晴都不希望。」

看著她如此安撫人心的表情，馮子恆的淚水越加洶湧，一發不可收拾。

「哭吧。如果哭出來會好一點的話……」何詠婕輕拍著馮子恆的背。

「看來我來得不是時候……」躲在後頭的女人喃喃著，一邊走離兩人。

「好多了嗎？」何詠婕遞了瓶飲料到了馮子恆手中，「給你。」

「謝謝。」馮子恆接過後喝了一口，「對不起讓妳看笑話了。」

「不會。」她微微的笑著，看了一眼天空，「而且這才不是笑話呢，你一定很辛苦吧……？帶著這樣濃厚的愧疚感活著……」

「嗯……在爸媽離開的那一天，他們只要我好好照顧子晴就什麼也沒留的走了……同學間異樣的眼光、鄰居的議論紛紛讓我開始選擇保護自己──」

「不跟別人說話？」何詠婕眨眨眼打斷了他未完的語句，偏過頭問。

「算是吧。」點點頭，他接著說：「不過也是因為覺得自己沒有資格去擁有朋友……都是因為我的關係，子晴才會失去爸媽的……我不能容許自己太過分心而又失去她……而且她是爸媽走之前最最放心不下的，我不能讓她有任何的閃失。」

「真的不是你的錯。」何詠婕極為誠懇的又說了一次，「相信我。」

「但對我而言……」馮子恆揚起一抹極深的笑，卻一點溫度也沒有的那般冰冷，「事情之所以會變成這樣就是我的錯沒錯。」

「子恆——」

「好了。噓，不要說了！」馮子恆伸出食指放到了何詠婕的鼻尖，「說好了是交換條件的。剛剛那個在等妳的女生到底是誰？」

「是我高中的朋友……」何詠婕一邊說，眼角一邊拾起些許惆悵。

「朋友？那妳為什麼要躲她？」

「不，正確來說她曾經是我人生中最重要的好朋友，不過是過去式了，因為發生了一點事情，所以我們兩個徹底鬧翻了……」

馮子恆挑起眉，「發生了一點事情……？」

「嗯……我們喜歡上了同一個男孩子。不過詳細的內容請容許我保密……因為我還沒有辦法坦然的面對這件事情。」

「不公平。」

「什麼？」

「不公平啊。」馮子恆擰著眉，斂下眼，「我把我的事情告訴了妳，妳卻不告訴我妳發生的事……」

雖然其實馮子恆自私地保留了關於之後遇到游綵甯發生的事情，還刻意避開今天他之所以心情不好的原因（當然也是剛好何詠婕沒有發現他沒回答），他還是覺得自己跟何詠婕說了這麼多事，卻只換得那個女生是她過去的好朋友這個情報有些過份。

「下次吧。」何詠婕吞吞口水，「下一次如果我們又一起遇見了剛剛的女生的話，我就告訴你。」

「……那好吧。」馮子恆同意道。

「不過我真的覺得你不應該把爸媽車禍的原因攬在自己的身上，背負著這樣沉重回憶的你，太辛苦了。」

「妳不會懂的。」馮子恆露出一抹苦笑，「當全世界都對著你指指點點的感覺，就好像在告訴我……我是多麼令人嫌惡的罪人……」

何詠婕緊緊皺著眉頭，咬著下唇。聽見馮子恆的話，那股憑藉著回憶自心底衍生出的恐懼彷彿要將她吞噬一般，讓她不自覺的渾身發顫。

不，她怎麼可能會不懂？

怎麼可能不懂那種被全世界給唾棄、給遺忘的感覺？

她太清楚那種感覺了。

當周遭的人用著那樣嗜血般的面容看著自己的樣子，那種想逃卻也逃不了的感覺，就好像在告訴她：

——妳是一個殺人犯。

「沒事吧？抖成這樣，會冷嗎？」馮子恆一邊說著，一邊將外套脫下套到了何詠婕身上，一陣清新的香氣散逸開來。

何詠婕用手撫去額角的冷汗，隨即將他的外套摘下，「沒、沒事，我很好，外套還你。」

「外套妳還是先穿著吧，夜越來越深了，我先送妳回去，到妳家門口妳再還我吧。」

當何詠婕還在思索之際，手機恰好傳來鄭苡慈的訊息，讓他同意了馮子恆的話，「嗯，那好吧，剛好苡慈說她在家裡等我回去，我們回去吧。」

在靠近小公寓的前一個巷口何詠婕先是確定了那個女生已經不在了之後，才放心地邁開步伐往公寓前進。

「早點睡。」接過何詠婕還給自己的外套後，馮子恆率先開口。

「嗯，你也是，希望今天晚上有讓你的心情好一點。」

□

在鄭苡慈將那封訊息發出前約莫十分鐘左右，剛剛那個跟在何詠婕身後的女人正經過何詠婕和鄭苡慈租屋處打算回到她在附近租的房子，外出丟垃圾的鄭苡慈碰巧撞見了她。

「妳……」鄭苡慈瞪大了眼看著林俐萱的臉。

「好久不見。」

「……」抿了抿下唇，鄭苡慈沉默幾秒後開口，「妳出現在這裡是為了什麼？」

「還能為了什麼？當然是來找詠婕的。」林俐萱不假思索的直接回道。

「還不夠嗎？妳……妳傷害了詠婕這麼多難道還不夠嗎？」

「傷害？」林俐萱瞅了鄭苡慈一眼冷笑道，「據我了解，妳才是那個傷害她最多的人吧，妳有什麼資格跟我討論傷害這個話題？」

「我、我沒有！」

「沒有？」林俐萱忍不住又笑了，「算了……到底有沒有妳自己清楚就好。她今天似乎不在吧，我之後再來找她，先走了。」

「等一下！」

「怎麼了？迫不及待讓我把真相告訴她嗎？」

垂下眼瞼，鄭苡慈低聲問，「妳這次回來到底是為了什麼？」

「我沒有要向妳交代這些事情的必要吧。」林俐萱丟下這麼一句話後便轉身離開。

鄭苡慈看著她緩緩消逝在巷弄的背影，身子不斷地顫抖著，心裡那股說不上的恐懼死命地將她包圍著，她知道真相總有一天會被揭開，但是她卻沒有料到竟會來得這麼匆促。

她不知道這些日子以來自己到底後悔了沒有，卻很害怕看見何詠婕討厭自己的樣子。

她才是那個罪人。

自始至終，都是她把何詠婕推進地獄裡的，林俐萱不過就只是剛好利用這一點傷害何詠婕罷了。

而這一切何詠婕卻從來未能知曉，也因為什麼都不知道所以無力去反駁，只能默默的承受這些因為鄭苡慈所釀成的悲劇，如果她知道了肯定會覺得自己很噁心的吧？

她不敢想像，要是何詠婕知道了真相後的模樣，她還能像這樣待在她的身邊嗎？

埋藏在心底多年的那個祕密還有機會親口告訴她嗎？

她不知道。

□

「我回來了。」何詠婕一走回公寓內便對著坐在客廳放空的鄭苡慈打招呼。

但是鄭苡慈的心情似乎還沒平靜過來，只是一手拿著手機一手拿著遙控器呆愣地看著前方。

「苡慈妳怎麼了嗎？」見狀，何詠婕連忙走到鄭苡慈身旁的空位坐下，拉起她的手關心。

鄭苡慈這才連忙反應過來，掛回一抹稍嫌心虛的笑，「啊，妳回來啦，怎麼這麼晚？」

「今天跟社團的學長姊去吃飯了，剛剛回來的時候……」何詠婕有些猶豫是否要把林俐萱的事情說出來，她怕說了會讓鄭苡慈擔心。

「怎麼突然不說了？」

「沒事沒事。」何詠婕搖搖頭，「是剛好子恆學長他有點心事我就陪他到操場走走散心所以才會弄到這麼晚。」

「這樣啊。」鄭苡慈斂下眼，表情突然變得有些嚴肅，「詠婕我問妳喔。」

「嗯？」

「如果、我是說如果，如果妳突然發現我其實是一個很糟糕的人，還做了傷害妳很深的事情妳會怎麼辦？妳……還願意當我的朋友嗎？」

聞言，何詠婕漾起笑，「拜託妳怎麼可能是這種人啦，從我認識妳到現在幫了我這麼多，要是沒有妳高中那些事情我肯定沒有辦法走過來的。」

「所以我是說如果啊，如果我不是妳想像的這樣的話，妳會怎麼做？」

看見鄭苡慈如此凝重的神情，何詠婕吞了吞口水，看著她想了想說：「雖然說我覺得這件事情不可能會發生……不過如果妳真的這樣對我的話，肯定是有妳的原因的吧？畢竟妳一直以來都是這麼好的人，怎麼會突然傷害我？我覺得妳一定是有什麼苦衷吧。」

看著何詠婕如此無邪的笑意，鄭苡慈心裡那股歉疚就越加的深了，她突然覺得自己好不可原諒，居然這樣對一個待她這麼好的人……

即便當初自己的本意並不是要傷害她，她卻還是不敢奢望自己能夠被原諒……她能夠理解自己的苦衷嗎？如果她告訴了她自己的苦衷之後……

鄭苡慈看著自何詠婕身上所散發出的暖意，卻一點也無法感受到真正的溫度。

就算她就坐在自己的身旁，她卻覺得自己跟何詠婕的心相隔了十萬里那麼的長。

如果可以，我多麼希望當初傷害妳的人不是我，那麼至少我就不必那麼害怕會失去妳。

Chapter 8

情非得已

「昨天跟妳說的事情是我們之間的祕密，請妳務必替我保密。」

一早起床，何詠婕手機裡便躺著這麼一封來自馮子恆的訊息，她看著螢幕傻笑了幾秒後才做回覆，但心裡一邊想著他昨天的樣子卻也不禁替他擔心起來。

他一直都活得這麼有壓力，真的有好好享受過「快樂」這個字眼嗎？

想到了這裡，何詠婕又多傳了一條訊息給了馮子恆——

「這個假日有空嗎？我們約阿徹學長他們一起去遊樂園玩好不好？」

不等馮子恆回覆，何詠婕便直接起床將上課需要的東西準備妥當後，到浴室梳洗一番準備出門。

「咦，苡慈妳怎麼也起來了？今天早上妳不是沒課嗎？」何詠婕拎起包包正要出門時看見坐在沙發上發愣的鄭苡慈有些困惑。

「睡不著就爬起來了。」鄭苡慈撇撇頭無奈地笑。

「沒事吧？我看妳昨天的臉色就不太好。」

「沒事啦，可能只是期末了報告有點多還要忙打工有點太累了而已，妳別擔心。」

「那妳多休息，如果覺得不舒服的話我今天上課到——」

鄭苡慈不等何詠婕說完便起身將她推到門邊，「好了啦，我都幾歲了會好好照顧自己的，倒是妳上課都要遲到了趕快出門啦。」

「真的耶！」何詠婕看了一眼牆上的時鐘，「那我先出門了，掰掰。」

「路上小心啊。」鄭苡慈看著何詠婕匆匆出門的身影忍不住低喃，「真是的……」

何詠婕離開後鄭苡慈又繼續躺回沙發上，她將頭埋進身子裡動也不動的讓自己像顆球似的不發一語。

昨晚與何詠婕的對話讓她幾乎是整晚都沒睡，經過那番折騰她至今卻依舊一點睡意也沒有，讓她都差點要懷疑自己的身體是不是出了什麼問題。

鄭苡慈維持這樣的姿勢許久後，也許是想到了什麼，也或許是覺得脖子有些不適才好不容易抬起頭，但當她一看見擺在客廳一隅那張她與何詠婕的合照，便忍不住流淚，語帶哽咽地沉吟著，「對不起……對不起……」

除了對不起，鄭苡慈已經不知道自己能夠說些什麼，即便她還是沒有勇氣向何詠婕坦承一切。

□

「早啊詠婕！」

「早！」何詠婕開心地向黃淨雅揮過手後便拿出筆記本專注在課堂上。

當課程進行到一半時何詠婕的手機突然震動了一下，何詠婕小心翼翼地拿出檢視後露出一抹極為燦爛的笑。

「詠婕怎麼了？突然這麼開心。」黃淨雅看見何詠婕的表情後好奇問道。

「沒事沒事。」何詠婕揪揪手，「今天中午我們去吃義大利麵吧？」

「好啊！」黃淨雅一聽到食物便眼睛一亮雀躍答道，「是要吃妳學長打工的那間嗎？」

「嗯。」

「難怪妳會這麼高興。」黃淨雅調侃道，「訊息是那個學長傳的吧？」

聞言，何詠婕急忙地反駁，「我、我才不是因為這樣高興。」

「我今天突然不想吃義大利麵了，我們改吃拉麵好不好？」

「妳剛剛不是答應我了嗎？」何詠婕瞪大眼睛有些緊張。

看見何詠婕這副模樣黃淨雅不禁失笑，「騙妳的啦，哈哈哈看妳這麼緊張。」

「妳又這樣子亂開我玩笑了。」何詠婕假裝皺眉生氣。

「好啦，跟妳鬧著玩的嘛，不要生氣。」

好像自從兩人的關係變得越來越好之後，黃淨雅也就越來越常這樣子跟何詠婕鬧著玩了，她一開始還以為黃淨雅不過就只是個可愛的吃貨，但漸漸的她也發現這個人除了吃之外，還很會虧人。

「算了，但是等一下如果我吃不完不准吃我的。」

而每當何詠婕這樣子的話說出口之後，黃淨雅就會立刻乖得像隻貓似的。

沒辦法，標準的吃貨。

「妳們怎麼跑來了？」馮子恆走向何詠婕她們倆的桌面遞上菜單匆匆問著。

中午時刻用餐人數本來就比較多，再加上有馮子恆這個活招牌在午餐時間一到這間店裡當然是高朋滿座，座無虛席。

何詠婕想了想後，指著坐在她對面的黃淨雅粲然一笑，「因為淨雅說她很想吃義大利麵。」

「我？」黃淨雅有聽沒有懂的偏著頭看向何詠婕。

「對吧？」何詠婕偷偷暗示著黃淨雅。

「嗯，對，絕對不是因為詠婕提議我們才來的，是因為我想吃喔。」

聽到黃淨雅說的話，馮子恆不禁會心一笑，「那好，你們先看菜單，我先去忙了。」

「嗯。」何詠婕點點頭。

「明明就是詠婕妳自己想吃的，幹嘛推到人家身上？」馮子恆一走後，黃淨雅隨即恢復成以往那個可愛的她鼓起雙頰不滿的抗議。

看見黃淨雅這個樣子，何詠婕吐吐舌表示，「因為他昨天的心情不太好，所以我就想說邀他跟社團的學長姊這個假日一起去遊樂園玩，但他說要等今天確定班表之後才能給我答案……」

「那幹嘛特地跑來？」

「不知道……」何詠婕有些尷尬，「就有股衝動讓我想要趕快知道他有沒有空。」

黃淨雅瞇起眼，笑得一臉狡詐，「那……我也可以跟你們一起去遊樂園玩嗎？」

「可以啊。」

「耶！」黃淨雅一個不小心太大聲導致店裡許多隻眼睛都看向她，一發現到後她連忙將臉摀住深怕被記住。

何詠婕看她這個樣子忍不住笑出聲，「哈哈。」

「居然笑我……」黃淨雅將手挪下，「好啦，我肚子好餓喔，我們快點點餐吧。」

「嗯。」

在櫃台忙著點餐的馮子恆看著她們兩人如此有說有笑的模樣，嘴角也跟著微微揚起。

但其實說要看班表後才能決定是不是要出去玩是馮子恆騙何詠婕的，他從一開始就打算拒絕何詠婕，畢竟他已經暗自在昨天決定要慢慢地開始和她保持距離。

就算她在自己的心裡已經漸漸的留下一席不能被誰輕易取代的地位又如何？

他已經有女朋友了，她的存在是他們兄妹倆之所以還能夠生存至今的關鍵，他有責任維繫他和游綵甯的這段關係。

「這樣對我跟妳都好。」馮子恆看著何詠婕臉上那抹讓人看了都極為欣羨的笑，低聲說著。

只要她還能繼續保持這個笑容就夠了。

□

「怎麼不吃？」游綵甯指著馮子恆桌上連動也沒動的餐點，原本吐著白煙的牛排早已沒了原先的熱度。

「我不餓。」當馮子恆一走進餐廳游綵甯就都替自己點好了，但心情鬱悶的他實在沒有胃口去享受眼前這桌菜餚。

「不合胃口嗎？還是我請他們幫你換？」

「不用。」

「那你多少吃一點，今天打工上課你也忙了一整天了，怎麼可能會不餓？」

「我真的不餓。」馮子恆語調沉重又一次的強調，「而且我沒心情吃飯。」

「發生什麼事情嗎？是不是子晴她——」

不讓游綵甯把話說完，馮子恆率先回答，「子晴很好。我今天找妳出來是想告訴妳我想通了。」

「什、什麼意思？」游綵甯顫抖著雙唇，眼神有些渙散。

她害怕從馮子恆口中聽到她不想要聽的答案，但是她卻又不希望看見他總是逃避著自己真實的感受，這樣的她好矛盾。

「我……從今天開始我會好好的看待我們的這段關係，不會再受到其他人的影響了。」

「你是認真的嗎？」她張大了雙眼有些不敢置信。

「當然。」馮子恆點頭，瞳仁散發出一陣難以讓人看清的思緒，「我已經不想再傷害任何人了……」

他知道自己不能喜歡何詠婕。

他是游綵甯的男朋友，所以現在他唯一能做的就是讓自己專心在經營這段感情上，不僅僅是游綵甯需要他，他的妹妹馮子晴也需要。

那個看著爸媽渾身是血所留下的沉痛約定，是他就算再怎麼努力，也不可能擺脫的回憶……

——「你是哥哥，要替爸爸媽媽好好照顧子晴知道嗎？」

他們的話，馮子恆只要一閉上眼就那麼的言猶在耳，他怎麼可能忘記因為自己的不懂事，不但讓自己更讓妹妹頓失雙親的痛？

游綵甯停下切牛排的手，將手中的刀叉放到一旁，「你說的是那個學妹吧……你怕要是跟她在一起反而會傷害到她對吧？」

「怎麼會？」馮子恆苦笑，「我怎麼可能會想要跟她在一起？」

「說謊。」

「什麼？」

游綵甯眉心緊緊揪成一團，「我說你在說謊。」

「我沒——」

「你有。」游綵甯的話蓋住馮子恆的，「你每次只要說謊的時候就會不敢看對方的眼睛，而你剛剛一直不敢看著我。」

「……綵甯。」馮子恆被游綵甯的話堵得一愣一愣的不知如何回應。

「我們都在一起這麼久，也經歷過這麼多事情了，而你終究還是不喜歡我，有時候我都好想問問我自己，做了這麼多到底是為了什麼？」游綵甯自嘲地笑了笑。

「明明……明明身邊一直都有一堆比你更懂得對我好的追求者出現，為什麼我卻還是選擇要待在你的身邊？為什麼我明明知道你就只是為了報答我、為了子晴的病才把我留在你的身邊，我卻還是走不開？」

「對不起……」馮子恆看著游綵甯歉疚地說。

「我不要你的對不起！」游綵甯激動地對著馮子恆大吼，「我要的從來都不是你對我的感謝、歉疚或者是自責。馮子恆，我喜歡你！就算你說過我們的關係裡從來都不該有真正的感情存在，我還是喜歡你！」

游綵甯一邊吼著，眼淚也跟著一邊傾眶而出，「就算……你根本就不喜歡我……我還是喜歡你……嗚嗚嗚……我還是沒辦法不喜歡你……」

「綵甯……」馮子恆看著這樣的游綵甯他完全不知道該如何是好。

一直以來他都選擇忽視游綵甯對他的感情，但身為當事者的他，就算再怎麼充耳不聞，其實還是比誰都知道游綵甯有多喜歡他。

她對自己的喜歡，也早就超乎於自己的想像……

「我們……」游綵甯哽咽著，用手拂去眼角的淚水，「子恆，我們分手吧……」

「什麼分手，妳在胡說些什麼？」

「我說我們兩個人分手吧。」游綵甯又說了一次，語氣比剛剛的堅定些。

斂下眼，馮子恆思忖了數秒後問，「妳是認真的嗎？」

「嗯。」游綵甯兩頰上依稀還掛著兩行淚，但情緒已明顯回復許多。

「我想清楚了，你不喜歡我，但我一直把你綁在身邊也不是辦法，所以……我們還是分開吧。」

「但這樣妳爸那邊妳要怎麼向他交代？」馮子恆只要一想到游綵甯父親的那張臉孔，他就不禁替她堪憂。

「我、我會先瞞著他這件事……」游綵甯有些緊張，但深吸一口氣後她緩緩地說：「你不用擔心。」

「妳確定嗎？他不會又逼妳跟之前那個廢渣訂下婚約？」

「就算事情真的又這樣發展到原點又能怎麼樣……況且凱澤他這幾年也改變了不少，說不定、說不定跟他在一起我還會覺得自己更幸福一點呢。」游綵甯拾起一抹嫣笑，但看得出她眼中的恐懼。

「綵甯，妳明知道那是不可能的。」馮子恆彷彿只要一閉上眼，就可以想像得到莊凱澤身邊不停更換的女伴，這樣的人怎麼可以是游綵甯未來的對象？

「就像我也知道要你喜歡我是不可能的一樣……」

游綵甯的話讓馮子恆瞬間啞口無言。

「所以不要再說了，什麼都不必再說了……不要關心我、也不要對我好，不要讓我誤會你對我或許有感情……」游綵甯才剛平復不久的心情又瞬然被打亂，亂哭成一團，「我怕、我好怕自己會放不下你，所以不要再說這些關心我的字眼讓我誤會……我沒有辦法做的那麼坦然。」

「好吧，我知道了。」馮子恆板著一張臉，心裡的情緒特別複雜。

他不知道此刻的自己到底應該是要開心還是難過，畢竟游綵甯真的是一個很好的女孩，這些年來她默默的替自己做了這麼多，雖然兩個人的關係總是被男女朋友這個名詞給束縛著，卻從未有過真正的情愫產生。

但是他早已經或多或少的，把游綵甯當作是自己的家人了，他不忍心看見她就要這樣回到莊凱澤的身邊，那個男人根本就不可能對游綵甯好……但是游綵甯都已經這樣說了，那他又還能干涉些什麼呢？

「但是答應我，無論如何，都要讓自己幸福，好嗎？」

游綵甯看著馮子恆如此溫暖的臉龐，她驀地感到一陣心痛，沒有了他的日子她要怎麼要才能感覺到幸福呢？

但是她還是答應了，甚至還露出一道讓人很是心疼的笑，「好，我會。你也是喔，要幸福。」

□

「還好嗎？」范承浩對著站在頂樓望向遠方發愣的馮子恆問。

「沒事。」

「我聽說了。綵甯跟你提分手了？」

「嗯。」

「那你答應了嗎？」

「嗯。」馮子恆看著將要緩緩落下地平線的餘暉，一邊勉強笑著，「她說她想通了，覺得一直把我綁在身邊也不是辦法。」

范承浩擰眉，「那她爸那邊要怎麼辦？」

「我也不知道……綵甯只說她要先瞞著她爸，之後等到發現了再處理。」

「可是……你真的打算讓她回到莊凱澤那傢伙身邊嗎？」

「綵甯她不希望我插手。」

馮子恆目光深邃，表情有些黯然，「雖然我對她沒有過男女之間的感情，但在一起這麼久了，她對我而言就像是自己的妹妹，我實在不忍心看她受傷害。可是偏偏她又不讓我插手……」

「看來這次她總算是下定決心了。」范承浩聳聳肩。

「總算？」

「是啊。」他凝視著遠方，悠悠啟口，「她之前有來找過我幾次，都是在猶豫著自己還能跟你維持這樣的關係多久。」

范承浩將視線轉回到馮子恆身上，「她說她很後悔把你牽扯進來，但是不後悔喜歡上你。」

「我……」馮子恆吁了口氣，對於游綵甯向范承浩說的這番獨白他不知道該如何回應。

「好啦，我相信綵甯那邊如果真的有狀況她自己會有辦法解決的，你別太擔心，再怎麼說她爸也那麼疼她，應該還不至於會太不理性。」

范承浩拍拍馮子恆的肩，「倒是你……這樣跟綵甯分手後，子晴的醫療費用你一個人負擔的了嗎？」，

「勉勉強強還過得去。」馮子恆苦笑，「只要子晴不要又給我亂跑出什麼事情就好，你也知道她這個年紀就是特別愛跟朋友出去。」

「那你就真的因為這樣都不讓她出去嗎？」

「也不是，只是她的病就是不能曬太多太陽，是她的身體不容許她出去玩……」他銜著些許惆悵，繼續說道，「記得小時候我還曾經因為子晴吵著要跟我一起出去，結果被爸媽限制太陽太大就不能出去玩，期待天天都能是陰天好一陣子呢……那時候的我還曾經好討厭好討厭子晴，但是現在她卻是我生存下來的動力……」

「別忘了你也是她能堅持到現在的動力。」范承浩的雙頰洋溢一抹極為璀璨的光芒，燦爛地說。

「我知道。」

馮子恆的髮梢在夕陽的照映下變成極為耀眼的金色，這讓站在遠方看著這一幕的何詠婕不禁露出了暖暖的笑容。

□

「何詠婕人呢？」坐在位子上的林俐萱探向鄭苡慈後方張望了數秒，才又回過頭來，「她沒來？」

「她……不會來的。」鄭苡慈一邊說一邊坐下，緩緩啟口，「我還沒有跟她提到妳在找她的事情。」

「那妳今天這麼特地把我約出來是為了什麼？」

深吸一口氣，她極為誠懇地低下頭，「請妳不要再出現在我和詠婕的面前了！」

「什麼？」林俐萱挑起眉，有些詫異，但看著鄭苡慈的樣子後她忍不住哈哈大笑，「哈哈哈哈哈。」

「……」聽聞到她的笑聲後，鄭苡慈抬起頭，看著她的臉，不知到底發生什麼事，「怎麼了嗎……」

「我是在笑妳很可笑。妳以為我的出現會帶給何詠婕傷害？妳到底還在執迷不悟什麼，從頭到尾傷害她的人都是妳好嗎？我只不過是在妳狠狠在她的心上劃上幾筆之後撒上了鹽罷了。」

「我沒有。」鄭苡慈搖著頭，情緒明顯激動起來，「我沒有傷害她，妳在胡說什麼，我怎麼可能傷害她！我才沒有……我沒有！」

「需要我提醒妳嗎？」林俐萱偏著頭笑出聲，「當初可是妳最先散播那些謠言的，而我也才能藉由那些謠言抨擊她。」

「什、什麼謠言……妳在說什麼我聽不懂……」鄭苡慈用手將耳朵摀住，試圖想要掩飾著什麼。

但再怎麼遮掩，她的舉動在林俐萱的眼中不過就只是掩耳盜鈴。

林俐萱也沒料想過自己會有把這一切全都揭開的一天，要不是為了趙翊良……那個曾與何詠婕相愛過，而自己此刻依然深愛著的趙翊良，她沒有想過要來破壞此刻看似完美的平衡。

可是她必須這麼做，她不能讓何詠婕這樣一直活在謊言之中。

因為趙翊良需要何詠婕。

而她必須讓何詠婕在自己的面前回到趙翊良的身邊，即便她不願意。

所以這每一次在何詠婕或者鄭苡慈面前出現她的心情都是複雜的，她盼望著自己能夠完成趙翊良的願望，卻又不希望自己所愛的人就必須這樣拱手讓人。

愛上一個不愛自己的人是無比心酸與痛苦的，這一點三年前林俐萱早就已經知道了，但她卻還是沒辦法從這蹚渾水中抽身。

看著此刻的鄭苡慈，林俐萱依稀可以想起高一那年，她、何詠婕和眼前的鄭苡慈曾經天天膩在一起的那段時光，那是多麼純粹的日子啊。

沒有任何雜質的友誼，只有她們三個人手牽著手說要當一輩子好姊妹的愚蠢承諾，沒有任何的喜歡、愛、妒忌。

那是她最想要能夠倒流回去的時光。

如果再給她一次機會，她還會選擇跟何詠婕愛上同一個人嗎？

林俐萱咬著下唇，看著微微顫抖著身子的鄭苡慈她冷冷地說：「明明妳才是那個真正破壞我們友情的人，為什麼最後我卻被迫得離開？」

「什麼？」無法克制住顫抖的鄭苡慈，兩眼怔怔地看著林俐萱，自心底油然而生的那股害怕讓她的眼角不禁失守。

「明明就是妳才是那個破壞平衡的人！妳有什麼資格哭？」林俐萱指著鄭苡慈，「莫名其妙的必須失去兩個我最好的朋友，該哭的人明明是我，妳哭什麼？」

「我……」

「我什麼我？」她瞅了鄭苡慈一眼，但看見她那副狼狽地模樣又不忍的別過頭說：「算了……都過去了……我說的再多，我們之間也不可能回到過去那個樣子了。」

斂下眼，林俐萱的眼神有些空洞。

她知道自己不該完全將這件事怪罪於鄭苡慈身上的，因為她們之間之所以會變成現在這個局面的因素之一還有自己。

要不是她喜歡上趙翊良，說不定她跟何詠婕之間還能夠存在著朋友的關係。

「不過妳還是承認吧，那些關於造成翊良車禍原因的謠言是妳散播的，對吧？」

聞言，鄭苡慈差一點兒就要忘了呼吸，她兩眼瞪大看著林俐萱那張極為冷然的面容，渾身顫抖著身子，放空了好久。

「不說話是默認了吧。」

林俐萱勾起一抹冷笑，「詠婕應該萬萬沒想到妳這個看似從頭到尾都站在她那一邊的人，居然才是那個傷害她最深的人吧。」

「我、我不是故意的，我真的不是故意的……」鄭苡慈彷彿只要一閉上眼就能想起自己看著何詠婕痛苦的那段日子。

她不是沒有愧疚過，但卻又出於事情已經成了無法挽回的局面，只能硬著頭皮假裝自己什麼事也沒有做過，安於身為何詠婕好姊妹的這個身分苟延殘喘的帶著這份沉重的罪惡感活著。

但其實每一次當她看著何詠婕深陷於過去的事情無法走出的時候，雖然她總是不斷地鼓舞她，可她的內心卻是無比複雜的在拉扯著的。

她做不到、更沒有勇氣告訴何詠婕其實那個真正讓她變得如此痛苦的人是自己。

她不勇敢。

鄭苡慈一想起自己所造成的一切，無止盡的淚水又一次的沸騰開來。可再多的淚水卻也洗不淨她渾身的罪過。

氣氛就這樣隨著鄭苡慈的啜泣凝結至一個尷尬無比的局面，林俐萱看著這樣的她心裡雖很是同情卻也無法說出隻字片語安慰。

就這樣兩人之間的世界突然地變成不知曉的沉默，直到一道腳步聲貌似猶豫了許久才倏地出現劃破這令人心疼的哭聲，但鄭苡慈仍舊低著頭。

林俐萱率先抬眸，發現到居然是何詠婕之後，她有些驚訝，「妳……妳怎麼會在這裡？」

何詠婕沒有回答她的問句，雙頰上明顯地掛著兩行淚，臉上沒有一絲情緒的反問，「妳剛剛說的是真的嗎？」

「當初大家之所以會有那些關於翊良發生車禍原因的傳言，都是苡慈散播出去的？」

「妳都聽到了？」

「回答我！妳剛剛說的都是真的嗎？」

這是林俐萱第一次看見何詠婕這麼生氣。

在她的記憶中，雖然她與何詠婕只認識那看似短暫的一年，但在那一年之中她沒有看過何詠婕發過這麼大的脾氣。

就連知道自己和她同時喜歡上同一個男人都沒有這麼對自己生氣過。

「妳自己問她吧。」林俐萱站起身，試圖把位子讓給何詠婕，「我想妳們兩個需要好好聊聊。」

在離開前，她遞給了何詠婕一張名片，「這上面是我的聯絡方式，等妳心情調適好了打給我，我先走了，妳們慢慢聊。」

「對了……就算妳不聯絡我我也一定會再來找妳的。因為現在的翊良他很需要妳。」

「什麼意思？」何詠婕握著林俐萱的名片，眼光閃爍，「翊良他不是被醫生宣判有可能——」

「那已經是過去式了，他……前幾個禮拜已經醒了。」林俐萱斂下眼，瞳孔中銜著些許惆悵「總之，等妳有空就趕快聯絡我吧，不要讓翊良等太久，他很想妳……」

聞言，何詠婕瞳孔閃過一絲詫異。

他很想我……

原來經過了這幾年他依然還記得自己嗎？

突然得知這個消息的何詠婕心情很是五味雜陳，她不知道自己到底該是要開心還是難過？

她的眼神有些恍惚，看著眼前啜泣不止的鄭苡慈，她緩緩啟口，「剛剛……妳們兩個說的都是真的嗎？原來那些謠言都是妳在亂傳的？」

「我……」

「為什麼？」何詠婕抬起頭，眼光渙散地看著鄭苡慈又一次地問，「為什麼妳要這麼做？」

「我不是故意的……嗚嗚，我真的不是故意的……」鄭苡慈哽咽著，「我只是、只是……」

「只是什麼？」何詠婕自嘲地笑了笑，「只是想看我像個傻瓜似的把那個真正傷害我的人，誤以為是這些日子以來一直陪在我身邊的好朋友、好姊妹嗎？」

「不是！」鄭苡慈拼了命的搖頭，「我沒有！我是真的把妳當作我最好的朋友！」

「最好的朋友？」何詠婕看著鄭苡慈，雙眼無神，「我是嗎？」

「當然是啊，詠婕妳是我最重要的好朋友。」鄭苡慈伸出手，試圖握住何詠婕的。

但何詠婕只是冷冷地看了她一眼後便把手抽開，「原來……這就是妳對待好朋友的方式？在背後說一些傷害她的話？讓她差一點就要放棄自己的生命？」

何詠婕永遠也忘不了當那些謠言不脛而走地抨擊著她是如何導致趙翊良發生那場車禍，自己的心裡有多麼的愧疚，她真的有想過自己是不是乾脆就這樣死了算了。

尤其是看著趙翊良躺在病床上動也不動的樣子之後，那心如絞痛的痛楚讓她再也沒有辦法原諒自己竟還能四肢健全的活在人世間。

此刻的何詠婕不知道自己到底是在氣鄭苡慈還是在氣自己。是在氣鄭苡慈竟如此不顧兩人之間的友情傳播這些謠言？還是氣自己在那個當下竟沒有辦法出聲駁斥那些謠言？

雖然說是謠言，可那些話卻都全部出於事實。

要不是因為她，趙翊良不會發生那場車禍，不會像個活死人般的躺在病床上動也不動。

「詠婕妳聽我說。我從來都沒有想過事情會變成那樣，我只是……只是想要……」鄭苡慈的話哽在喉頭眼神像是在猶豫著是否要接著說下去。

她該就這樣把埋藏在自己心裡多年的祕密說出口嗎？何詠婕能夠接受這樣子的自己嗎？

她垂下眼簾，不知道應該到底要怎麼做才好。

「夠了……」何詠婕笑著，卻也哭著。

「不要再說了……妳越說只會越顯得我像個傻瓜似的……」

她眼神空洞地從位子上站起身，想要從這裡逃離。

「妳要去哪裡？」見狀鄭苡慈連忙拉住何詠婕的衣袖，「妳真的不願意原諒我嗎？詠婕我們不是最好的朋友，一輩子的好姊妹嗎？」

「就當作我們都做了一場可怕的噩夢吧，從現在開始我們兩個人什麼都不是了。」說完後何詠婕伸出手一把拍掉鄭苡慈的手，雙腳跌跌撞撞的要離開。

正當何詠婕要推開玻璃門的那一剎那，鄭苡慈的話讓她的表情瞬間轉為愕然。

「我喜歡妳！」

「妳說什麼？」何詠婕滿是震驚的看著站在身後的鄭苡慈。

「我說。我喜歡妳，何詠婕。」鄭苡慈目光堅毅地又強調了一次，「我……很害怕會失去妳……」

「在妳告訴我妳喜歡趙翊良的時候；在妳跟我說你們兩個在一起了的時候；在妳為了跟他約會而取消跟我出去的時候，我的心真的好嫉妒。」

鄭苡慈擰眉，吁了口氣，「我告訴我自己我不能這麼想、不能拆散你們、不能破壞妳的幸福，可是每一次看見妳跟他站在一起的模樣是那麼的匹配我就沒辦法克制住我心底的慾望。」

「詠婕妳懂嗎？妳懂那種心情嗎？因為我喜歡妳……所以我沒辦法眼睜睜看著妳跟別人在一起……只要一想到妳的快樂不是因為我，妳愛的人不是我，我就覺得很痛苦，我的心很痛、很痛。」

鄭苡慈的話讓何詠婕當場杵在門邊，她們之間的氛圍尷尬地彷彿只要一個不小心就會結成冰。

何詠婕從來都沒有想過這個可能性，一直以來她都把鄭苡慈當作好朋友，她以為鄭苡慈應該也是這樣看待著自己的，她愣愣地開口，「我不知道……我不知道妳原來是這樣想的……」

「所以為了讓妳繼續留在我的身邊，我才會……」鄭苡慈抿著下唇瓣，「才會做出那些事情……但是！我的本意絕對不是要傷害妳，我只是希望妳能夠把妳的心思多放一點在我的身上。」

「可是……妳還是傷害了啊……」何詠婕目光中含著一絲淚水苦笑，「而且妳傷害的不僅僅是我，也傷害了我和妳之間的友情，甚至是翊良……」

「對不起……對不起……」鄭苡慈一面哭著，心也一面跟著絞痛著。

她知道自己再也無法成為那個總是陪在何詠婕身旁，總是用著自己最自信璀璨的笑容帶給何詠婕溫暖、力量與勇氣的鄭苡慈了。

就算後悔又能怎麼樣？

隨著時間的遞嬗她們早就不是最初的那個自己，而這份友情也早就在她對何詠婕存在不一樣的感受後變質了。

但她還是懷抱著最後一絲的希望，盼望著何詠婕能夠明白自己之所以會這麼做全都只是因為愛。

因為這份愛，一個不小心的她造成了何詠婕心上永遠的傷疤。

「原諒我好不好？詠婕求求妳原諒我……我真的不是故意的……我之所以會告訴大家翊良會發生車禍是妳害的，都只是因為我希望妳能夠回到我的身邊，因為我真的很喜歡妳而已，我真的不知道大家會把這件事傳得這麼的不堪。」

「不要再說了。」何詠婕倒退了幾步，「求求妳……不要再說了。只要妳一說高中那些可怕的畫面就會像鬼魂般纏繞在我的腦海裡。」

「妳知道嗎？這些年來我有多少個夜晚都沒辦法好好入睡，就因為妳對我的這份感情，就因為你們的以訛傳訛，有好幾次、好幾次我都差點覺得自己好像不應該再繼續這樣活下去了。」

何詠婕抬眸，嘆了口氣，「不過……或許當時的妳說的也沒錯吧，我的確就是那個導致翊良必須躺在病床上動也不動的罪人……妳說的一切不過就是在幫助我不要忘記這個事實罷了。」

「不是……我不是……我做的一切從來就不是為了要傷害妳，我只是希望妳能多分一點妳的愛給我而已，就算那份感情不會是愛情，我也沒關係。妳明明就知道翊良的事不是妳的錯……」

「那是誰的錯？」何詠婕反問。

「……」鄭苡慈杵在原地愣了愣不知如何回應何詠婕。

「有時候我們都害怕面對真相，因為它可能比謊言還更傷人。」何詠婕的眼中發散出一道既渾沌又皎潔的光芒，「而我不可能一直逃避著自己去面對事情的真相……」

「真相？」鄭苡慈不解。

沉下臉，何詠婕直視著地板，「真相就是那天翊良之所以會那麼的魂不守舍，完全是因為那天我們大吵了一架……」

一邊說，她眼角的淚也跟著不聽使喚墜下，「而那天我和他說的最後一句話居然是我討厭你……」

聽著何詠婕的獨白，鄭苡慈更不知道要如何面對何詠婕了……

「謝謝妳……喜歡我，但是請諒解我不能接受妳這樣的喜歡。」何詠婕咬著唇瓣，一絲血腥味悄悄地滲透進口中，踟躕了數秒後她推開了門逃出了那個有著鄭苡慈的空間。

如果可以，我好希望自己可以不要喜歡妳，這樣妳就不會因為我這麼痛苦了。

Chapter 9

翅膀

「你來了啊。」

一打開病房門，便可以輕易捕捉到游綵甯臉上過於強笑的面容，馮子恆看著這一幕眉頭緊揪緩緩地走到了病床邊。

「子晴呢？」

「只是去廁所而已，別擔心。」又一次的，游綵甯勾起一抹笑意，卻讓人不禁為之心疼。

「嗯。」

馮子恆點點頭，坐到一旁的空椅子上，「謝謝妳今天願意來。」迎上游綵甯略顯尷尬的面容，他又一次堅定的說：「真的……謝謝妳。」

距離兩人上次見面已經過去一個多禮拜了，這段時間裡游綵甯盡量不讓自己去想起馮子恆，但是現在這個片刻，她好幾個夜晚睡不好朝思暮想的人就坐在自己的身旁，她的理性正在努力地和感性拉扯著。

「不客氣。」

「妳最近……還好嗎？」

「就跟平常一樣啊。」她笑了笑，「只是有種瞬間失去重心的感覺而已。」

斂下眼，馮子恆看著她過於倔強的樣子接著問道，「妳爸他有說什麼嗎？」

「嗯……他比我想像的還要淡定。說不定是因為他早就看穿了吧，知道我們遲早會分開，所以才會明明一直很反對，卻還是沒有強迫我們分手。」游綵甯嘴角揚著一抹淡笑。

「那就好……那——」

正當馮子恆還想多關心游綵甯些什麼的時候，兩人的身後便傳來馮子晴的聲音，「哥哥你來啦。」

「嗯，有沒有好一點？」

「沒事啦，只是感冒發燒而已，剛剛吃過藥以後好很多了。」

「真是的，不是說過不會再讓我擔心了嗎？怎麼還是這麼不小心。」馮子恆語氣責備著，但眼神卻散發著十分溫柔的光芒。

「綵甯姊姊我想喝水，妳可以幫我裝嗎？」

「好啊，那妳等我一下。」

「謝謝。」

確認游綵甯離開後，馮子晴悠然地躺回病床，眼神認真的問著馮子恆，「哥，你跟綵甯姊姊是真的不可能了嗎？」

聞言，馮子恆先是愣了愣，「怎麼突然這樣問？」

「老實說，我知道哥你是因為我的緣故才會跟綵甯姊姊在一起的；我也知道哥哥你根本就不喜歡綵甯姊姊，對不起……都是因為我……」

「說什麼對不起，傻丫頭。」他撫摸著馮子晴的髮絲，輕笑著。

應該對不起的人明明是自己才對啊。馮子恆看著妹妹，是他，害得她失去了雙親。如果不是因為自己，或許他和游綵甯也不會變成這個樣子。

「我都知道喔。」馮子晴的眼神依舊掛著一絲歉疚，「哥哥你喜歡的人是誰。答應我，不要再為了我犧牲你自己的幸福了。」

「子晴……」

「快答應我啊。」馮子晴眼睛笑得瞇成一條細長的線，將手舉起成一個六字形，「打勾勾。」

「傻孩子。」馮子恆笑了笑，將小指勾上馮子晴的，「我知道了。」

□

房間裡一片昏暗，何詠婕蜷曲著身子縮在牆角抽泣著。

明明已經過了這麼久了，她以為自己早就已經淡忘的過去其實根本從來就沒有忘記過。

失去的感覺有多痛，一瞬間全部都湧了上來。

那種撕心裂肺的感覺，是怎麼樣也無法用眼淚去洗滌乾淨的，之所以還能笑著，不過就只是自己自欺欺人的告訴自己沒事了、沒事了。

然後才發現，其實傷口還在。

那些曾經犯下的錯還是不停的在腦海裡提醒著自己，妳的罪有多麼的沉重。

「是不是那天我不要那樣說，你就不會發生那場意外？」何詠婕用手背撫去眼角的淚水，卻怎麼也無法撫平心底那道自己狠狠劃下的傷口。

眼睜睜看著自己心愛的人，在眼前倒臥一地，還有那一攤攤的血泊，何詠婕只要一想起一切，那股厭惡自己的感覺就無法自心底抽去。

或許鄭苡慈所做的一切根本就沒有錯。

要不是她說了那些話，要不是她製造了那些流言蜚語，會不會她根本就會不知悔過的帶著這天大的罪過去擁有下一段幸福？

「聽說翊良會發生意外完全都是她害的耶，真的是好可怕的一個女人。」

「我還聽說是她搶走翊良的耶，記得之前翊良明明就跟俐萱走比較近啊，真不知道她是施了什麼妖術居然還搶自己好朋友的男人。」

「唉唷，還是離她遠一點吧，小心她也搶妳男朋友喔。」

「聽說了嗎？都是因為何詠婕趙翊良才會都沒來學校。」

「就是她喔，果然長得一臉衰樣啊。」

「對不起……對不起……都是我的錯……對不起……」

在房門外的鄭苡慈聽著裡頭何詠婕的抽噎聲，濃厚的歉疚感死命地纏著她不放。

這不是她所樂見的景象。

她從來也不希望何詠婕把一切的過錯往自己的身上攬去，明明何詠婕是多麼的不願看見任何一個人受到傷害，怎麼可能、怎麼可能她能夠預料到趙翊良會發生那場意外？

她多麼想就這樣衝進房間裏頭好好的給她一個擁抱，告訴她真的不是她的錯，一切都會沒事的。

但是當她把手放在門把上的那刻，那股自掌心傳來的沁涼感早就刺穿了那意念。

她驀然地想起，自己早已失去了資格。

而這資格正是被自己給狠狠剝奪的。

她很想哭，卻發現此刻的自己竟連一滴眼淚都無法落下。

和何詠婕相比，她根本就連哭的資格都沒有。

她大大的吁了口氣，走回房間趟到床上，被褥卻一點溫度也給予不了她，鄭苡慈痴痴地望著天花板，怎麼也沒有辦法睡去。

隔天一早，徹夜未眠的何詠婕揉了揉眼角的黑眼圈走到客廳準備出門上課，發現桌上擺著一份早餐。

「不管妳怎麼想，我還是想要再跟妳說一次對不起

還有好好照顧自己，不要不吃東西　By 苡慈」

何詠婕抿抿嘴，將紙條揉成一團丟進垃圾桶裡，悠悠地拿起桌上的早餐，但才剛走出門外就又立刻後悔的衝回屋內將垃圾桶裡的那團紙球撿起塞進口袋裡。

她其實一點也沒辦法怪罪鄭苡慈，因為她知道那種喜歡的感覺轉為妒忌的辛苦，眼睜睜看著自己跟趙翊良那般甜蜜，可想而知鄭苡慈肯定是很痛苦的。

但她卻又不知道自己該如何面對鄭苡慈對自己的表白。

對她而言，鄭苡慈就是自己最最最要好的好朋友。

「不是應該要是這樣的嗎？」何詠婕緊緊抓著塑膠袋的兩端，一種無力的感覺蔓延著全身。

她拖著有些倦怠的身軀緩緩走出門外，腦海裡卻盡是昨天鄭苡慈對自己的告白，她加快了腳步想要讓自己不要再多想，但當她走得越快腦海中所想到的畫面卻只是更加的清晰。

「不要讓翊良等太久，他很想妳……」

然後她突然想起了林俐萱昨晚離開前說的最後一句話，她咬著下唇卻怎麼也不明白她的意思。

永遠永遠，何詠婕都無法忘記的是當她看見動也不動的趙翊良，那種全身的力氣在一夕之間瞬間被

抽空，卻仍舊竭盡最後一絲氣力全身顫抖著哭喊對方的名字，卻怎麼也喚不到他悶哼一聲的痛楚。

她永遠也忘不了，那一天的雨下得有多大，但她卻恨不得自己能夠就這樣被這場雨給救贖。至少，至少這樣她能夠比較不那麼的討厭自己。

可雨終究還是停了，而她渾身的罪惡感卻從未自她的身上逝去。

當她日日夜夜死守在門外殷殷期盼能在他醒來的那刻第一個讓他看見自己，卻只是不斷地被他的父母發現，然後阻擋。

她以為只要自己這樣一直等一直等，她就能再見到他一面。

她以為這已經是上天對他們的愛情最大的考驗，所以只要她不放棄，就一定可以度過這個關卡。

而命運卻只是又狠狠地擺了她一道——

「他的狀況如果再沒有改善的話，很有可能會變成植物人。」

「都是妳！都是妳害了我們家翊良變成這個樣子！妳給我走開，不准再來了！離我們家翊良遠一點！越遠越好！」

那個時候，何詠婕才發現，原來趙翊良需要的不是自己。

而是像他媽媽說的一樣，離趙翊良越遠越好。

——「因為妳是我的公主。」

這是趙翊良最常對自己說的一句話。

趙翊良待她是那麼的好、那麼的真，而她是卻用這樣的方式回應他。

要不是因為她，趙翊良不會動也不動的躺在那；要不是因為她，趙翊良不會失去他最燦爛的高中時光；要不是因為她，趙翊良的笑容會永遠像他們初次見面的時候，那麼耀眼奪目。

這一切都是因為她。

她才不是什麼公主呢……對聽著紛紛擾擾傳言的何詠婕而言，她認為自己根本就應該是一個讓趙翊良活著像是死了的壞巫婆……

所以當謠言開始不脛而走地蔓延，何詠婕從未否認過。

他們說得對，這一切的一切都是因為自己。

她沒有任何的資格剝奪他們口中的任何一個字眼，因為她就誠如他們所說的，那樣的不堪。

若不是因自己，趙翊良根本就不會發生這場意外。

「嗚嗚，對不起……」何詠婕再也無法支撐住自己的身體，身體漸漸地趨向巷子邊的圍牆倒去。

她口中不斷地喃喃自語著道歉的語句，渾身發抖著。

無奈這個時間點會經過這巷子的人本來就不多，自昨晚就未進食的何詠婕哭得連最後一點力氣都沒了，突然眼前一片昏白，癱倒在圍牆邊動也不動。

一直不知道過了多久，才好不容易有個男人衝到了何詠婕身旁拍打著她的肩，「詠婕？何詠婕？」看著何詠婕此刻的樣子，男人在耳邊罵了句，「該死！」便立刻將何詠婕橫抱往醫院的方向前去。

□

「唰」地一聲，窗簾被拉開，原先躺在床上睡得深沉的何詠婕倏地感到一陣刺眼，忍不住眨了眨眼睛。

「妳終於醒了。」

何詠婕揉揉眼睛，一陣刺鼻的藥水味讓她忍不住悶哼了聲，「嗯。」後才真正的把眼睛打開。

「好點了嗎？」

不看還好，一見到說話的人，何詠婕差點兒沒摔下病床。

見狀，趙翊良連忙扶起她，「妳小心點，這麼久沒見到我很開心？」

被他一碰後，何詠婕嚇得身子一縮，「你……」她仍舊有些不敢相信自己的眼睛，冷靜數秒後緩緩地伸出手想撫摸趙翊良的臉，確認自己不是在作夢。

「你……真的是翊良嗎？我是在作夢吧……」

看見何詠婕瞳孔中那抹懼怕又帶點困惑的目光，趙翊良有些心疼，「傻瓜，真的是我。」

他緩緩地將何詠婕的身子往自己的身上貼近，輕輕地在她的耳畔說：「我回來了。」

面對趙翊良這番久違的溫柔，何詠婕由不得自己心跳飛速地跳呀跳的，讓站在門邊看著這一幕的馮子恆猶豫著是否該要進去。

「你是？」趙翊良發現到了踟躕不決的馮子恆，出聲問道。

「啊，子恆學長……」何詠婕順著趙翊良的方向看見馮子恆後連忙將趙翊良推開。

看見何詠婕的反應，趙翊良有些受傷，但仍舊維持他的冷靜，「你應該就是剛剛打電話給詠婕的那個子恆學長吧？」

「嗯。」馮子恆點點頭，「抱歉……打擾你們了……」

「不——」

趙翊良連忙順著何詠婕來不及開口的話說：「不，是我該不好意思才對。我都聽說了，我住院的這段日子都麻煩你照顧我女朋友了。」

聞言，馮子恆愣了愣。

原來何詠婕有男朋友嗎……？馮子恆忍不住在心裡嘲笑著自己的愚蠢。

「真的很謝謝你。」趙翊良伸出手，一臉誠懇地向馮子恆道謝。

「……不會。」馮子恆看著一句話也不願對他說的的何詠婕，心裡很是失落，「那……我就不多打攪你們了，詠婕，希望你早日康復。」

「謝、謝謝學長。」

此刻的何詠婕望著馮子恆很想多說什麼，卻又不知道自己應該要從何說起，於是只能這樣眼睜睜看著他轉身離去。

一確定馮子恆離開後，趙翊良便轉過身溫柔地看著何詠婕，「妳趕快休息吧，醫生說妳沒都沒好好吃飯跟睡覺，體力不夠才會昏倒。」

「翊良，我有些話想對你說……」

「有什麼話等妳身體好點了再說也不遲。再睡一會兒吧，等等妳醒了我買妳最愛吃的咖哩飯。」

「可是——」

「聽話。」他摸摸何詠婕的頭安撫道。

「嗯……」看著趙翊良那麼地堅持，何詠婕也只好乖乖地闔上眼睛作罷。

聽著何詠婕沉沉睡去的呼吸聲，趙翊良伸出手輕輕撫摸著何詠婕的髮梢，越是仔細瞧著何詠婕他的心就越是感到不捨。

記憶裡的她原本就已經顯得瘦弱了，但此刻的她身子卻又更加地單薄。

還記得在他們交往的時候何詠婕總是吃得很少，有時候好像就算忘了吃飯也不會餓似的，總是要趙翊良好好地叮嚀著她才願意稍微吃得多一些。

「到底有沒有好好吃飯啊……」他不禁握起她過細的手臂說著。

但越是握得越緊，趙翊良就越是自責。

對不起。

趙翊良在心裡默默地向著何詠婕道歉。

要不是自己像個廢物似的只能躺在床上動也不動，現在的何詠婕也不會變得這麼憔悴，甚至就連看他的眼神好像也變得不像是他所認識的那個她了。

就好像他們之間的感情早就已經不是他所想像的那樣了。

在馮子恆打來的那個瞬間，趙翊良著實吃了好大一驚，是什麼樣的學長居然會知道學妹的課表，還打電話關心學妹怎麼沒有來學校上課？

甚至在聽到他說何詠婕住院的時候，語調急得像是要失去什麼重要的東西似的。

答案在他發現何詠婕看見馮子恆時的那個眼神就已經很明顯了。

難怪林俐萱一直不願意讓他去找何詠婕。

也許是怕兩個人見面以後何詠婕會不願意回到自己的身邊吧？林俐萱才會一直騙他說何詠婕最近比較忙沒空跟他見面。

但其實在他醒過來發現周遭的世界早就變得和他記憶中不一樣的時候，他也不是沒有想過或許何詠婕已經忘了他。

可他卻怎麼樣子都不願意面對這個可能性。

「詠婕我相信妳，妳一定還愛我吧？」趙翊良雙手緊緊包裹住何詠婕的，帶著些為哽咽的語調說。

在同時，何詠婕一臉糾結地說著夢話，「子恆學長……你誤會了……」

趙翊良一聽便立刻鬆開手，站起身來傾斜地往後退了幾步。

而何詠婕嘴邊的話依然斷斷續續地說著，「你聽我說……我跟——」

不願聽見接下來的字句，趙翊良匆匆地跑出病房，就這樣他拖著蹣跚的步伐走到了醫院的頂樓，他忍不住對著天空大喊，「為什麼？老天爺啊！到底為什麼祢要這樣讓我睡一覺起來，我愛的人就不屬於我了？」

「不公平……祢騙人……我不是跟祢約定好了只要我努力做復健，祢就會讓詠婕回到我的身邊的嗎？」

此時，雨水無情落下，彷彿是天空流下了憐憫的淚水，但卻怎麼也無法灌溉進趙翊良破碎的心。

□

「發生什麼事嗎？你剛剛說要去一趟醫院，怎麼回來就一副失魂落魄的？是子晴她——」

「不是。」馮子恆打斷范承浩未完的語句，緩緩地往欄杆靠近，靜靜凝視著天空。

「那就是詠婕了吧。」范承浩扁扁嘴，「現在能讓你變成這副模樣的，應該除了子晴就只有她了……詠婕她發生什麼事嗎？」

「我……說不上來。」馮子恆說完後便隨即笑了笑，「就只是突然覺得自己好愚蠢。」

怎麼會居然連她有男朋友都不知道？

不過也是，像何詠婕這麼好的女孩本來就是該有個懂得疼愛她的人陪伴著她。

但怎麼會、怎麼會只要一想到剛剛在醫院看見的景象就沒辦法好好的冷靜下來？

是因為何詠婕從沒告訴過自己她其實有男朋友了？還是因為那個站在何詠婕身旁的人並不是自己？

馮子恆迎著風，眺望著遠處悄悄步入天際的晚霞，很美麗的景象，但他卻一點也沒法子因為這美景而感到一絲毫的快樂，反而這副景象只是更加地彰顯了他心中的苦悶。

「在愛情的世界裡，每個人都當過傻瓜。」范承浩緩緩地望著漸漸暗去的天際線說道。

馮子恆聽見後傻笑著，「或許吧。」

「還記得一開始我們所認識的那個若儀吧？」

「嗯。」

「那個時候的她就像個笨蛋似的，一頭栽進不屬於自己的愛情裏頭，橫衝直撞的弄得自己全身是傷，但卻還是不顧一切的認為自己可以得到幸福，一直到她終於發覺到自己的愚蠢……但她最終還是走了出來，找到了屬於自己的幸福。」

「怎麼突然對我說這些？」馮子恆挑眉，假裝生氣，「不要在我面前曬恩愛。」

「才不是。」范承浩笑了笑，「我的意思是，你都已經在前一段感情傻過一次了，這次還真的打算繼續傻下去嗎？」

「我還是不懂。」

「唉，真不知道要怎麼跟你說你才會懂。」范承浩扶額嘆氣，「總之，不管怎麼樣，你跟詠婕相處時那種你們之間獨有的默契，我都看的出來，不要讓機會溜走，懂嗎？」

「已經來不及了……」馮子恆垂下頭。

「來不及？什麼意思？」

「她已經有男朋友了。」

「什麼？怎麼會！」

「我也不知道。」搖搖頭，馮子恆自嘲地笑，「或許她對我根本就沒有那種情愫的產生吧。而且我也沒有資格去過問她交男朋友的事，我自己之前不也有緑甯這個女朋友？」

「你確認過嗎？那真的是她男朋友？」

「嗯，她男朋友還向我道謝這些日子對詠婕的照顧。」

「但她從來沒有跟我們提過她有男朋友的事，你先不要多想。」范承浩拍了拍馮子恆的肩安撫，「說不定他們只不過是朋友，只是一場誤會。」

「或許吧。」

可從她與趙翊良的互動，馮子恆壓根就無法去想像他們兩人的關係只是朋友那麼單純。

這是他第一次這麼在乎除了馮子晴以外的女生。

他從來就沒有想過，原來自己可以這麼在意一個人，在意的都快要無法思考了……是什麼時候開始的？把何詠婕這麼地放在心上？

好像只要看著她笑，自己的心情也會無止盡的湧上喜悅。

他突然好想要永永遠遠守護她的笑容，但他卻害怕自己沒有那個資格……

「你到底知不知道自己在幹嘛？亂跑出去就算了，打了那麼多通電話也不接！」醫院的頂樓，林俐萱揪著趙翊良的衣袖有些憤怒。

「我知道啊。」趙翊良笑得燦爛。

林俐萱瞅了他一眼，「你真的知道？如果你真的知道怎麼還敢就這樣擅自跑出醫院？你的身體雖然看似無恙，但醫生不是也說了有可能會有後遺症嗎？怎麼可以這樣亂跑！」

「好啦，不要生氣。」趙翊良抓起林俐萱的手臂，「妳也知道我不是故意的，我會這樣做是有原因的。」

「什麼原因？」

「我去找了詠婕。」

聞言，林俐萱瞬間震懾住，「你說什麼？」

「因為我真的好想她……所以就忍不住去找她了……」趙翊良的目光拾起一抹歉疚，「對不起。」

「我們不是說好了，只要確定你的身體真的沒事了，只要等她有空我就會帶她來看你嗎？」

「我等不及了。」

「翊良你……」

「妳應該懂吧？那種想見一個人和她說說話的心情。」

林俐萱怎麼可能不懂？

這些日子裡，她就是憑著想對趙翊良說出自己的心意的這股意念不斷地守候在他的身旁，甚至就連他一句想搬到有何詠婕所在的城市，便義不容辭辦了轉學跟他一起搬到了這個一個人也不認識的地方。她所做的一切，就只是希望他能開心。希望他能看見自己對他的喜歡。

「那……你們見面後說了什麼嗎？」

她知道何詠婕的心即便已漸漸將三年前的事情放下，但對趙翊良的愧疚肯定還是存在，她是用什麼樣的心情面對忽然出現在自己世界裡的趙翊良？

「我看到她到在路邊，就把她送到這裡了。醫生說她都沒好好吃飯，壓力有點過大才會昏倒，我哄她吃完午餐跟藥之後睡著就來找妳了。」

「嗯。還好你們都沒事，你不見這一整天把我跟伯父伯母都嚇死了，他們還差點就要跑上來找你了。」

「這樣啊。」趙翊良兩眼空洞倏地喚了林俐萱的名字，「俐萱。」

「嗯？」

「妳知道要怎麼樣才能忘掉一個人嗎？」他明明是笑著說的，瞳仁卻不禁散發著淺淺的哀傷。

面對他的問題，林俐萱十分詫異，趙翊良難道是打算想要將何詠婕忘了嗎？

她看著趙翊良過於虛假的笑容，不禁望著他皺起眉頭低喃道，「就算下定了決心，也不可能真的全部忘記的……」

此刻她說著的正是她所經歷過的心情。

那時候的她看著躺在病床上的趙翊良，她是真的下定了決心要把他給忘記，她開始不去看趙翊良、開始與他的世界脫軌，但每當夜深人靜時，她卻發現那些與趙翊良初次相識變為熟稔的畫面，是任憑她怎麼努力也無法自她腦海裡剝離。

太過美好的回憶就像是藤蔓般地纏繞在心底，看似甜蜜，卻其實最傷人，因為每當你越是用力想將它拔除，它卻越是死命地揪緊你的心口。

越是想忘記，只是越忘不記。

這是林俐萱最後得出的結論。

「這樣啊……那該怎麼辦才好……」趙翊良苦笑著。

「既然忘不記，那就不如把它好好的放在心裡嘛，幹嘛非得要忘記不可？」透著陽光，林俐萱撐出一抹燦爛的假笑，「說不定、說不定，這個人他一點也不想被我們給忘記。」

「真的嗎？」

「真的。」林俐萱抓住趙翊良的手，望著他那雙透徹的眼，堅定地說：「至少，我是這樣相信的。」

聽著她的話，趙翊良回想起剛剛何詠婕說著夢話的表情，那個不希望馮子恆誤會的樣子，她還是愛著自己的嗎？她還是把自己當作心目中那個最重要的王子嗎？

而他又應該要怎麼做對他們之間而言，才會是最最最好的結果？

□

何詠婕自覺已經睡了許久，她先悄悄地將眼皮睜開偷偷環視了病房內一圈，沒瞧見趙翊良的身影，當她正要放心地睜開雙眼，林俐萱的聲音突地出現。

「妳醒了。」她手上拿著的似乎是何詠婕的晚餐。

「妳怎麼……」

「翊良在做檢查，他拜託我來照顧妳。」林俐萱一邊說著一邊拆著塑膠袋，「我問過醫生了，妳現在不適合吃較刺激的食物，我就擅自幫妳買了粥，那個什麼咖哩飯的就等妳出院了再吃吧。」

「嗯，謝謝。」

所以剛剛趙翊良出現的一切果然不是夢嗎……

「先吃飯吧。」林俐萱說：「要我餵妳還是妳可以自己吃？」

沒回答她的問題，何詠婕反倒丟了另一個問題，「原來……妳那天跟我說的都是真的嗎……翊良他真的醒了……」

「嗯。」林俐萱表情有些哀傷，「而且他醒來後第一個想見的人就是妳，差一點就從床上摔下來就為了想見妳一面……」

「妳……一定還很喜歡他吧？」何詠婕小心翼翼地問著。

她知道林俐萱肯定還很喜歡他，才會這樣子陪在他身邊照顧了他這麼久，當聽見他想見的人是何詠婕時，林俐萱的心會有多受傷，她無法想像。

「與其說是喜歡，或許我之所以會選擇一直陪著他、照顧他，這當中有一部分的原因是來自對妳的愧疚吧……」

「愧疚？」

「那個時候你們之所以會吵架，是因為妳氣他那陣子時常鬧失蹤，妳問他他還不願意告訴妳他到底去了哪裡吧？」

「對……不過，妳怎麼會知道？」

「我當然知道。」林俐萱笑了笑，「因為那個時候，他都跟我在一起。」

聞言，何詠婕瞪大了眼睛有些不願意相信。

「哈，瞧妳這個反應，肯定是誤會了什麼吧。」林俐萱瞇起眼睛笑，「我跟他不是妳想像的那樣。」

「況且就算我對他有感情，我也知道那時候的他喜歡的人是妳，不可能是我的。」

「那──」何詠婕的話才說出口便被林俐萱給打斷。

「還記得嗎？那場意外如果沒有發生的話，一個多禮拜之後就是妳的生日。」

「嗯，我還記得。」

「他是為了要給妳驚喜，所以才會想拜託我幫他想辦法，就為了給妳一個最棒的生日回憶。」林俐萱說的話一瞬間抨擊了何詠婕的心。

「你最近為什麼都不接我的電話？」

「你是不是根本就不想跟我在一起？」

「我討厭你，你走開！」

何詠婕只要一想起自己鑄下的大錯，她就越來越無法原諒自己。

要不是因為她的無理取鬧、不可理喻，趙翊良根本就不會發生那場意外，何況……趙翊良所做的一切都是為了自己，而她呢？她卻總是給趙翊良帶來無止盡的困擾和危險。

憑什麼自己要讓趙翊良犧牲這麼多？她所犯下的錯，自己真的有辦法去彌補嗎？

「那……他……他現在……還好嗎？」顫抖著的聲音使得何詠婕的語句無法連貫。

「老實說……不太好。」林俐萱眉心微皺，「詠婕，有件事我不知道自己該不該告訴妳。」

「什麼事？」

「曾經，我很羨慕妳，甚至嫉妒妳可以擁有翊良全部的愛，就連班上的同學也都很喜歡妳，我……嫉妒到對妳產生厭惡，甚至利用了苡慈對妳的喜歡，跟著她一起告訴班上的同學翊良會發生意外都是妳害的。」

「我以為……以為這樣傷害妳我就會快樂一些，翊良只要離妳離得遠遠的，我就可以得到他了，但是事實證明我錯了……」

她垂下眼簾，眼眶中泛著些許淚珠，「在翊良醒過來喊著妳的名字的那一刻，我就知道了……我錯了……我做的再多，也改變不了他對妳的喜歡……而且，從頭到尾一切的一切都只不過是我自己在自欺欺人，看著妳受到大家的排擠討厭，我根本就得不到快樂，濃濃的歉疚感從來也沒能讓我感到一絲愉悅。」

聽著林俐萱的這番告解，何詠婕注視著她眼中散發著溫暖，輕輕握住她的手，「不是妳的錯，是我。要是我當初不要無理取鬧，翊良根本就不會發生意外，妳跟苡慈說的一點也沒錯，都是因為我才會讓翊良身陷在危險之中。」

「不！翊良一點也不希望妳這樣想，他從來就不認為這是妳的錯。」

何詠婕愣了愣，揚起一抹笑，「那我相信，他也一定不會希望妳把所有的錯都攬在自己身上的。」

何詠婕的話讓林俐萱的眼淚又落了下來，她哽咽地說：「可是……要不是因為我的自私，妳根本就不會被班上的同學討厭，妳的高中生活都是被我給毀掉的，妳真的完全不怪我嗎？」

「說真的，我還要謝謝妳。」何詠婕淺笑，「謝謝妳陪在翊良的身邊照顧他。」

林俐萱看著何詠婕的笑，微愣了數秒，在嘴邊嘀咕著，「怎麼還是跟以前一樣笨。」

「我只是……不想要再有人跟我一樣了……」握住林俐萱的手，何詠婕堅定地笑著，「輿論或許可以讓犯錯的人正視自己的錯誤，但當那個人願意悔改了，輿論就只會成為傷害人心的劊子手。這種感覺……我再清楚不過了……」

「對不起。不管妳現在怎麼想，或者願不願意接受我的道歉，我都認為自己應該要好好的向妳道歉。何詠婕，對不起。」林俐萱站起身深深的向何詠婕鞠躬。

「我不要妳覺得抱歉，俐萱。無論是以前或是現在，我依然當妳是我的朋友，我知道在妳的心裡翊良真的很重要，但我也知道，在那段我們三個人一起共度的時光裡，妳是真正的、真心的把我們當成是妳最好的朋友。」

「那翊良呢？他……現在在妳心裡算是什麼樣的角色？」

林俐萱的問題差點讓何詠婕就要忘了呼吸，她緊緊咬著下唇，思索了許久還是不知道該怎麼回答。不可否認的，她對他所釀成的傷害，她是必須給予他一個合理的交代的，但是這是愛情嗎？還是只是出於一份愧疚？而且……趙翊良又是怎麼看待自己和他的關係的？

三年前，在趙翊良家人的阻撓下，她選擇離開趙翊良，這段感情就真的可以這樣從此在他們之間劃下休止符了嗎？

想到了這裡，馮子恆的臉突然出現，她的思緒也跟著變得更加凌亂了起來，她只要一想起馮子恆那個誤會的眼神，心就沒辦法好好的靜下來。

「沒辦法回答嗎？」

「我……」

「是因為那個男生吧？我發現你們兩個的感情似乎很好。」

「我不知道，我沒有辦法好好思考。」

「詠婕，不管妳到底怎麼想，但我想妳有權利知道翊良的想法，而且可以肯定的是，他還愛妳。」

「為什麼要告訴我這個？妳……不是還喜歡翊良嗎？」何詠婕抬起頭看著林俐萱。

「正是因為我喜歡他，所以我更要告訴妳。以前我以為只要把喜歡的人留在自己的身邊，這樣就是所謂的幸福了，但是漸漸的我發現，看著喜歡的人幸福，那才是真正的幸福。」

此刻的林俐萱笑得無比燦爛，「而我，希望翊良幸福。」

□

「而我，希望翊良幸福。」

「幸福嗎……」在林俐萱走後，病房內的何詠婕獨自一人看著窗外喃喃自語著。

她不知道自己到底對趙翊良的感覺還是不是愛，但她比誰都還確定，自己早就已經失去了給予他人幸福的權利。

就算想愛，也只會愛得對方全身是傷。

只要一想起，趙翊良躺在血泊中的畫面，她就還是沒辦法原諒自己。

即便她比誰都知道自己不應該這樣懲罰自己，沒有人希望她受到這樣的折磨，林俐萱、鄭苡慈，還有趙翊良肯定也是，但心裡卻就是怎麼也過意不去。

她好討厭這樣的感覺，卻沒辦法讓這感覺消失。

她看著病房內的一切，三年前那個害怕失去趙翊良的感覺好像一瞬間又湧了上來，她永遠也無法忘記那個徹夜未眠的自己，即使疲憊感已經將她折磨得不成人形了，心痛的感覺卻還是死揪著讓她無法擁有睡意。

繞了一大圈，何詠婕最終還是回到了這裡。

這個最後一次見到趙翊良的地方，讓她又一次的遇見了他。

但這到底是上天要她放過自己，別再跟自己所犯下的那場該死又惱人的錯誤過不去，好好的重新開始自己的人生，還是要她好好的和她以為早就沒有機會贖罪的趙翊良重新來過？

她好迷惘。

——『叩叩』

會是誰？何詠婕想了想，答道，「請進。」

「抱歉，因為放心不下妳所以又跑來了。」馮子恆一邊抓著頭，一邊將手中的花束插在一旁的花瓶裡，「剛剛碰巧經過花店就順便買了，希望妳喜歡。」

「嗯，很漂亮，我很喜歡，謝謝你。先坐吧。」

「喔喔好。」馮子恆環視病房一圈後坐下，「那個妳……男朋友人呢？」

何詠婕看著馮子恆一臉心急的樣子，忍不住挑起眉會心一笑，「你好像很在意？」

「沒、沒有，只是因為妳之前都沒有跟我提過妳有男朋友的事情……」

聞言，何詠婕斂下眼銜著一抹淡淡的哀愁輕聲地說：「還記得上次我要你陪我躲一個女生的事嗎？」

「嗯……」馮子恆擰眉，「妳那時候不願意告訴我為什麼躲她，只說了她跟妳喜歡上同一個人。」

「那個我們喜歡的人就是你早上碰到的那個男生，而我跟他在他發生意外之前正在交往。」

馮子恆聽見後稍稍吃了一驚，輕輕地深吸了一口氣，「那他……是發生了什麼意外？」

那凌亂的車禍現場、遍地的鮮血、救護車的鳴笛聲，這些畫面依然只需要頃刻的時間就可以輕易地勾起何詠婕最痛苦的回憶。

「他從來就不認為這是妳的錯。」

「可是，要不是因為我的任性……這場意外根本就不會發生……」何詠婕想起林俐萱的話後忍不住低喃著。

「妳說什麼？」馮子恆看著有些失魂落魄的她有些擔心地問。

「沒事。」何詠婕撇撇頭，逞強笑著。

「真的沒事？要不要我去幫妳找醫生？」

但當馮子恆才要站起身，何詠婕就急忙地要他坐下，並且又一次強調，「我真的沒事。」

看她的這般堅持，馮子恆也只好作罷順從她，但眼神裡依舊充滿著擔憂的神情，從何詠婕的反應，他的心裡也大概有個底知道，或許那場意外是導致她之前不願敞開心房的原因。

那個男生……對何詠婕而言……肯定很重要吧……

「那……他還是那個妳喜歡的人嗎？」馮子恆極為小心地問道。

對於他的問題，何詠婕閉上眼睛思索了片刻，但越想卻只是越加不知道該如何回應這個問題，於是她選擇睜開眼回答，「我不知道。」

「雖然……我曾經覺得他會是我這輩子最愛的人，但是現在的我卻沒辦法確定我最在意的那個人還是不是他。」她有些憂傷地垂著臉回應。

「可是他還愛妳。」

何詠婕張大眼怔怔地看向他，「你……為什麼會這樣認為？」

「而且可以肯定的是，他還愛妳。」

剛剛是林俐萱，為什麼現在就連馮子恆也這樣說？

「敵意吧。」馮子恆笑了笑，「他看見我的時候，想要把妳占為己有的那股敵意，很明顯的就告訴了我他很在乎妳。」

而同樣的，馮子恆在看見趙翊良時，也是抱持著相同的心情的。

雖然在那個當下他原先只是對趙翊良感到一股無法言喻的厭惡，但在他發現趙翊良的目光後，他覺察到其實自己早就在無形之中越來越在意何詠婕。

當今天范承浩安慰他或許不過就只是自己誤會了何詠婕與趙翊良的關係後，他一直無法壓抑住自己想再來見何詠婕一面的衝動。

但他卻又害怕知道答案，害怕自己又一次看見何詠婕的身邊站著趙翊良。

反覆思忖了一整個下午，那些和何詠婕相處過的畫面，那些他們一起練唱的時光，從這些自何詠婕身上傳遞給自己的溫度才提醒了他。

其實何詠婕早早就已經在他的心底留下任誰也無法輕易剝奪的地位了。

只不過是馮子恆自己一直刻意地忽略這份對她的情感而已。

此刻何詠婕的模樣不禁讓馮子恆的心跳漏了兩拍，他突然好想將她擁進懷裡，而理智卻告訴他不可以有這樣的意念。

「而且……對他而言你們之間的感情還沒有結束。」

或許對何詠婕來說她也是這樣認為的……所以，他還沒有那個擁抱她的資格。至少……現在不能。

「你說的是他說我是他女朋友的事吧？」

「對。」

「其實……我的心情很複雜……我不知道該怎麼用言語表達，我原本以為我失去他了……」何詠婕的身子抖動著，「當我看見他躺在地上動也不動的時候，我真的以為自己會失去他。」

「聽見醫生告訴我他還有心跳的時候，我真的很高興、很高興，可是……伴隨著高興而來的是他有可能永遠也不會醒過來，像個活死人一樣躺在病床上，我……」她哽咽著，「我……我真的……」

「沒事。」馮子恆輕輕的拍著她的肩，「沒事的。」

「他的爸媽要我離他遠一點……所以我才會……才會丟下他……我原本以為我再也不會見到他了……醫生說他清醒的機率很低……他會變成這樣都是我害的，大家說的對，都是我……都是因為我……」何詠婕不停地哭泣，淚水像是沸騰的滾水般無法停止墜落。

看著她的眼淚，他的心麻得簡直要讓他忘了思考，他沒看過這麼憔悴的她，即使是一開始見面也沒有，原來這才是那個倔強的死命地不讓人看見她的最真實的樣貌與心情嗎？

這樣的她……好讓人心疼……

馮子恆的眉心緊閉，他恨不得自己能夠代替她承擔這些痛苦與負面的回憶，可偏偏他不能，這無能為力只能看著她痛苦的感覺讓他好無奈，好厭惡自己。

他默默伸出手，撫去何詠婕眼角汩汩流出的淚珠，「不要哭了。」

「嗚嗚……」但何詠婕並沒有因此停止哭泣，只是依然顫抖著身軀，任憑淚水一次又一次的洶湧流出。

彷彿只有這樣才可以減輕一些她的罪惡感似的，眼淚成了此刻的她最好的宣洩品。

「唉。」一見狀，馮子恆不禁嘆了口大氣，他悶著臉看著她此刻的樣子。

好不容易才忍住的慾望，一個不小心又無法壓抑了，他一把將何詠婕的身子拽往自己的胸口貼近，何詠婕被他的舉動嚇得烏黑的雙眼瞬間張到最大，有些不知所措。

「我在這。」馮子恆溫柔地朝她的耳畔輕聲地說：「所以不要再哭了。」

馮子恆的話宛若是下過滂沱大雨過後清晨的曙光，徹底地讓何詠婕止不住的淚水像是被拴上的水龍頭般停止了傾瀉。

「對、對不起。」何詠婕吶吶地道歉。

「幹嘛道歉？」

何詠婕從馮子恆的擁抱中掙脫，有些歉疚地低頭，「嚇到你了吧……突然在你面前大哭，還讓你聽我說這些，所以對不起。」

「如果真的覺得對不起，那就好好的打起精神來。」馮子恆一邊說一邊輕輕地用手抹去何詠婕眼角殘餘的淚水，用著極為細微的聲音說道，「我討厭看到妳哭。」

「你說什麼？」

「沒什麼。」

馮子恆說完後，側著身子拿起擺在花瓶旁的水壺，「看妳剛剛哭成這樣應該很渴吧，我先去幫妳裝水。」

「謝、謝謝。」

如果可以，我想要擁有一雙翅膀，帶妳飛離那些令妳不願面對的紛紛擾擾，永遠讓妳保持妳應有的笑容。

Chapter 10

忘了怎麼愛你

「呼。」走出病房後，馮子恆吁了一口氣。

原來她也跟他一樣嗎……背負著罪人的身分苟延殘喘一般地活著。

雖然何詠婕說的僅有一小部分，但他可以深刻的感受到何詠婕將趙翊良的意外歸咎到自己身上的那份自責與受挫。

他……該怎麼做？該怎麼樣才可以讓她釋懷？如果就連自己對於爸媽的驟逝都還無法放下的話，那他又要怎麼讓她走出這痛苦的陰霾……

突然間他覺得自己和何詠婕根本就是兩個如此相仿的個體，同樣的無法原諒自己；同樣的像是空殼般殘喘於世；甚至同樣的都曾拒人於千里之外。

他能夠替她做什麼？他可以愛她嗎……她又會怎麼看待自己對於她的感情……

馮子恆拎著水壺走到了飲水機，潺潺的流水聲未能打斷他紊亂的思緒，他的腦海中滿滿的都是何詠婕剛剛那失魂落魄痛不欲生般的模樣，還有趙翊良……趙翊良眼神中那對他濃濃的敵意……

「你來看詠婕嗎？」

遠遠的趙翊良便認出馮子恆，他靜靜地走到了他身旁問。

「你是……詠婕的——」

「男朋友。」不等馮子恆說完，趙翊良便率先回答。

「嗯。」馮子恆沒多說什麼，只是默默點頭表示他知道了。

「對不起，這麼說可能對你來說很突然也有點失禮，但是能不能請你以後離詠婕遠一點？」

「為什麼？」馮子恆並沒有生氣，反倒態度有些過於親切的回問。

「我……因為……」被馮子恆一問，趙翊良顯得有些過於慌張，「因為……你喜歡她吧？所以我不希望你靠她太近。」

「就因為這樣？」馮子恆淺笑，「你都說了你是她的男朋友，那你又有什麼好擔心的？如果你們的感情夠堅定的話，就算今天有再多的人追求詠婕，你應該也不需要害怕吧？」

趙翊良抿唇，低著頭不發一語。

「還是說，你對你們的感情這麼沒有信心？」

馮子恆說的對，這正是趙翊良此刻的心情。

他對他和何詠婕的感情沒有信心。

他沒有把握經過了這三年何詠婕還愛著自己；他沒有把握自己在何詠婕的心裡依舊是她那獨一無二的王子；他沒有把握自己可以贏過馮子恆……

這才是趙翊良所真正恐懼的。

以前即使在他的周遭有再多的敵人，他都有自信何詠婕的心裡只有他，可現在他再也無法像之前那般的自詡了。

因為何詠婕的心裡不只有他。

「說不定，這個人他一點也不想被我們給忘記。」

他不確定也不敢肯定何詠婕的心裡和林俐萱告訴他的一樣。

說不定，何詠婕是希望忘掉自己的。

畢竟過去這三年時光，何詠婕因為自己受了許許多多莫名的委屈，而這些不必要的苦痛正是源自於自己。

「才、才不是呢。」趙翊良倔強地撇過頭，「我對詠婕很有信心。」

他不知道自己為什麼要說謊，但就是怎麼也不願意在馮子恆面前示弱。

馮子恆看他這個樣子忍不住會心一笑，「那祝福你，也希望你能諒解我是不會輕易離開詠婕的身邊的。只要她需要我，我就會在。」

趙翊良望著馮子恆漸漸消逝在走道盡頭的身影，緊緊皺著眉，渾身顫抖著。

他知道他會輸。

不知道為什麼他就是有這樣的預感，他不可能贏得過馮子恆……但他卻又不想要就這樣輸得莫名其妙……

不過就是睡了一覺醒來，深深愛的人就不愛自己了，這任誰也無法接受。

可偏偏現實卻又逼得他好像只能接受，他蜷曲著身體，縮在飲水機旁嚎啕哭著。

□

「東西應該沒有落在這吧？」趙翊良瞻前顧後地看著何詠婕病房內的一切。

「沒有。」何詠婕搖搖頭，「我已經檢查過了。」

「那走吧。」趙翊良拎起她的行囊，「我送妳去坐車。」

「不、不用了。」何詠婕搶過趙翊良手中的行李，有些支吾地說：「有……有認識的人會來接我。」

聞言，趙翊良心頭莫名地感到不安，「是上次那個學長嗎……？」

看著他驟然變色的樣子，何詠婕有些不知該如何開口，但卻又不想欺瞞著他，只能默默地點點頭答道，「對。」

「妳還愛我嗎？」趙翊良勾著唇角帶著一抹複雜的笑問。

「翊良……我……」何詠婕垂下頭，目光渙散。

看見何詠婕的猶豫，趙翊良的心頭為之一酸，他一直很糾結著是否該問何詠婕這個問題，看來他的徬徨是對的。

「回答我……妳還愛我嗎……拜託……」他卑微地看著她，像是期待著何詠婕的答案能對他寬容些。

這樣的他讓何詠婕看了格外不捨，以前的他們總是開口閉口說著自己有多愛對方，如今趙翊良卻得用這種方式懇求她說出一句情話。

「對不起……我不知道……」何詠婕滿臉愧疚，不敢抬頭多看趙翊良一眼。

而趙翊良像是被逼急了似的，不斷地望何詠婕身上靠近，語氣也越加激動，「回答我……回答我……我拜託妳回答我……我只是想知道妳的答案……」

「翊良……」何詠婕有些害怕地慢慢往牆角靠近，「你冷靜一點，翊良。」

「我很冷靜……誰說我不冷靜！告訴我！妳到底還愛不愛我！告訴我！妳說啊！」

趙翊良貪婪的眼神，令何詠婕嚇得不敢回話，只是繼續不斷地往後退，但當恐懼蔓延至她的全身時，她的身體開始害怕得不聽使喚地發軟，使她再也沒有力氣後退，踉蹌地跌倒在地。

但趙翊良卻依然只是鬼打牆似地重複著相似的話語，「妳為什麼不說？告訴我！說妳還愛我啊！妳說啊！」

何詠婕緊緊擁抱著自己的身子，滿腦子希望的都是自己可以趕快逃離這個地方。她從沒看過趙翊良這個模樣，恐懼感使得她只能不斷地抽泣著，「嗚嗚嗚……」

「你在幹嘛！」

何詠婕抬眸，往被敞開的大門一看是馮子恆帶著一臉怒氣地質問著趙翊良，她抹掉眼角的淚水怔怔地看著兩人。

「不甘你的事。」趙翊良推開他。

「只要你傷害到她就關我的事。」

「我不是要你別靠她太近嗎？你為什麼還要一直出現在我的面前？你就不能放過我跟詠婕嗎？」趙翊良帶著哭腔，一臉卑微地看著馮子恆，口中不斷喃喃自語著，「為什麼……為什麼……」

「該放過她的人是你。」馮子恆不帶一絲情感的望著他迷離的雙眼說：「你看看詠婕現在因為你變成什麼樣子。」

趙翊良看向全身顫抖著身子的何詠婕，驚覺到自己的失控不停道歉，「詠婕對不起……我不是故意的……妳沒事吧？對不起、對不起！」

「這下你弄清楚你到底做了些什麼了吧？」

「我、我真的不是故意的……」趙翊良哭著，緊緊拉著何詠婕的手，「我只是不想要失去妳……我……原諒我好不好詠婕，拜託……」

何詠婕看著淚崩的趙翊良，心裡很是複雜，她所認識的趙翊良不是這個樣子的，以前的他樂觀、開朗愛笑還很溫柔又善解人意，只要認識他的人都會不自覺的喜歡上他。

可是如今他卻像著了魔似的變了一個人。

何詠婕突然覺得好討厭自己，她意識到趙翊良是在這場意外之後才會變成這個樣子的，那種害怕會失去自己的感覺讓他變得不再是以前那個他應有的樣子。

這一刻的她好徬徨自己應該要怎麼做。

「你剛剛已經嚇到她了，你還是先想辦法把自己照顧好吧。」馮子恆輕輕地把趙翊良握住何詠婕的手撥開。

「不！」但趙翊良卻不願鬆手，又一次的伸手將何詠婕的手牢牢地握緊，「詠婕妳聽我說，我知道要妳一時之間接受我很困難，但是……但是能不能給我和妳重新開始的機會？」

「我……」何詠婕看向趙翊良殷殷期盼的眼神有些不捨。

「為什麼？為什麼我一睡醒妳就不愛我了？」

趙翊良的淚珠一顆又一顆的滾落，滾到了何詠婕的手背上疼得她差點要忘了該如何去思考，她望著趙翊良過於憔悴的臉龐緩緩地啟口，「翊良……」

「嗯？」

「我不是不愛你了，而是我已經忘了要怎麼去愛你。」何詠婕靜靜地說著。

她知道這樣的句子對於趙翊良而言很殘忍，但她卻還是得說出口，長痛不如短痛，她寧可讓他一口氣痛完也不願他就這樣一直抱持著虛幻的美好痛苦下去。

可她忘了，當初她也以為自己只需要一下子就能夠忘卻失去趙翊良的痛苦，但這抹痛卻在離開趙翊良的那刻起便未曾自她的身體裡抽離。隱隱約約地傷口讓她開始習慣保護自己、開始害怕愛上任何一個人。

因為太痛了，伴隨著傷口的疼痛感而來的回憶太痛了。

「可是我沒辦法要自己忘記去愛妳啊，從我醒來之後的每一分每一秒我的腦海裡滿滿的都是妳，每一天我都好想、好想知道現在的妳人在哪裡？過得好不好？是不是還愛我？是不是還記得我們當年的夢想？還有……妳是不是也跟我思念妳一樣的惦記著我？。」

一旁的馮子恆聽著趙翊良的這番話，他好像有一點可以理解趙翊良此刻的心情，即便清楚明白趙翊良是敵人，但他卻不禁對他的遭遇感到同情。

要今天換作他是趙翊良，或許他也會和他一樣無法接受現在的這副景況吧？

「翊良……老實說從離開你之後的每一天，我都過得很不好，我很後悔那天兇你跟你吵架，甚至後悔得覺得是不是自己乾脆就這樣死掉算了，沒有你的日子太難熬了，每一天都要想起你、想起那場意外、想起我們曾經一起度過的時光，真的好痛苦。」

「而且從那時候開始身邊的每個人都不斷地提醒著我，我是那個殺了你的兇手，沒錯是殺，對大家而言，躺在病床上的你就跟死了沒兩樣，伯父伯母恨我、班上同學排擠我、那些愛慕你的女孩子開始對我做一些莫名其妙的惡作劇，甚至……就連原本那些跟我親近的好朋友也開始在我的背後搞小動作，我通通都把它們當成是上天對我的懲罰，概括接受了。」

「或許就是因為這樣吧，我發現到自己漸漸地忘了自己要怎麼去愛你。因為我已經失去了愛任何一個人的權利，不僅僅是你，逃避疼痛的感覺讓我忘了該怎麼去愛一個人。」

何詠婕的語句落下，不僅僅是趙翊良就連馮子恆的眉心都緊緊聚攏在一塊，因為她的話宛如像是在告訴他們：我不可能愛你，因為我無法愛人。

「我……知道了……」趙翊良鬆開手，一臉沮喪的樣子坐在地板上。

「對不起。」

「妳不需要道歉啊。」趙翊良苦笑，眼角還夾帶著些許淚光，「妳為什麼要道歉呢？對我……我永遠都不要妳道歉……妳是公主，而我永遠都是那個專屬於妳的王子，所以我不要妳的道歉……而是妳的愛。」

「對不起……」何詠婕又一次說著，她知道現在她所能說的、能做的就只有道歉，對於趙翊良她所虧欠的太多、太多了，是她怎麼也無法在一時之間全部還清的。

「妳走。」趙翊良低著頭不願多看何詠婕一眼，「妳走吧。」

「我……我有空會再來醫院看你的。」

「不用了，不需要……妳趕快走吧。」趙翊良催促著，「那個學長你趕快帶詠婕離開，我想一個人在這靜一靜。」

「好。」馮子恆點點頭，拎起何詠婕的行李，「詠婕我們走吧。」

見狀，何詠婕知道自己已經沒什麼立場繼續待在這了，即使步伐沉重她仍舊乖順地跟著馮子恆一同走出病房。

「還好嗎？」一走出醫院，馮子恆便輕輕問著。

「很不好。」何詠婕原本已經隱藏好的眼淚開始潰堤，「我……我……」

她有好多話想說，可在這一時片刻裡她卻不知道自己該從何開口，她要怎麼說才可以讓他理解自己此刻複雜的心情？

「會沒事的。」馮子恆不讓她繼續說，而是選擇將她小小的身體緊緊的貼近自己的胸口，用著他的方式傳遞給她最有溫度的關心。

他知道，她想說的他都知道。

她比任何人都不希望看見趙翊良受到傷害，可是現在的她能給趙翊良的卻只有傷害，因為她給不起趙翊良所需要的那份情感。

「哭出來吧，都哭出來會好一點的。」他撫摸著她那柔順的髮絲，溫柔地對著她說。

而何詠婕便這樣依偎在他的胸口哭了很久、很久，久到她完全沒有察覺到自她的耳際傳來的馮子恆過快的心跳聲。

□

「嗚嗚，詠婕妳真的差點嚇死我了啦！」黃淨雅哭喪著臉衝向何詠婕。

「怎麼啦？」何詠婕看見平常總是活蹦亂跳的黃淨雅此刻的表情不禁失笑。

「妳身體沒事了？」

黃淨雅對著何詠婕一下摸頭一下又轉個幾圈的弄得何詠婕一陣大笑，「妳放心，我沒事了，妳也太緊張了吧。」

「我當然緊張啊，妳昏倒了耶。」她一臉擔憂地又反覆檢查著何詠婕的身體，不斷碎念，「是真的沒事吧……」

「真的。」何詠婕轉了個圈，「我真的沒事了。」

「太好了。」黃淨雅這才露出以往天真璀璨的笑容，「妳不在的這幾天我都好擔心妳。」

「對不起，讓妳擔心了。」

「沒事啦，妳沒事就好啊。」黃淨雅勾起何詠婕的手，「走，我這幾天又發現很多很好吃的店喔，我帶妳去……」

站在兩人身後的馮子恆看見這個畫面微微揚起唇角笑著。

「在看什麼？」卓少徹順著馮子恆的目光望去，「咦，詠婕出院了啊？」

「嗯。」

「你怎麼都沒有跟我說。」

「先去吃飯吧，承浩他們還在餐廳等我們。」馮子恆掛著笑一面向卓少徹說道。

「喔喔好。」卓少徹望著他臉上的笑偏著頭，有些訝異。

好像才經過幾天的時間，馮子恆就突然變了一個人似的，說不上來，但卓少徹覺得現在的他似乎變得比以前的他平易近人了許多。

一間在T大附近的早午餐餐廳裏頭，何詠婕與黃淨雅坐在靠窗的座位旁聊著近況。

「對了，詠婕妳這幾天有跟苡慈聯絡嗎？」黃淨雅嘴角還沾著些許牛奶，模樣有些可愛的問。

聽見「苡慈」這個字眼的時候，何詠婕的心先是一震，才答道，「沒、沒有，我昨天出院的時候回家也沒看見她……」

事實上，當昨天馮子恆將何詠婕送回她與鄭苡慈的小公寓時，她發現到屋內所有關於鄭苡慈的一切全都消失了，桌上只留下鄭苡慈留給自己的一封信件，內容僅僅只有：「但願我的離開，可以讓妳放下那些沉重的過去，做那個妳想成為的自己。希望妳幸福，對不起。」

她可以明白鄭苡慈之所以會選擇這樣做的原因，雖然在她的心裡她早就已經原諒鄭苡慈了，可她卻不知道該怎麼做才可以讓彼此的關係回到最起初的樣子。

——「我們三個人永遠是最要好的好姊妹。」

一切都已經變質了。

她們三個人誰也都無法再回到最純粹的那段時光了。

就像一面玻璃，一旦摔碎了即使拼湊起來裂痕還是存在；每當回想起來，那些玻璃碎片仍舊會不小心弄傷人一樣。

她知道短時間內，鄭苡慈是不會回來的。

或許這樣子對她們而言也好吧？仔細的去想想彼此真正需要的是什麼，或許鄭苡慈便能夠明白她所能給予她的從來就只有單純的友情。

就像她對於趙翊良一樣，她能給的就只剩下「好朋友」這麼多。

「這樣啊……她上次很關心妳耶，還跑來問我知不知道妳住哪一間醫院說想要去看妳。」

「她……想來看我嗎？」斂下眼，她想起鄭苡慈對自己告白的那個下午。

那個奮不顧身即使會受傷、會被拒絕也要愛她的樣子，那樣的她是怎麼做到的？才可以將那份情感深深埋藏了這麼久；又是鼓起了多大的勇氣？才可以將這份感情吐露給自己。

「對啊，看她的樣子好像很難過，感覺很擔心妳。」黃淨雅皺著眉，「但是我跟她說要幫她打電話問，她卻又說不用了，她有事急著要走。」

何詠婕覺得自己彷彿只要一閉上眼，就可以想像到鄭苡慈一臉糾結著是否要來見自己的畫面。

因為太過了解對方，她可以明白鄭苡慈為何要選擇不告而別。

那代表著，有一天她會回來的，只是現在的她們都需要給彼此一些空間。

「淨雅。」何詠婕的目光倏地拾起一陣肅然。

「怎麼了？」黃淨雅面對她的認真眨巴著眼睛微愣著。

「妳有喜歡的人嗎……」

「啊……」黃淨雅的臉驀地湧上一陣緋紅，「詠婕妳怎麼突然問這個？」

「沒什麼。」她看著黃淨雅鼓起的兩頰，淺笑著說：「只是有點想知道到底該怎麼樣才能夠去喜歡一個人，而不去傷害到身邊的人……」

想起當初因為自己對於趙翊良的喜歡，傷害到的不僅僅是趙翊良，甚至就連林俐萱、鄭苡慈，還有自己，個個都弄得全身是傷。

愛情，真的值得讓她繼續去相信嗎？這一次，她會不會又傷害到更多身邊她所珍視的人？

何詠婕的話讓黃淨雅晃了晃腦袋，「為什麼要去擔心這個？喜歡就是喜歡啊。」

「如果，我是說如果，如果妳喜歡的人，跟喜歡妳的是不一樣的，那不就會讓那些喜歡妳的人受傷嗎？因為妳給不了他們要的愛。」

「可是，如果妳不去喜歡的話，就不會有人受傷了嗎？」

「我……」

黃淨雅的話讓何詠婕睜大了眼，她望著黃淨雅眼裡閃爍的光芒，久久無法言語，她突然發現黃淨雅其實一點也不傻，在某些方面，她好像看得還要比自己透徹。

沒有一段感情，是不需要經歷過風雨的淬鍊而來的。

她其實一直都明白的，只是好像身體裡的某些部分讓她選擇性的忽略了。什麼時候，她才可以找回那個最初純粹因為喜歡而喜歡著，不顧一切的自已？愛，從來都不難，可一顆遍體鱗傷的心，要怎麼樣才有勇氣重新再愛？

她好想愛，可是卻不願這份情感傷害到身邊的任何一個人。

□

「我拜託你還是吃藥吧，伯父伯母他們都很擔心你。」林俐萱拿著水杯對著趙翊良苦勸著。

她已經勸了趙翊良一整天了。可放在他床角的不要說是藥了，就連食物他連碰都沒碰過，這讓林俐萱很是擔憂。

「今天我的身體就算好起來了，但這裡還是永遠好不了。」他悶著一張臉，指著胸口的位置苦笑，「那我又何必吃藥呢？」

「不要這樣。」放下水杯，林俐萱握起趙翊良的手，「我們都希望你趕快好起來。」

「不要碰我。」抽開林俐萱的手，他側過身背對著她，語帶哽咽著，「妳為什麼要騙我？她……根本就不希望我記得她……」

一想起何詠婕的話，趙翊良的心情至今仍無法平復。

「可是，我想記得你啊。」林俐萱顯得有些慌張，表情緊張的說：「就算今天詠婕她真的不要你了，你也還有我啊，還有伯父伯母，我們都很在乎你。」

「不一樣……那根本就不一樣……妳跟我的關係，和我跟詠婕的根本就不一樣！」趙翊良情緒有些激動的吼著。

而這一字一句，對林俐萱而言就像是把利刃一筆筆的刻在她的心上，她突然覺得自己活得好卑微，做了這麼多，對趙翊良而言，她卻始終比不上何詠婕。

她眼角含淚，撐著笑問，「哪裡不一樣？」

「你不可能不知道吧？」她揚起首，深深吸了一口氣，決定把自己隱藏多年的情感全部釋放出來，「我喜歡你。」

「而且，我喜歡你很久很久了。」

趙翊良一聽瞪大了眼，依舊沒有將身子轉回去，話說得有些吞吐，「妳……沒必要為了安慰我就說出這種話，我、我不需要妳為了我這樣子說謊。」

趙翊良的話聽在林俐萱的耳裡，無疑是在她的傷口上灑鹽，造成了嚴重的二度傷害。

林俐萱勾起唇角自嘲地笑了笑，「安慰嗎……呵呵……」

笑著笑著，淚水便開始不停使喚地潸然落下，她看著連正眼都不願看她的趙翊良，更是哭得越加苦澀了。

人家都說世界上最遙遠的距離，不是生與死，而是我就站在你面前你卻不知道我愛你。

可我怎麼現在才發現，原來世界上最遙遠的距離從來就不是那句我愛你，而是就站在我面前的你，心裡始終容不下我。

「你是真的覺得我說出這樣的話是為了安慰你嗎？」她抽噎地哭著問。

趙翊良這才驚覺到原來林俐萱對自己是真心的，他匆匆地將頭撇過，只看見林俐萱哭得像是整顆心都碎了。

這是趙翊良第一次看見她哭得如此令人心疼，就算之前她曾經在自己面前因為看見他復健的艱辛過程哭過幾次，也未曾哭得如同這次聲嘶力竭。

「……對不起。」他緊緊抿著唇瓣，眼神裡充滿了歉疚。

他才剛體會過那種被自己所愛的人給狠狠掏空心臟的感覺，而現在他卻用著幾近如出一轍的口吻傷透了眼前這個愛著自己的女孩，他好懊悔剛剛的自己竟說出那樣的話。

一顆真心，卻被他一句出於無心的話給狠狠踩碎。

這些日子以來林俐萱為自己付出了多少，他怎麼可能會不知道。

他在復健時不斷地跌倒氣到不願意繼續的時候；他因為藥物過敏全身紅腫的時候；他因為想念何詠婕而感到心情低落的時候；他在半夜夢起那場車禍嚇醒睡不著的時候。這些時刻都是因為有林俐萱的陪伴他才可以熬過來。

他早就應該要知道的。

林俐萱願意這樣子無怨無悔的替自己做這麼多，原因是什麼。

或許是因為已經太過習慣林俐萱的陪伴，才會忘了去思考這個問題的答案，可他就算再怎麼樣忽略林俐萱對於自己的情感，也都不該這樣去傷害一個深深替自己著想的女孩。

即便他不斷地告訴她，他有多麼愛著何詠婕，林俐萱也從沒有對自己生氣過，甚至……甚至還鼓勵他……

——「說不定、說不定，這個人他一點也不想被我們給忘記。」

妳是因為憑藉著這股意念，才可以明明知道我喜歡的人不是妳，還是選擇繼續喜歡我的嗎？

想到了這裡，趙翊良不禁擰眉，胸口滿滿的都是對於林俐萱的愧疚。

「什麼時候……」他緩緩地從口中吐出幾個字。

「你、你說什麼？」林俐萱抹掉兩頰上的淚水問。

「妳……是什麼時候喜歡上我的？」

「你應該已經不記得了。」想起那段回憶的時候林俐萱的嘴角淺淺漾著笑，彷彿剛剛的淚水全然不是真的，「其實我比詠婕還要早認識你……」

與趙翊良相遇的那一天，是他們高中新生入學的第一天。

林俐萱一個不小心差點睡過頭便匆匆忙忙趕到學校上課，但在她奔跑到學校的過程中，卻一個不小心摔了一跤。

「嘶，好痛……」她蹲下查看傷口，發現到幾顆碎石子伴隨著些許血漬沾黏在她的膝蓋上，她只得忍著疼痛將碎石緩緩地自膝蓋上取下。

這個時候趙翊良恰巧經過了。

「妳還好吧？」

當他擔憂的眼神對上林俐萱的那一剎那，林俐萱就瞬間感到胸口一陣亂麻的。

她羞紅著臉，吞了口口水回應，「還、還好。」

這時候趙翊良將不知道從哪裡拿出來的生理食鹽水拿出，對著她溫柔地說：「可能會有點痛，妳忍耐一下。」

「嗯。」她點點頭，便將頭低下緊緊閉上雙眼。

「喏，可以了。」

「謝、謝謝。」她向他道過謝之後便急忙地站起身，而在這個同時肚子也傳來一陣哀號。

「噗哧。」他忍不住笑出聲。

「……」而此刻的林俐萱糗得想挖個洞將自己埋起來。

「抱歉。」趙翊良抓抓頭，將手中的早餐遞給了她，「這個給妳吧。」

「不好吧。」他才剛幫她清理傷口，現在又把自己的早餐送給她，這份心意她不能接受。

「沒關係啦，我在家已經先吃過了，這是我出門的時候我媽她硬塞給我的，我都說我吃不下她還是堅持要我帶著，還正苦惱著要怎麼辦，所以妳就收下吧，就當作幫我一個忙？」他眨眨眼睛。

「那好吧。」林俐萱羞赧地點點頭接過，「真的很謝謝你……」

「不會。」趙翊良瞇起眼笑了笑，隨即看了一眼手錶，「啊，糟了要遲到了……」

「不會吧。」隨著林俐萱的句子落下，鐘聲便立刻跟著無情地響起。

於是，那天的他們都遲到了，但教官看在他們都還只是新生的份上沒有多說什麼，只要他們放學前交一份三百字的檢討報告到教官室便讓他們進了教室。

教官皺著眉頭，「唉呀，剛好只剩下一張了。」

「那就先給這位同學吧，她腳受傷了不方便久站。」趙翊良爽朗地笑。

「嗯，那好吧，那同學你在這邊等教官一下，我先回去拿，女同學妳就先進教室吧。」

「嗯，今天真的很謝謝你。」

「不客氣，小心點不要再跌倒了。」他露齒一笑，這個模樣不禁讓林俐萱的心跳漏了幾拍。

「嗯……再見。」

「再見。」

就這樣，那是那天的他們與彼此說的最後一句話，即使先進到教室的林俐萱隨後便發現趙翊良出現在同個教室內的身影，卻也因為他們倆的座位分隔在教室的兩端，趙翊良並沒有發現到自己。

而也在那天開始，林俐萱對於趙翊良的愛意便悄悄滋長著，林俐萱一直都認為這是上天的旨意，讓他與趙翊良相遇，甚至……分配到同一個班級。

雖然她總不敢正視著趙翊良所在的那個位置，但他的一舉一動總是會不經意地掠奪她的目光，可她也就只敢這樣默默地看著他。

也不是沒有想過主動上前與他相認，可一個班上有近五十個學生，要她就這樣突然走到教室的最前端與他對話，不知道為什麼，她只要一想到便沒有了那個勇氣。她害怕他早就不記得自己。

就這樣她與趙翊良的第二次交談，已經是一個多月後的事情了，從言談之中，林俐萱可以察覺的出來趙翊良並不記得他們初識時所發生的事，或者說……不記得自己了……

而那個時候，她已經跟何詠婕、鄭苡慈成了感情甚深的好姊妹。

趙翊良也在某些時刻悄悄地勾走了何詠婕的心，甚至……將他的心完全地交給了何詠婕……

「很不公平對吧？」林俐萱抬起頭不願讓眼淚墜下，自嘲般地笑著，「明明……明明我才是那個最先認識你、喜歡你的人，可是你卻始終沒有察覺到我。」

「我……」趙翊良很想說些什麼，可卻又不知道該從何開口。

其實他還記得。

他還記得入學那天他幫助過的那個女孩，可他卻早已經忘記那個女孩的樣貌，他以為她並不屬於他們班上的任何一個人，他沒有想過，當初出於善意幫助的一個人，如今竟會如此的深深將自己放進心裡。

可這樣的話他要怎麼告訴林俐萱？無論他怎麼開口，對她而言都何嘗不是一種傷害？難道要告訴她他知道她是誰可是卻忘記她長怎樣，所以很對不起？還是告訴她，他真的沒有發現到原來她就是那個他曾幫助過的女孩？

好難，不論是哪一種，他都沒辦法說出口。

「對不起……擅自跟你說了這麼多……」林俐萱胡亂地擦拭濕漉漉的臉龐。

「我剛剛說的你不要放在心上。」她努力地綻開笑顏，看著趙翊良，「你……你就當作……當作我在胡言亂語好了……」

「但是……你可不可以答應我幾件事？」

趙翊良銜著灰濛濛的雙眸問，「什麼事？」

「不准因為剛剛的事就和我保持距離，也不准不讓我照顧你，因為……因為……」她說著說著，又撐不住笑容了，別過頭去有些哽咽，「因為如果連我都不照顧你了，伯父伯母他們那麼忙，還有誰……還有誰可以照顧你……」

聽到了這裡，趙翊良的內疚感又更加的加深了，他好自責，竟然這樣狠狠地傷害了一個待自己如此真誠的女孩。

「我答應妳。」他點點頭，「妳……也可以答應我一件事嗎？」

「嗯？」

「不要哭了。」趙翊良露出一抹心疼的眼神，輕輕抹去她臉蛋上剩下的淚水，「我……不喜歡看見有人為了我流眼淚……」

當趙翊良的手指觸碰到她的臉龐時，林俐萱彷彿可以聽見自己的心不聽使喚地跳的飛速，她羞怯地不敢動，兩隻眼睛只敢靜靜地凝視著地面，「嗯……」

「還有……謝謝妳喜歡我。」

聞言，林俐萱有些驚訝地瞥了趙翊良此刻誠摯又明亮的瞳仁。

「雖然現在的我還沒有辦法接受妳的喜歡……可是，還是謝謝妳……」

那一刻，林俐萱雖然對於趙翊良的話仍感到有些失落，可她卻覺得自己宛如置身在一股香甜之中那樣的令她不自覺莞爾一笑。

如果可以，是不是忘了與妳有關的所有曾經，現在的我和妳就都不必再承受這些歉疚，而妳也便能鼓起勇氣去重新相信愛情？

Chapter 11
可惜沒如果

「妳是認真的嗎……」馮子恆緊緊擰著眉心，「妳真的要和莊凱澤訂婚？」

游綵甯看著馮子恆替自己擔心的樣子，粲然一笑，「當然是認真的。」她斂下眼，「而且我也不是第一次和他訂婚，你在擔心什麼？」

「可是……」馮子恆只要一想起他初次見到游綵甯時的那副景象……他就沒辦法不去擔心。

那時侯馮子晴的病房恰巧在游綵甯的對面走道，只要一走出馮子晴的病房，馮子恆便可以輕易地看見莊凱澤每每來探視游綵甯時身旁總是摟著不一樣的女人。

有些時候莊凱澤甚至會因為女伴的嫌惡，便對著住院的游綵甯大聲吼叫丟下她一個人，見她在病房內孤零零的，那形單影隻的身影，讓僅僅只是路過游綵甯病房的馮子恆都不禁替她感到心疼。

但倖免的是游綵甯僅僅是染上肺炎，並非什麼天大的不治之症或是惡疾，孤單難受的感覺有時候簡直要比身體上的苦痛還要來得讓人難以承受，要是她得到的還是什麼重病，那簡直就是人生中最大的不幸。

而就在游綵甯住院的那一個多禮拜之中，漸漸地馮子恆他們兄妹開始與她變為熟稔，或許就是在那個時候，游綵甯的目光開始追隨著馮子恆出現的每個角落。

她起初以為自己只是出於朋友之間對馮子恆獨自一人照顧妹妹的欣賞與景仰，但隨著時間的流逝，以及馮子恆對自己提出的請求，她開始成為馮子恆的女朋友、開始貼近這對兄妹的生活之後，她便發現到自己已經徹底陷進去了。

她以為她可以利用馮子恆對自己的感激，就這樣將他永遠留在身邊的。

一直到何詠婕出現。

他的世界好像從那個時候開始產生了不一樣的變化，游綵甯很輕易地就察覺到了，而她也知道她是留不住他的，即使馮子恆虧欠她的再多，他的心始終不可能也不會屬於自己。

「我說過了，不准你再替我擔心，不然我真的會想太多喔。」游綵甯眨眨眼睛。

「但是——」

「好了！」游綵甯摀住馮子恆的嘴，「不管怎麼樣，我都會自己想辦法的，之前你不在的時候，我跟凱澤不也過得好好的嗎？況且我跟他都認識這麼久了，我們都很清楚對方真正想要的是什麼。」

「你不要看凱澤總是那麼愛玩，他也不過就是玩給他爸跟他媽看的，雖然之前他對我的態度是差了些，可是在他媽走後，他真的改善很多了。」她一邊說著，一邊揚起嘴角，「所以……相信我，也不要再說了好嗎……」

他怔怔地望著游綵甯真摯的眼神，原先想再多說些什麼阻止的，但見她這般執意馮子恆便也放棄了，「……好吧。」

「總之，我們的訂婚宴在下禮拜天，記得帶子晴一起來。」

「嗯，她要是知道了應該會很替妳高興的。」

「不說這個了。倒是你跟你那個學妹什麼時候才要在一起啊？」

「……」馮子恆撇過頭，透著玻璃櫥窗，何詠婕那天哭泣的身影仍那麼的歷歷在目……

「因為我已經失去了愛任何一個人的權利，不僅僅是你，逃避疼痛的感覺讓我忘了該怎麼去愛一個人。」

那天何詠婕說的些話，讓他很迷惘。

他能愛人嗎？

他突然開始沒有把握，自己是不是真的有愛人的權利，甚至自己該怎麼去愛一個人、愛何詠婕。

他永遠也忘不了何詠婕那天像是在弔念愛情般失魂落魄的雙眼，晦暗的像是個隨時都會令人避之遠去的黑洞，那副模樣，他只要一想起心就會不禁緊緊糾結痛著。

馮子恆思忖過後，將頭微微抬起向著游綵甯問，「要怎麼樣，才可以重新找回愛的勇氣？」

可他預料不到的是，即使他找出了答案，卻也不一定代表著他們就勢必可以長相廝守。

□

「怎麼會突然想約我出來？」何詠婕晃著手上的吸管，冰塊在玻璃杯中發出哐哐的聲響。

「沒什麼。」馮子恆微微低著頭，「就只是想到……妳上次不是說想約大家一起去遊樂園嗎？」

「嗯……只是後來我昏倒了就……」她像是有些愧疚的皺起眉頭，「對不起……」

「又不是要怪妳，傻瓜。」他輕拍她的頭，模樣有些寵溺地犯規，「我是要問妳，還想去遊樂園嗎？」

「咦，可以啊。」

「Yes！太好了。」馮子恆有些開心地舉起手歡呼，「原本還怕期末考要到了妳會不願意呢。」

「呵呵，那你也不必這麼高興吧？」看見他如此喜悅的反應，何詠婕不禁失笑。

「喔對了，但是我問過大家，他們的意願都不高，所以這次能去玩的人可能就只有我跟妳，這樣子妳還願意跟我去玩嗎？」

聞言，何詠婕似乎顯得有些猶疑不決，她垂下雙眸，輕咬著下唇瓣，看她的這副表情讓馮子恆對於自己所提出的要求感到有些後悔。

「不然，就還是當我沒說吧……」馮子恆勉強笑著，但仍可以輕易捕捉到他的失落，「我們可以等到大家都有空的時候再一起去玩。」

看見這樣的他，何詠婕緩緩將頭揚起，「不。」帶著些許笑意，「我又沒說我不去。」

「妳的意思是，妳願意跟我一起去囉？」他笑得燦爛。

「嗯。」何詠婕嫣然一笑表示同意。

「太好了。」馮子恆傻笑著，「太好了……」

看著馮子恆笑成這副模樣，何詠婕心情也莫名地跟著輕鬆了起來，好像前陣子那些施加在她身上的壓力全都可以一掃而空似的。

「那我們就這禮拜六去吧？妳可以嗎？」

「禮拜六嗎……」何詠婕眨眨眼想了一會兒後點點頭笑，「可以。」

「那好，那就決定是這禮拜六了，但因為我還得先到醫院替子晴拿藥，我們就直接約十點樂園門口見，可以嗎？」

「好。」

「那就先這樣吧，我等等還有工作。我們禮拜六見，不見不散。」馮子恆起身穿上外套，滿臉的笑意看得出來他的心情非常好。

「嗯，不見不散。」何詠婕頷首，同樣的回以一抹淺笑便揮揮手向馮子恆道別。

□

「一個人在這想什麼？」

原先站在天台上的何詠婕轉過身，發現是陳若儀後便回過頭繼續凝視著天空，今天一整天的天氣都十分糟糕，雨要下不下的太陽卻又不肯出來露臉，她望著暗的有些慘澹的天色，原先就有些鬱悶的她心因此更加蒙上一層灰。

「我只是在想什麼時候才會放晴？」她扁著嘴，風吹拂著她的髮梢，帶來了些許涼意。

「會放晴的。」陳若儀慢慢地往何詠婕靠近，同樣眺望著遠方，「只是要先等這場雨下完。」她的話才一說完沒多久，天空還真開始飄下了綿綿細雨。

何詠婕有些詫異地睜大眼，「妳怎麼知道會下雨？」

「可能是上天聽到妳希望趕快放晴的心聲吧。」她勾起耳際的髮絲露出一道好看的笑容，又將不知道哪裡拿出的雨傘打開，「過來一點一起撐吧，不要感冒了。」

「嗯，謝謝。」何詠婕將身子往陳若儀的方向貼近。

「發生什麼不開心的事嗎？」

「……也不算是。」何詠婕垂下眼瞼，「只是突然覺得心情很亂而已。」

她望著伴隨漆黑的天際所降下的濛濛細雨，皺著眉不禁又想起趙翊良，或許心情之所以會這麼複雜，是因為今天天氣的緣故吧？又或許……該把這最主要的原因歸咎到馮子恆身上？

只要一想到馮子恆對自己不自禁揚起的笑意，還有因為自己現在仍在醫院復健的趙翊良，何詠婕的心就會紊亂的難以思考。

她好徬徨。

雖然昨日她是許諾了馮子恆自己會去赴約，可現在的她卻有些後悔自己所做的決定，自馮子恆臉上那些明顯因自己而變化的情緒起伏，她開始擔心萬一馮子恆真的對自己付出了情感，她該如何回應他？她沒有資格愛人，也沒有資格被愛。

趙翊良現在還躺在醫院裡。因為愛她，讓趙翊良為了自己吃足了苦頭，即便她也付出了代價，可跟趙翊良所承受的相比，她不認為自己已經有那個資格去談下一場戀情。

何況，趙翊良還沒有放下他們當年的那段感情。

即便她已經不愛他，她也做不到將趙翊良傷得傷痕累累之後，便揮揮衣袖投入另一段感情之中。她沒有辦法、也沒有勇氣再去愛。

「那妳的心情為什麼很亂？」

「我……」何詠婕的目光渙散，欲言又止著，因為她不知道要怎麼樣才能完整的表達自己此刻的心情。

陳若儀看著她的表情好像也明白了些什麼，大概是也多少從范承浩那裏稍微聽說了，「妳在煩惱的事情跟子恆有關吧？」

抿抿唇瓣，何詠婕吐了一口氣後，微微點頭，「嗯……他約我這個星期六跟他兩個人單獨一起去遊樂園玩。」

「喔，很好啊。那妳答應他了嗎？」

「我答應了……」她將頭轉過，看著雨絲連綿成線般墜入地面，眼神有些冷然的放空。

「這樣啊。所以妳現在才會覺得很煩惱吧。」

陳若儀的話讓何詠婕驚訝地回過頭，兩眼瞪大地有些不敢相信她竟如此準確地說出自己的心聲。

她原先還以為陳若儀會不解自己為什麼要為這件事情感到心煩，沒想到陳若儀反而一語中的的猜出她此刻內心的糾結。

「看妳這個表情，應該就表示我說對了吧。」陳若儀莞爾一笑，「是後悔答應他要去了嗎？」

「也不算是。」何詠婕停頓了一下，「應該要說……我不知道自己到底要不要去，我很苦惱。」

「那他在問妳的那個時候，妳為什麼答應了？」

「因為我看見他在我猶豫的時候失落的表情。」

「那就對了。」

「什麼意思？」

陳若儀綻開笑顏，「妳希望再看到他露出那個失落的表情嗎？」

聞言，何詠婕的目光銜著一絲訝異，「我……」

「那就去吧。」陳若儀伸出手輕輕握起何詠婕的，「聽聽妳心裡的聲音，照著那個聲音做就對了。」

「可是我怕、學姊我……我覺得我已經沒有辦法再愛人了……」何詠婕的手微微顫抖著。

「嘿。」她搓揉著何詠婕的手試圖安撫她，「聽我說。」

陳若儀掛起極為溫暖的笑，「愛這件事情從來就不是只需要一個人就可以成立的，它需要的不僅僅是你們對彼此的喜歡，還有你們願意給彼此一個機會的那顆真心。」

「如果今天妳連一個機會都不願意給自己或者是對方的話，那妳當然沒有辦法再去愛一個人。」

陳若儀的話讓何詠婕困惑的心情瞬間豁然開朗，而此刻原先顯得灰濛的天空漸漸浮現光亮，掛在雲朵之間的彩虹讓人看了不禁笑逐顏開。

對上何詠婕眼中澄澈的瞳仁，陳若儀收起傘勾起唇角暖暖地問，「所以妳願意給自己一次機會嗎？」

何詠婕的答案已經明顯地全寫在臉上了，雖然她依然恐懼、依然不知所措，但她好像透過陳若儀剛剛的那一席話，得到了一些給予她繼續相信愛情的能量。

□

「呼。」馮子恆大大地喘了口氣，「等很久嗎？」

「沒有。」馮子晴臉色有些蒼白地搖搖頭，「醫生說檢查結果等一下就出來了。」

「嗯，放心會沒事的。」

但其實聽聞剛剛醫院打來的電話，馮子恆在來的路上到剛剛進門前臉上的淚水便未曾停止過，是好不容易才鼓起勇氣走進病房的。

「我好怕。」

即便這種情況兄妹倆已經面臨過不少次了，但是每一次經歷馮子晴的心依然無法將那股擔憂鬆懈下來，而馮子恆同樣也是的。

只是身為哥哥的他，必須表現的比她來的堅強。

馮子恆看著一臉惶恐的妹妹，輕輕將她擁入懷裡，「不要擔心，哥在這，妳一定會沒事的。」但在這一剎那，剛剛才好不容易壓抑的眼淚便又不聽使喚地奪眶而出。

只要一想起馮子晴這些日子以來因為這場疾病飽受的折磨，馮子恆就沒辦法不替她感到委屈。

——『叩叩』

「請進。」馮子恆迅速擦掉眼角的淚水，鬆開馮子晴。

「兩位好。」醫生拿著報告，表情有些凝重，「根據剛剛的檢查結果，有個壞消息……」

「我妹妹她怎麼了嗎？」

「因為馮小姐本身是紅斑性狼瘡患者長期服用類固醇控制病情，就有可能導致腎衰竭的結果，這次馮小姐水腫的情況又特別嚴重，根據檢驗過後如同剛剛我們護理人員在電話與您所述的一樣，證實確實是尿毒症。」

「尿毒症？那是什麼？有辦法治好嗎？」

「尿毒症主要是因為腎臟喪失它應有的功能所導致的，最根本的治療方式是腎臟移植手術，但因這需要等待合適的捐贈者。所以我們一般都是建議以洗腎的方式進行治療。」

「洗、洗腎？」馮子晴不敢置信地緊緊抓著馮子恆的衣袖，斗大的淚珠就這樣滾滾地墜下，她渾身顫抖著不停地哭泣。

「醫生……你們是不是弄錯了？洗腎？怎麼可能啊……我妹妹她才幾歲而已，你說她要洗腎……哈……醫生你們要不要快幫我妹再檢查一次，你們一定是弄錯了……弄錯了……」

「先生，不好意思，這是狼瘡重症患者都難以避免的結果。」醫生面有難色的向馮子恆解釋。

「你說什麼？」馮子恆站起身來，緊緊揪住醫生的衣領，眼神極為惱怒，「你們醫院都這樣辦事的嗎？快！快幫我妹重驗一次！」

「馮先生你別這樣……」

馮子恆鬆手，整個人坐在地板上，眼神渙散，「快救救我妹……我求求你們……求求你們……幫幫她……」他一邊說著眼淚也一邊跟著汩汩墜下。

醫生看著這一幕也只能嘆口氣搖搖頭走出病房，「很抱歉，兩位請多保重。」

待門闔上後馮子恆便氣得搥牆，「啊！」

而一旁的馮子晴嗚咽地啜泣著，同樣無法接受這件事。

「去你的紅斑性狼瘡！」馮子恆又搥了下牆壁後整個人癱坐在地板哭泣。

紅斑性狼瘡。

自馮子晴發病以來，就狠狠折磨著他們一家人的惡夢。再加上馮子晴的病況算是狼瘡患者中較為嚴重的，一旦染上發燒感冒這種看似無關生命危險的小病，對他們而言都是一個不小心就會奪走馮子晴性命的撒旦。

因為這場病，馮子晴不能像一般的孩子無憂無慮地在陽光下奔跑，只要一點點的紫外線都可能導致她的病情加重，所以她總是只能眼帶欣羨地看著朋友們結伴成群玩得十分盡興。

兄妹倆就這樣各自哭了好一會兒，好不容易兩個人都冷靜下來情緒都緩和了些，但卻也都悶著一張臉沒有開口，整個病房內的氣氛凝重的就快要讓人窒息。

「哥哥……」馮子晴眼眶還泛著晶瑩的淚光，她緩緩將頭抬起看著兩眼無神的馮子恆，臉上滿滿的寫滿了哀傷。

「嗯？」馮子恆眨眨眼，睫毛上的淚水順勢滑落，他輕輕握住妹妹的手問，「怎麼了？」

「對不起。」沒來由的馮子晴垂下頭，順著臉上若隱若現的紅斑滿臉歉疚地說。

「傻孩子，幹嘛跟哥道歉？」他寵溺地將馮子晴的手緊緊包裹著，「這不是妳的錯。」

「我真的覺得很對不起，嗚嗚……」馮子晴說著說著，兩行淚又這樣靜靜地潸然落下。

馮子恆不捨地抹開馮子晴臉上的淚水，將她擁入懷裡。

這一次，他不認為馮子晴有錯；他也不認為自己有錯，追根究柢會變成這樣錯的從來就不是他們之中的誰。

因為怨天尤人從來也不是解決問題最好的方法，馮子恆知道即使未來的日子會更加艱辛，他也不願就這樣輕言放棄，馮子晴的存在一直以來都是使他能夠走到現在的動力。

就算再多的考驗，他都必須克服，也只能克服。因為他答應過爸媽的，無論如何，他都會好好的照顧馮子晴，照顧好他最親愛的妹妹。

「說好了，哭完之後，還是要像之前一樣，當那個笑臉盈盈的我最可愛的妹妹。」

馮子恆拍拍馮子晴的背，任憑她在他的懷裡嚎啕大哭，他知道這些日子以來馮子晴受了多少折磨。

而接下來的日子，她會有多需要自己。

□

「抱歉詠婕，明天的約可能要先取消了，臨時有點事情必須處理，期末考試加油！　By子恆」

馮子恆將訊息傳出去之後，將手機放下，他看著坐在對面一臉沉重的游綵甯，「臉色不用這麼難看嘛，醫生也說了，只要等到合適的捐贈者子晴她就可以不用洗腎了。」

「可是子晴她才幾歲？我……我真的沒辦法相信……」

這些年來游綵甯也一直照顧著馮子晴，她早就把馮子晴當成是自己的親妹妹，如今卻聽見這種消息，對她而言何嘗不是一種打擊。

「我也是。」馮子恆斂下眼，「但是，就算再怎麼不願意接受，這件事已經是事實了。」

「那醫生怎麼說，你可以把你的腎捐給子晴嗎？還是說我可以捐給她嗎？」

「檢查過後醫生說我可以，但是子晴她不願意接受，她不希望我因為她挨上一刀。」馮子恆臉色有些難堪，「而腎臟移植的活體捐贈者限定需要在五等親內，所以就算是妳也不能捐給她。」

「那你今天說想要請我幫忙的事情是？」

「醫生說在排腎臟移植捐贈的人數眾多，要遇到合適的捐贈者更是需要耗費相當多的時間，所以我希望妳可以幫我拜託妳爸……」

游綵甯的爸爸游時任正是馮子晴住院的游氏醫院院長，不僅僅醫術高明在國內外也都相當具有權威，且因游氏集團本身所具有的背景，游時任也結識不少政商名流。

「我是真的很想幫你，可是你也知道我爸最討厭的就是處理這種事了……」游綵甯咬著下唇，一臉為難。

「我知道，妳說的我都知道。」他有些激動，「可是妳知不知道當子晴知道這件事的時候她有多難過？雖然這些年她也挨了不少針，動了幾場手術，進出無數次醫院，我也沒看過她掉過那麼多眼淚，而剛剛說的那些我都沒辦法替她承受。好不容易……好不容易醫生才剛說子晴的病情最近控制得很不錯，結果就發生了這種事情……」

「我不想要再眼睜睜看她這麼不好受了，我希望自己可以替她做點什麼，但不論我怎麼勸她，她就是不願意我動刀把腎捐給她。」馮子恆語帶哽咽著，「所以，拜託妳……就算不可能也拜託妳幫我……幫我問看看妳爸爸好嗎？」

「我、我知道了，我會試看看的。」

「太好了！謝謝妳。」馮子恆開心得差點要抱住游綵甯。

見狀游綵甯連忙退了幾步，「你啊如果真的想謝我，就好好跟我保持安全距離，不准靠我太近！」

「抱歉、抱歉。」他抓抓頭，喜出望外地笑道，「我、我只是太高興了，我原本還怕妳不願意答應的，真的、真的、真的是太好了！」

「好羨慕……」沉默了數秒後突如其來的，游綵甯喃喃自語著。

「什麼？」馮子恆望著她有些恍惚的表情，「剛剛太開心沒有聽清楚抱歉。」

「沒事。」她搖頭，「總之，我會再幫你問看看我爸能不能替子晴盡快安排到合適的捐贈者的，但是他接不接受我也不是很有把握。」

「嗯，沒關係，謝謝妳。」馮子恆嘴角漾著笑。

而游綵甯看他這副模樣也跟著笑，但心裡卻有種說不出的惆悵，她剛剛之所以會驀然間沉默正是因為看見馮子恆的笑容，他們兩人交往多年，她卻始終很少看見馮子恆在他們兩人獨處時露出這麼燦爛的笑意。

她每一次看見他笑都不是因為自己，就連這一次也是這樣。

「那我就先走了，後天的訂婚宴還有事情要處理。」

她知道，她是真的必須要跟他好好的保持距離了，畢竟後天的自己就要成為莊凱澤的未婚妻。

她跟馮子恆之間，唯一剩下的關聯就只有馮子晴，她再不會是站在他身邊的那個女孩了。

馮子恆看著游綵甯一臉鬱悶的走出餐廳，窗外明亮的陽光照映在她臉上襯出的光芒有些矛盾的灰暗。

他緩緩站起身，手心緊緊握著鑰匙．心裡有些掛念著何詠婕，但又礙於馮子晴這兩天的心理狀況，最後還是選擇前往醫院的方向。

□

「若儀學姊說如果你說有事要處理，有九成九的機率表示是子晴又生病了，因為我有點擔心，剛好今天下午沒課所以就想說跑來看看，結果真的被學姊說對了。」馮子晴的病房內，何詠婕對上馮子恆詫異的眼神，微微笑著解釋。

「這樣啊……」

馮子恆看著沉沉睡去的馮子晴輕輕放下手中剛去採買的物品，朝何詠婕身側坐下，但礙於長椅上擺滿了不少東西，椅子上的空間有些狹小，所以他坐下後和何詠婕的距離靠得有些微妙的親近。

「嗯……」何詠婕有些羞赧地低下頭，輕聲問道，「我剛剛已經聽子晴說了，你還好嗎？」

「我很好。」說完後馮子恆立刻垂下頭，「才怪。」

不知道怎地，他原本是想在何詠婕面前逞強著自己沒事的，但是卻不自覺的想要吐露自己真正的心情，他一點都不好。

馮子晴在知道自己將來要一輩子洗腎之後，他已經連續兩個晚上都是聽著馮子晴的哭聲入睡的，聽著妹妹的哭聲，馮子恆恨透了自己什麼都做不了，內心抽痛著，卻連一滴眼淚他都不敢掉出來，因為他知道自己要是哭了、慌了，馮子晴會更加不知所措。

「唉。」馮子恆吐了一口長氣。

何詠婕看著他緊緊揪成一團的眉心，放在口袋裡的手有些猶豫，而後她還是選擇將手輕放在馮子恆的手背上，「會沒事的。」她輕輕拍著，安撫道。

而兩人就這樣彼此緊緊相依著，即使沒有人開口，但何詠婕依然給予了馮子恆充分安定的力量。因為就算馮子恆沒有再多說什麼，何詠婕好像還是可以理解馮子恆此刻的心境似的，而她也知道此刻的他最需要的就是安靜的陪伴。

「謝謝妳今天來，快考試了我先送妳回去讓妳好好準備考試吧，子晴我來照顧就好。」

「不用了。」她搖搖頭，「我還想去看一下翊良，你好好照顧子晴吧，我先走了，掰掰。」

「要陪妳去嗎？」

「沒關係，我自己可以的。」

「妳確定他不會——」

「不會的。」何詠婕對於馮子恆的反應有些開心地燦笑著。

「妳怎麼知道他不會，上次要不是我及時出現，都不知道他會做出什麼事情了。」馮子恆的表情有些凝重。

「這次還有我們之前的一個共同朋友在，所以放心好了，我不會有事的。」

「那好吧。」見何詠婕這麼堅持，礙於他也不是她的誰，他也只能無奈地叮囑她，「不管怎麼樣都要小心一點，如果他真的又怎麼了，記得趕快打電話給我，我會趕快趕過去的。」

「好。」何詠婕點點頭，走到一半卻又立刻被叫住，「怎麼了嗎？」

「下次……我們再一起去遊樂園吧？」

「嗯，好啊。」她回眸一笑，「那我先走了，掰掰。」

「再見。」

馮子恆看著何詠婕旋開門把後消失在門邊的身影，心裡還是有著一絲擔憂，但儘管再如何的心煩意亂，他都知道自己現在還不能告訴她他的心意。

□

「他剛剛去做復健，所以現在有點累了，就睡著了。」林俐萱替趙翊良將棉被蓋好，示意何詠婕和她一起到外面。

兩人便這樣慢慢往醫院附近的公園走去，一邊閒聊著。

「翊良他的傷還沒完全好嗎？」

「也不算是，只是因為之前車禍有些傷到腳，加上他又昏迷了一陣子，所以對於正常行走上還是需要多做復健才可以回復，他一開始甚至連下床都會跌倒，所以現在已經算是進步很多了。」

「那之前他是怎麼送我到醫院的？我記得護士小姐說是翊良抱我進急診室的……」

「那個啊……」林俐萱抿抿唇，「在妳昏倒的前一晚他一直夢見三年前的那場意外，所以醒來後就吵著要見你，但我不肯，後來他就趁我不注意的時候擅自跑了出去，所以或許是那股想見妳的衝動刺激他，才可以讓他走了那麼遠的路還把妳送進醫院。」

「對不起……」

「幹嘛道歉？」

「他的傷還沒有好，就這樣抱著我去醫院，一定讓他的腳更不好受了吧。」何詠婕愧疚地低著頭。

「不要這樣想。」對上何詠婕的目光，林俐萱勾起耳際的髮梢，「他是心甘情願這樣為妳做的，不管是之前的意外或是這一次，妳都不必覺得抱歉。」

聞言，何詠婕依然沒有將頭抬起，眨了眨眼睛，她悶悶地說：「可是……如果不是因為我，翊良不會變成現在這樣的。」

「他快好起來了。」林俐萱蹲下身，輕輕握住何詠婕的手，「醫生有說他最近的情況很好，身體機能也都很正常，當初就是擔心他有後遺症才會安排他住院到現在，但是醫生說如果順利的話，最慢下禮拜就可以出院了。」

「但妳不是說他的腳還沒好嗎？」

「那是之前啊，現在的他只是可能還是不太能跑步，或者搬什麼重物……等等我不是在說妳喔，妳那個是意外，唉唷反正就是他的腳如果好好照顧的話，一定會恢復到之前的樣子，妳不用擔心啦。」

看著林俐萱有些失措向自己解釋的模樣，令何詠婕忍不住笑出聲來，她已經好久沒有聽見林俐萱這個樣子對自己說話了，以前林俐萱總是她們三個之中最有正義感，最會替對方著想的人，但是當碰上喜歡的人卻也讓她變得很不一樣。

在愛情的世界裡，每個人都像是個傻瓜，尤其是林俐萱，她的喜歡簡直要安靜到完全無法讓人察覺，何詠婕知道她原來喜歡趙翊良已經是在那場意外後在病房前看到她哭得不成人形的時候了。

那種和她一樣聲嘶力竭簡直要把身體裡所有水份傾瀉而出的哭泣，完完全全的就讓人一眼看出林俐萱有多喜歡趙翊良，而或許正是因為林俐萱掩飾的太卑微了，才會選擇以傷害何詠婕的方式爭取留在趙翊良身邊的機會。

何詠婕知道林俐萱其實不是故意傷害自己的，她不過是再也不想成為陪襯著他們愛情的綠葉。

「幹嘛笑？」

「沒什麼，只是覺得妳剛剛怕我誤會解釋的樣子很有趣罷了。」何詠婕勾起一抹淺笑，「感覺就好像高一時候的我們。」

「……對不起。」

「我不是說過不希望妳覺得抱歉的嗎？」

「可是……」林俐萱的眼神有些空洞，她怔怔地注視著眼前的草地，忍不住回想起她們三個在高一時有多麼無憂的時光。

「如果妳真的覺得很抱歉的話，就替我好好照顧翊良吧。」她挽起林俐萱的手，接著說道：「因為我已經沒辦法再待在他的身邊了。」

「嗯，我會的。」

「那我就先走了，翊良醒了幫我問候他一下。」

「咦，妳不去跟他講幾句話嗎？不然也至少再看看他嘛。」

「不了，我想他現在比較需要的人是妳。」揮揮手，何詠婕向林俐萱道別，「再見。」

需要我？林俐萱在心裡納悶著，踟躕了一會兒，才對已經走遠的何詠婕喊道，「詠婕，再見！」

何詠婕回頭嫣然一笑，腦海中浮現的是剛剛在離開病房時，聽見躺在病床上的趙翊良口中喃喃的那句——「俐萱……對不起……」

原先她還有些擔心今天趙翊良又會和上次那樣情緒失控，但或許是林俐萱的真心終究還是打動了他。何詠婕回想起那個她曾經深愛過的男孩臉上的笑容，她相信只要再給他們彼此一點時間，趙翊良最後還是會接受林俐萱的。

但當何詠婕走出公園後沒多久，晴朗的蒼穹卻突然轉為一片烏黑，無情的大雨就這樣筆直地落下，她怔怔看著雨水打至地面，隨即抬頭望向天空自言自語著，「好像已經不那麼討厭下雨了呢……」

她笑了笑起身奔跑，即使全身早已溼透她卻依然很享受雨滴落在身上的感覺，好像自己從來沒有這麼快樂過。

而這是她三年來第一次這麼喜歡雨天。

□

「妳怎麼把自己弄成這樣，真是的。」當何詠婕一把門打開，便看見鄭苡慈皺著眉對著自己說。

何詠婕有些疑惑地呆愣站在門口看著鄭苡慈一邊碎唸著，拎著兩條毛巾走向自己，「妳怎麼還愣在那裡，還不趕快進來擦乾，感冒才剛好的人居然還淋雨。」

「嗯……」她接過毛巾，一邊擦拭著身體，一邊接過鄭苡慈替自己準備的乾衣服。

望著何詠婕欲言又止的神情，鄭苡慈說：「我知道妳想說什麼，但妳還是先去把衣服換下來，不要真的感冒了，我不會跑掉的。」

換掉了身上因雨水而過於沉重的衣服後，何詠婕用毛巾擦拭著濕漉漉的頭髮，一邊走向客廳，只見鄭苡慈坐在沙發上若有所思著。

聽聞她的腳步聲，鄭苡慈回過神抬起頭，指著桌子上冒著煙的馬克杯，「喏，喝點熱的吧，暖暖身子。」

「嗯……謝謝。」她點點頭，輕啜了一口後便不發一語地等著鄭苡慈先開口。

氣氛尷尬了一會兒，鄭苡慈才低著頭輕聲地說：「對不起。」

「幹嘛道歉？」

「讓妳困擾了……對不起。」濃濃的歉疚漫著鄭苡慈的眼眶，她是一個人獨自想了很久以後才決定回來的。

「我沒怪妳。」揚起笑，何詠婕的眼神溫柔地簡直快要讓她窒息，滿滿的愧疚又一次將她吞噬。

「我只是很氣妳。」何詠婕的臉轉為凝重，卻又帶點心疼，「為什麼不早點告訴我？告訴我原來妳喜歡我的事情。」

「我……」

「辛苦了。」輕輕地，何詠婕伸出手覆蓋住鄭苡慈的，「這樣子默默守護這份喜歡我的心情的妳，辛苦了。」

望著鄭苡慈眼中閃爍的詫異，她加深了手掌緊握的力道，淺淺笑著，「雖然，我沒辦法喜歡妳，但是還是謝謝妳。謝謝妳喜歡我，謝謝妳這些日子以來的陪伴，有妳在身邊的我，真的很開心。」

「妳、妳是真心的嗎？」

「嗯。」何詠婕點點頭，「真心的。」

「妳走了之後的那幾天我想了很多，翊良的事情再怎麼說也不應該怪妳，妳只不過是太喜歡我所以才會那麼做的，而且現在翊良的身體有俐萱在照顧已經好上很多了。」

喝了口熱茶，她接著說道，「撇除掉這件事情，妳對我的好早就已經超出我所給予妳的，所以不要覺得抱歉，也不要再愧疚了，真要算計的話也應該是我愧對於妳。」

「無法回應妳的那份喜歡，讓我對妳感到很抱歉。」

「詠婕……」

「當朋友吧。」何詠婕勾起笑意，「就跟之前一樣，我跟妳兩個人，最最最要好的好朋友。」

「……」何詠婕的話讓鄭苡慈陷入了沉思。

原本她也以為自己可以做到堂皇地道歉後和何詠婕回復到以往關係的那種狀態，但在看見淋濕的何詠婕時心裡滿滿的擔心，讓她發現到自己對何詠婕的情感早已超乎她所想像的。

所以這次見面對鄭苡慈而言變成了道別，這是她在何詠婕換衣服的那短短十分鐘內所做下的決定，只是這一次，她不要自己跟上次一樣不告而別，她想要好好的向何詠婕說再見。

可現在，鄭苡慈的內心卻變得紊亂，她不知道該如何回應何詠婕，她很清楚自己越是待在她的身邊，心裡的喜歡就只會更加拴住她的去向，卻又不想辜負何詠婕那份想與自己和解的心意。

「沒辦法嗎？」

「不、不是。」

「那是需要一點時間？」

「嗯……可以這樣說吧。」鄭苡慈點點頭，「原本以為自己已經整理好了、可以了，可是可能喜歡妳喜歡得太久了，所以還是沒能做到，對不起。」

「但是！只要再給我一點時間，等我整理好了，我相信我們就可以變得像從前一樣！」

「沒關係，等妳能做到的時候，隨時都歡迎妳回來。」

「那……等我回來，再見。」鄭苡慈站起身，揮著手。

「嗯，再見。」望著鄭苡慈離去的身影，何詠婕對著大門的方向不停地揮手。

透著窗，緩緩撒入屋內的夕陽映照在何詠婕帶著笑容的臉上，閃閃發光著。

□

「莊凱澤那小子！要是被我抓到他就死定了。」

游綵甯看著父親與莊爸爸一臉憤懟的樣子，緊緊揪著禮服的裙襬有些緊張，她不知道自己是該期待莊凱澤乾脆就這樣一走了之，還是最後被抓到順利地與自己完成這場訂婚宴。

不論是哪一種，都不是她所想要的，前者會令今天的場面太過於難堪；而後者呢……令她害怕自己又一次做出錯誤的抉擇。

不過要是今天的男主角不是莊凱澤而是馮子恆的話，或許她心裡的糾結會比現在的還要來得令人頭疼吧？因為那樣會破壞的不僅僅是自己的幸福，更是自己所愛的人的幸福。

「那現在怎麼辦？該不會打算取消讓我們家綵甯被人家給笑話吧？」

「那怎麼行！說什麼我也會把我家那小子給抓回來的，您請放心好了。」

「這句話半小時前在這裡以及兩小時前您在電話裡已經告訴過我各一次了，現在這是第三次，外面的客人都已經入場了，你們家凱澤還打算要我們等上多久？十分鐘？三十分鐘？還是一小時？」

「就說了會抓回來的，我已經派我們的人在找了，再等等吧，一定會出席的。」

「等？你以為我稀罕讓綵甯跟你們訂婚嗎？外頭想和我們家聯姻的企業一堆呢，就十分鐘，十分鐘後沒出現你就負責找個人頂替凱澤，至少別讓外面說我們綵甯笑話。」

「頂替？你剛剛是說了頂替這個字眼嗎？之前要不是因為你們單方面想解除婚約，讓她跟一個窮小子訂婚，我們還有必要再辦一次訂婚宴嗎？」

「我可不記得是單方面，當初說要解除婚約的時候，你家兒子可不是樂的嗎，哼……況且就算那傢伙是個窮小子，也比你那個把未婚妻丟在婚宴上的兒子好太多了。」

游時任忍不住瞟了莊凱澤的爸爸一眼，「我看啊，你兒子是不會出現了，我就找你說的那個窮小子頂替吧，反正今天也是我們這邊邀請客人說要公布綵甯的訂婚喜訊，兩個人連張訂婚照也沒有，就算臨時換人好像也還勉強呼嚨地過去。」

「這才是你原先的如意算盤吧？不要以為我不知道你女兒喜歡那個窮小子，你早就打算用這個當藉口吧？」

「十分鐘到了，你可以走了。」

「哼。」

從頭到尾，游綵甯都只是靜靜地聽著兩人吵鬧著的一切，一直到聽見他們提起馮子恆，她的心便開始緊緊纏繞成一團，她自欺欺人可以放下馮子恆的，結果竟然連一個很少見面的伯父都知道自己對馮子恆的心意嗎……

「取消吧，訂婚。」當休息室內只剩下自己和父親時，游綵甯搶先一步做出決定。

「那怎麼行，現在要是取消了，妳知道大家會怎麼說妳嗎？」游時任的眉頭緊皺。

「我知道。」用力抿著雙唇，游綵甯異常的冷靜，「所以取消吧。」

「我不允許！」游時任板著臉孔，「妳上次不是要我幫子恆的妹妹找合適的腎臟？」

「爸！你想要幹嘛？」聞言，游綵甯的臉為之驟變，「我不准你這樣做！」

「什麼時候讓妳這樣子對爸爸說話了?」

「你之前不是也很反對我跟子恆交往的嗎?所以你不可以那麼做!」

「綵甯啊……爸爸只希望妳得到幸福,如果你喜歡的人是子恆,那給得了妳幸福的人也就只有他,不要以為我都不知道妳在跟子恆的婚約解除之後不吃不喝,還哭了多少天,劉管家都告訴我了。」

「……那是我自己做出的決定,爸你不必擔心我,就算我跟凱澤訂婚,我也可以過得很好的。」游綵甯知道自己說謊了,有些心虛地低著頭。

「呵,凱澤可以讓妳過得很好嗎?怎麼可能……那小子他連這場訂婚宴都不願意來參加了,又怎麼可能可以照顧得了妳?」

其實雖說莊凱澤的無故缺席即使是常態,但仍是讓游綵甯感到有些驚訝,因為他明明昨晚還跟她通過電話要她早點休息好一起出席訂婚宴,怎麼會突然又跟之前一樣出包了呢?

還是其實莊凱澤其實早就想好要欺騙自己,好讓她出糗才會選擇丟下她一個人?但他之前看起來明明就像是一副真心悔改的樣子啊……所以是花心的老毛病又犯了?

「妳應該有邀請子恆來吧?」見游綵甯有些生氣地不發一語,游時任拿起手機決定撥給馮子恆。見狀,游綵甯伸出手想搶手機,「不可以!」

「警衛!」游時任對著門口大喊,便立刻有兩三個魁梧的男人出現,「把小姐扶到那邊的沙發休息。」

「放開我!快放開我!」游綵甯拼命掙扎著卻仍然不敵這些人的身手,只能不斷地大聲喊道,「爸,你不可以威脅子恆!不可以!」

「先摀住小姐的嘴,不要太大力弄傷她了。」游時任擦擦額角的汗水,彎下身子對著女兒說:「綵甯，妳乖乖聽爸的安排跟子恆訂婚吧，這不僅對妳好，對子恆而言他未來的人生上也會有很大的幫助的。」

「還有……妳也希望他妹妹趕快找到合適的腎臟吧？只有跟妳在一起，子恆他妹妹才可以早點恢復健康……妳應該懂爸爸的意思吧？」

看著游時任銳利的眼神，游綵甯的心為之一死，不再掙扎。

她怎麼會不懂她爸的意思呢？要是她不從，依照父親的能力馮子晴很有可能一輩子等不到腎臟捐贈。一直以來，父親就是一個這樣的人不是嗎？操控著公司裡每個員工的生存去留、醫院裡每個病患的生老病死，甚至……是自己的一舉一行、婚姻大事為股掌之中。

游時任的一生過得相當令人欣羨，出生在富有家庭的他有錢有勢，自小成績優秀長得英俊挺拔，還是醫學系的高材生，在他的認知下唯一的敗筆就是和游綵甯的媽媽進行企業聯姻。

那一場婚姻換來的是一個看似健全，實則殘破不堪的家庭，讓他選擇在游綵甯三歲時和游綵甯的母親簽字離婚。

他太清楚因企業聯姻後結婚生子是什麼樣的感覺，所以他不願女兒和自己一樣，人生因為有過一場糟糕的婚姻而畫下一個汙點。他相信，讓女兒和自己所愛的男人結婚，才是對的選擇。

看見游綵甯不再掙扎後，他示意警衛鬆手，撥電話給馮子恆。

而游綵甯只是靜靜看著父親，不知道自己是該高興還是難過，好不容易她勸自己要放下，即使最後還是沒能放下，但她相信只要再給她更多的時間她一定能處理的好的，但現在她卻被迫放棄。

她被迫和那個她所喜歡卻不喜歡自己的人訂婚。

馮子恆是怎麼想自己的呢？明明是自己提分手要成全他的，卻又糾纏上他。

想到了這裡，游綵甯不禁彎起唇角嘲笑著自己的愚蠢。

□

「妳怎麼跑來了？」

「想說最近變冷了，剛剛在路上碰巧看見了這條圍巾覺得很適合你。」何詠婕放下手中的東西，拿出一條深藍色的圍巾環繞在馮子恆的脖子上。

其實何詠婕也不過就是突然想來看看馮子恆，昨天一整天她都待在家裡，儘管書桌上擺著期末考試的課本，腦海裡想的卻都是馮子恆的身影。

如果馮子晴沒有住院的話，昨天的他們應該會玩得很開心吧……？

想著想著，昨天徹夜未眠的她一起床就不自覺的來到了醫院。

「嗯，果然很適合你。」她開心地綻開笑顏。

馮子恆看著何詠婕的笑容不禁揚起嘴角發愣。

見他不發一語的呆滯神情，何詠婕問，「你不喜歡？」

「不是。」馮子恆連忙搖搖頭，拾起笑，「我很喜歡……謝謝妳。」

「那就好。」何詠婕開心地拉住馮子恆身上的圍巾兩端一邊玩著一邊笑。

「咳咳。」馮子晴看著兩人如此不顧她還在一旁就像是對小情侶般似的，忍不住出聲提醒。

「不舒服嗎？」聞聲，馮子恆瞬間站起身問。

「有一點。」

「子晴妳哪裡不舒服？你們等我一下我去找醫生。」何詠婕才要起步，就立刻被馮子晴的阻止。

看著兩人前一秒還沉浸在兩人世界裡，現在卻馬上替自己這樣擔心著，馮子晴忍不住在心裡暗笑，她指著眼睛的地方，「不用找醫生啦，是我的這裏不太舒服，因為你們太閃了。」

聞言，兩人的臉都瞬間脹紅，一股令人感到香甜的曖昧在他們之間流淌著。

氣氛大概尷尬了十幾秒，是何詠婕先劃破這讓人想挖個洞鑽進去的氛圍的，她倏地轉過身，「我……我有買了些補品要給子晴。」

「謝謝詠婕姊姊。」馮子晴笑得一臉曖昧，但也清楚該給兩人一點空間，就沒繼續捉弄他們了。

「子晴妳現在身體有沒有好一點？」

「嗯，我沒事啦，都是哥哥他太誇張了。」

何詠婕抬起頭看了馮子恆一眼，只見他望著馮子晴的眼神中滿滿的都是擔心與不捨，她知道馮子晴是不希望他們擔心她。

關於馮子晴目前的情況，何詠婕從馮子恆那裏聽來了不少，她知道馮子晴過去幾天其實過得很煎熬，或許是因為馮子恆的陪伴讓她的臉上還能張揚著笑容。

「把我的腎臟捐給妳的事情，妳真的不再考慮一下嗎？醫生也說了我有兩顆腎臟，捐一顆給妳對我的身體不會有任何的影響。」

「我不要。」馮子晴毫不猶豫的回絕，「可是萬一你真的不小心在手術過程中發生什麼事情的話那怎麼辦？而且就算手術很順利，那以後呢？之後真的不會有後遺症嗎……我不要……我不想要你因為我……」

馮子晴太清楚了，每一次手術所必須承擔的風險，何況馮子恆替自己免去了這一次洗腎的可能，那下一次呢？下一次她還要讓哥哥為自己失去些什麼？

「子晴……」馮子恆無奈地黯下臉龐。

看著兩人替對方著想而憔悴的樣子，何詠婕相當難過自己不能為他們做點什麼，這樣的感受讓她很不知所措，只能靜靜地看著他們苦著一張臉。

倏地，馮子恆的手機響起，他看了一眼來電人的名字後眉頭緊皺地接起，「喂，您找我嗎？」

看著馮子恆臉上過於沉重的神情，何詠婕突然有種不太好的預感，但她按捺住這樣的心情假裝沒事發生似的。

「嗯，因為妹妹住院，所以我今天沒能出席，忘了先跟綵甯說一聲抱歉。」馮子恆壓低音量站在窗邊輕聲說著。

「凱澤他……悔婚了嗎……」

「所以您希望我怎麼做？」

聽見另一端來自於游時任的話後，馮子恆的心為之一震，放空了數秒後才回神，「……您能給我一點時間考慮嗎？」

「好，十分鐘後我會再回電給您的。」

掛下電話後，馮子恆緩緩走回床沿，他看了一眼馮子晴，又看見坐在床邊的何詠婕心情很是複雜，他好想好想要好好的守護站在他身旁的這兩個人，可是他卻突地覺得好無力，他雙眼黯然的不發一語，將視線看向窗外思忖著。

「發生什麼事？」何詠婕禁不住好奇，出聲問道。

「……」馮子恆並沒有回答，依然沉默著。

「是不是綵甯姊姊她爸爸打來的？」躺在病床上的馮子晴從剛剛隱約聽到的電話內容推測問道。

馮子恆點頭，但並沒有轉過身。

「……我就知道。」馮子晴噘著嘴，似乎有些憤怒，「這一次不管他跟你說什麼，你都不要答應他。」

馮子恆並沒有回應，但從他的背影可以看出此刻他內心的糾結，而何詠婕看著這一幕心頭竟不自覺的有些酸酸的疼痛感，她有種馮子恆似乎就要消失了的不安感。

——「如果今天妳連一個機會都不願意給自己或者是對方的話，那妳當然沒有辦法再去愛一個人。」

這一刻她想起了陳若儀的話，於是她選擇遵從自己此刻心底的聲音伸出手緊緊地抱住了馮子恆。

她不想要再掩飾自己內心的想法了，看見馮子恆的樣子，她擔心著再這樣下去自己會失去他。

「妳……？」馮子恆瞪大眼睛。

而何詠婕並沒有鬆手只是低聲說：「突然、突然覺得你好像要不見了，那樣的話我就再也沒有機會擁抱你，所以我就……對不起……」

說完後她緩緩抽手，雖然就連她自己也對於自己的勇敢感到不可思議，但心底不安的念頭令她決定勇敢，她堅毅的眼神對上馮子恆黝黑的瞳仁，「學長……我好像喜歡上你了……」

馮子恆似乎沒有如同剛剛的反應那樣的吃驚，只是悶悶地斂下眼將視線看向地板，「這樣啊……」

而在一旁的馮子晴兩顆眼睛張得渾圓直盯盯的看著兩人，沒料到兩人竟會驀地選擇在此刻真實坦白彼此的心意。

「所以，如果可以、可以的話，學長你是不是也能喜歡我？」何詠婕的心跳跳得飛快，她緋紅的臉龐完全表露了她此刻內心的緊張感。

馮子恆依然低著頭，沒有馬上回應何詠婕的心意，但其實他很想、很想立刻抬起頭來緊緊地給予何詠婕一個比剛剛還要來得深沉的擁抱。

可是他知道自己不能。

何詠婕和馮子晴他只能選擇守護一個。

「可是詠婕我想我和妳都明白在這世上並沒有如果。」馮子恆的目光中透著一絲惆悵，冷然地回應。

或許從頭到尾，儘管我們之間再怎麼樣的相似，卻還是改變不了，我們無法相愛的事實吧。

嘿，相信我，如果有如果，下一次我一定不會再這麼輕易地鬆開妳的手。

Chapter 12

說了再見

在聽完馮子恆的話後，何詠婕心口一糾，儘管失落她仍舊強裝鎮定，「嗯……我知道你的意思了。」

馮子恆看著她的樣子心裡很是不捨，但他知道他不能給她任何的承諾，與其弄得兩敗俱傷還不如趁現在好好道別。

好好地說一聲再見，至少將來當兩人相遇或許還能看著她帶著笑容迎向自己。

「那我還有事……我、我先走了。」何詠婕努力撐起笑向他們兄妹倆揮著手，「子晴妳要好好照顧自己的身體喔，還有……」

她努力地不讓眼淚掉下來，繼續保持笑容，說服自己沒事，「還有學長你也是，再見。」

「嗯……妳也保重，再見。」馮子恆跟著揮手。

何詠婕便這樣踉蹌地像是逃開似的走出了病房。

而站在病房內的馮子恆心疼地即使想挽留卻也不敢伸出手，因為他害怕自己一旦將她的手握緊，就會捨不得的無法放手，所以他能做的就只是靜靜地看著何詠婕離開。

即便，他的心早已痛得鮮紅了。

「哥哥，你確定真的要這樣嗎？」馮子晴眉心緊皺，看著馮子恆憔悴的面目，她知道他明明就跟何詠婕心意相通，卻選擇就這樣放何詠婕走肯定有他的原因。

「嗯。」馮子恆點點頭苦笑，「我很確定。」

只要一想到何詠婕剛剛的表情，馮子恆的心依然隱隱在作痛。

「你是哥哥，要替爸爸媽媽好好照顧子晴知道嗎？」

但他卻也永遠忘不了，爸媽臨死前的寄託，比起淌血的心口，他知道自己更需要做好的事情是好好的照顧馮子晴。

因為馮子晴不僅僅是他的責任，更是他這十多年來唯一的羈絆。

他最心愛的妹妹。

看見馮子恆眼中堅毅的光芒，馮子晴吶吶地閉上嘴選擇不再多說，她知道馮子恆一旦決定好了的事情是很難改變的。

而後馮子恆便跟馮子晴說了聲他要出去一會兒，馮子晴點點頭看著他緩緩走遠的身影，她的眼皮意外地跳得飛快，一股不安的感覺湧上心頭，但馮子晴並沒有將此特別放在心上，只是漸漸地看著馮子恆走出病房。

馮子恆走出病房後便立刻回撥給游時任，「給我十五分鐘，我馬上就到。」

□

「爸……我求求你不要這樣……」游綵甯眼眶含淚，看著游時任。

「妳現在說什麼也沒有用了，剛剛子恆他已經答應我十五分鐘後會過來，妳就乖乖的當一個漂亮的新娘就好了。」游時任淺笑，「你們快去請化妝師進來幫小姐補妝。」

「……」游綵甯看著父親臉上的笑容，她卻一點也無法開心起來，只是兩眼無神地任憑化妝師在她的臉上作畫。

可是即使她臉上的粉撲得再厚，妝化得再艷麗，卻怎麼也遮蓋不了，她內心早已撕裂入骨、不堪入目的傷口。

她現在好恨自己當初為什麼要讓馮子恆答應自己的要求，或許這樣馮子恆就不會被迫跟自己在一起了。

或許，這樣她就不會真的愛上他了。

化妝師將游緌甯打理好之後，游緌甯便像個人偶似的不發一語一動也不動看著鏡子裏頭的自己發呆，任憑著游時任開心地跟賓客們喧鬧，彷彿自己就只是這場訂婚宴中的裝飾品。

一直到她聽見游時任的怒吼她才稍稍回過神來。

但真正讓她恢復情緒的並不是游時任……

「人呢？他不是說十五分鐘後會到，怎麼到現在都已經過了快半個鐘頭連個人影都沒有看見？」

「報告董事長，剛剛我們打了很多通電話給馮先生但手機都是關機，所以我們也不清楚現在的狀況……而且賓客們的情緒開始有點騷動……」

「關機？」游時任挑起眉，一臉不悅，「關機你們是不會出去給我找嗎？養你們一群飯桶是在幹嘛！還有那個誰，賓客不滿你們就負責給我去處理好，聽見沒！」

此時一群屬下唯唯諾諾的都準備立刻照著游時任的指示去找尋馮子恆，游時任的手機卻突然響起，大家都以為是馮子恆打過來的，但游時任聽著電話內容的面色卻相當難堪、一臉震驚。

他掛上電話後便對著屬下們說：「人你們不用找了，吩咐下去這場訂婚宴取消。」

「馮子恆他現在人在醫院不能過來了。」

聽見游時任的話，游綵甯原先呆滯的雙瞳瞬間瞪大，她急忙地衝上前緊緊揪住自己爸爸的手，「爸，你剛剛說的是真的嗎？子恆、子恆他怎麼了？他為什麼會在醫院？他還好嗎？有沒有受傷？」

游時任望著她滿臉焦急的樣子，愁著一張臉很是心疼，兩眼黯淡，「爸爸……我也不知道，剛剛的電話是醫院打來的，說是被酒駕的卡車司機給撞了……」

「醫院！」游綵甯緊握著父親的手，力道很是失控，臉頰上掛著兩行淚大喊，「快！快帶我去醫院。」

「綵甯妳冷靜一點，不要這麼急躁，妳身上還穿著禮服呢，至少先去把衣服換下來吧。」游時任安撫道。

而游綵甯聽見這席話後，看了看身上的禮服突然像是想到什麼了似的，鬆開了游時任的手，晃著腦袋，「不對……」

「不對！」她一邊帶著哭聲一邊大聲嚷嚷著，「是你！要不是你堅持要子恆過來，子恆也不會發生這種事情！都是你害的……嗚嗚……」

「綵甯妳別這麼激動……先冷靜下來……」他拉起游綵甯的手，卻只是又一次的被她甩開，游時任對於女兒的反應有些吃驚，因為游綵甯很少會這麼不聽自己的話。

「冷靜？」游綵甯雙眼含淚，一邊冷笑，「都已經這種情況了，你還要我冷靜？你以為每個人都跟你一樣是冷血動物嗎？」

「妳知不知道妳在說什麼？」游時任憤怒地賞了游綵甯一個耳光，「啪」的一聲震驚了在休息室內的所有人。

他們都知道，游時任很疼自己的女兒，儘管他在某些方面有些頑固、難以溝通，但他是從來也沒有打過游綵甯。

所以這一個耳光，也讓游綵甯徹底的醒了。

「我在說什麼？」她撫著紅脹的臉頰斜睨著自己的父親，「我在說子恆會出車禍都是你害的！如果他出了什麼意外，我也絕對不會輕易原諒你的！」

「妳！」從游時任滿是血絲的眼神便可看出他是真的生氣了，他要求下屬把游綵甯送回家裡後便關進房間裡，如果沒他的允許不可以讓她出來。

儘管游綵甯又吼又叫的，游時任也只是靜靜地看著她胡鬧一般的行徑沒有改變已經下好的決定。

而游綵甯一回到房間後便無力地蜷縮著身子，躲在窗戶旁兩眼空洞地動也不動，即使身旁的傭人怎麼叫她，她也都沒有回應。

□

何詠婕在廁所裡待了很久，在這段期間她反覆地打開手機畫面看了一會兒，又立刻將手機上鎖，隔了幾分鐘又打開畫面，就這樣默默地不知道做了多少次。

她知道馮子恆對自己肯定不是完全沒有感覺，其實她也跟馮子恆一樣害怕，怕自己給不了對方幸福，所以或許吧、或許只是馮子恆太害怕了，才會選擇把她推開。

畢竟，他們都曾經傷得那麼重。

她又一次的打開手機畫面，看著照片裡的人風度翩翩的笑容，她還是覺得很不甘心，揚起一抹複雜的笑，「為什麼好不容易看見你這樣笑了，你卻不願讓我永遠守護著你的這個笑容？」

她一邊說著，眼角泛著淚，慢慢地推開了廁所的門走了出去。

一經過護理站，何詠婕就看見護理師一臉凝重的在講電話，「好，妳說是9210號房患者的哥哥？嗯，車禍嗎？好，我待會過去通知她。」

聞言，何詠婕張大了眼，緊緊握著那名護理師的手，「妳剛剛說的是9210號房患者的哥哥？他出車禍了？」

「呃……對……」她緩緩地將話筒放下，一臉錯愕的看著何詠婕。

「他人在哪？」

「誰？」

「馮子恆！那個出車禍的人！他人在哪裡？」

「急、急診——」

不等護理師的話說完，何詠婕便迅速地衝到電梯前恨不得自己立刻出現在馮子恆身旁確認他沒事。

她看著電梯緩慢變化的燈號，淚珠也跟著一顆顆的墜落，她嘴裡不斷的喃喃自語，「拜託！拜託！不要有事！拜託！」

她不想要再一次體會到這樣的痛苦了，那就好像她之前眼睜睜看著趙翊良從自己眼前化作一淌血泊一樣痛。

為什麼又是車禍？

為什麼偏偏又是車禍？

為什麼自己心愛的人總是要被車禍給奪走？
為什麼幸福總是要怎麼容易就跟自己擦肩而過？
為什麼被自己愛上的人總是會遭遇到不幸？
是不是我註定沒有資格擁有幸福。
何詠婕想著想著，忍不住給最後一個問題一個肯定的句號。
她好像真的注定沒有資格擁有幸福呢。
一廂情願的以為把過去放下了，就能夠幸福好像真的是自己太傻太傻了。
或許馮子恆早就知道會這樣，所以才會拒絕自己的心意吧。

「我真是個傻瓜。」於是，在走出電梯前，何詠婕輕聲地對著自己這樣說著，便悄悄地改變了心意離開了醫院。

或許，我的離開不論對十六歲那個躺在病房內昏迷著的他，或是現在這個我深深愛著的你而言，都一樣是最好的答案。

因為我還是一樣，注定只會帶給你們不幸。

□

夜色伴隨著渺渺細雨灰暗的像是一座沒有出口的迷宮，令人迷惘、灰心喪志，何詠婕像是行屍走肉一般漫漫地飄盪在這座迷宮裡，找尋不到逃離這裡的出口。

四周的人們都打著傘無情地走過，她濕漉漉的身軀讓她不停顫抖著，她覺得好冷，還是冷到心底最深處的那種。

「詠婕！」一道何詠婕再熟悉不過的女聲自她的身後傳來，但她並沒有轉過身，只是靜靜地繼續向前走，即使她一點也弄不清楚自己的目的地在何方。

「何詠婕！」陳若儀在雨中奔跑著，濺起了不少水花。

「何詠婕！」她又叫了聲，但何詠婕就像是失聰的人似的，依然沒有任何反應，「妳想要去哪裡？子恆出車禍了。」

但何詠婕仍沒有回頭，陳若儀撐著傘緊緊擰眉，「難道她已經知道了嗎……」

「何詠婕妳要去哪！」這一次她一鼓作氣的抓住了何詠婕的手，略帶怒氣地讓她看向自己問，「妳幹嘛跑？」

但當陳若儀看見何詠婕臉上那早已分不清是雨水還是淚水的樣貌，她就又心疼的抱住她，「沒事了。」

「對不起……嗚嗚嗚……」何詠婕不知道自己為什麼要道歉，但她就是這樣不自覺的說著歉疚的語句，不斷地，無法抑制的反覆著，「對不起……對不起……」

陳若儀緊緊的抱著這個淚流滿面的女孩，她可以完全的感受到何詠婕骨子裡那濃濃的哀傷，通通都伴隨著這場雨洶湧了出來。

彷彿，這場驟雨，是因為何詠婕而降下，儘管行人抱以多麼厭惡或是同情的眼光，雨卻依然不客氣地滂沱落下，就好像她怎麼也無法拴上的淚水。

□

「有沒有好一點？」

「嗯。」何詠婕點點頭，喝了一口薑茶。

雖然眼睛哭得有些紅腫，身體也因為剛剛的雨勢弄得稍微著了涼，但至少眼淚是暫時止住了，要不再像剛才那樣哭下去，何詠婕大抵也沒能好端端的坐在陳若儀面前。

「妳知道了吧，子恆車禍住院的事情。」

「……」何詠婕沒有回應，只是望著杯子發呆。

「嗯，看妳這個反應我想應該沒錯。」陳若儀伸出手將何詠婕手上的杯子抽開，緩緩貼近柔柔地問道，「妳不去看他嗎？」

「……」依然又是一片靜默。

陳若儀也沒有絲毫不悅，反倒加深了笑意，看著何詠婕，「我聽子晴說了，妳今天跟子恆表白了。」

陳若儀的話令何詠婕眼神一震，但也就只有那一剎那，她又立刻恢復淡然的神情。

見她這個模樣，陳若儀搖搖頭，有些猶豫地問，「是因為……因為子恆他拒絕了妳妳才不去看他的嗎？」

何詠婕搖搖頭，默默不語。

看她這般靜默的模樣，陳若儀知道她暫時是問不出個結果的，「那妳先休息一下吧，房間裡的東西妳都可以隨便用，累了的話也可以躺我的床，我跟承浩他們約好了要一起去醫院看子恆。」

何詠婕眼睛直落落地盯著地板，沒有回應，她其實很想去見馮子恆一面，卻下意識的逃避著。

她知道馮子恆會發生車禍一切都是意外，並不是自己的問題，可她只要一想起車禍的畫面，她就頭痛欲裂，完全沒辦法、沒辦法放過自己，擺脫那沉重的罪孽感。

她好怕，好怕一到了病房門口得到的答案又跟三年前的如出一轍，馮子恆可能再也醒不來。

她好怕，好怕再一次聽見身旁有任何的聲音告訴自己，這場意外是因為自己才發生的。

雖然她拚了命的否認，卻沒有人願意聽自己好好的說話，她好怕，又會再來一遍。

是不是不要告訴他自己的心意，馮子恆就不會跟趙翊良一樣發生意外了？

她知道答案。

卻還沒有辦法選擇接下來該怎麼做。

「對了，這是妳的衣服，我剛剛已經烘乾了，妳身上的衣服改天再還我就好，先穿著不用急著換，我先出門了。」

陳若儀看著像個雕像一動也不動的何詠婕，嘆了口氣後便將門闔上。

□

「詠婕她還是沒有來嗎……」馮子恆望著范承浩的身後，卻只換來范承浩搖了搖頭。

「嗯……」馮子恆垂下頭。

「你先專心養傷，詠婕那邊我跟若儀會再多關心她的，再多給她一點時間吧。」

「這樣也好，至少她不會被我現在這副模樣嚇到。」在病床上的馮子恆苦笑，「那子晴呢？她現在狀況還好嗎？」

「明天要動手術了，除了一直吵著想來見你之外，其他的一切都很好。」

「那就好。記住，在手術前千萬不要讓她來看我，我不想讓她看到我現在的樣子，我怕她會沒辦法接受。」

「嗯，我知道。」范承浩看著馮子恆打著石膏的雙腿，緊皺著眉。

「我沒事，瞧你這副緊張的模樣。」馮子恆露出笑容，想讓范承浩放鬆。

「你還笑得出來，醫生說你的情況要是再嚴重一點很有可能要截肢耶，而且復健也不確定能不能像之前一樣正常走路。」

「我都沒你那麼緊張了，你就別這麼替我擔心了。」

范承浩看著馮子恆無奈地陪笑，他知道馮子恆一直都不喜歡別人擔心他，所以才會總是選擇表現出一副不希望旁人接近他的模樣，雖然他不知道，那樣的他看起來才格外讓人心疼。

但平常就連在范承浩這個在他的朋友圈中和他認識最久的人面前，馮子恆也都很少展露笑容。所以，至少現在還能笑，就算是無恙了吧。范承浩只能這樣自我安慰著。

「對了……那綵甯呢？她沒事吧……」

范承浩抿抿唇，「聽說訂婚宴那天凱澤被前女友找去希望復合，但他不答應就被人打得渾身是傷，所以綵甯現在正在他家照顧他。」

「她爸不反對了？」

「應該吧。」范承浩聳聳肩，「凱澤這次看起來是真的打算要好好待綵甯了，所以游院長也就沒有什麼理由反對了。」

「子晴的手術也是游院長親自過來交代的，似乎是對於你的車禍感到有些歉疚，即使他來看你的時候一句抱歉也沒說。」

「綵甯她沒事就好，現在我只希望子晴的手術一切順利。」馮子恆斂下眼，眼神中帶著些許擔憂。

「放心，一定會很順利的。」范承浩拍拍他的肩鼓勵道，「你還是先好好養傷吧。」

「嗯。」微微點點頭，看看時間後馮子恆說：「時間也不早了，你今天不是還要跟若儀去挑禮物嗎？趕快去吧。」

「啊，居然這麼晚了。」范承浩驚愕一聲，「那我先走了，明天再過來看你，你多保重。」

「嗯。」

范承浩連忙收拾了會兒，便匆匆地要離開，但離去前他又想到了些什麼，「那禮物……你沒打算要送嗎？」

閉上眼馮子恆思索片刻後搖搖頭回應，「還是不要吧，我實在沒把握她還願不願意收我的禮物。」

「……」看見馮子恆明明有心意想要傳達，卻不願開口的模樣，范承浩無奈地嘆口氣，「唉，那好吧，先走了。」

語畢，馮子恆的周遭徒留下的只有滿屋子的寂靜，他轉了轉眼珠子，看著窗外閃爍的熠熠星光，就這樣看著看著，他不禁想到了何詠婕。

他想起了她為趙翊良哭泣的模樣。

她曾經說過，當她看見趙翊良發生意外的時候，她有多麼的難過、多麼的不知所措。

那換作是我呢，她是不是也同樣的擔心惦記著？

是不是，也同樣的害怕失去我？

所以，妳才會選擇逃開，不再見我一面。

應該是這樣的吧？

馮子恆試圖給予何詠婕的避不見面建立一個良好的藉口，儘管他的內心有多麼害怕其實是何詠婕對自己的在意、喜歡沒有對趙翊良的那麼多，才會讓意外發生至今已經一個星期過去了，卻還是沒來探望過他。

但他知道自己並沒有任何權力去干涉何詠婕到底還在不在乎他。

是他推開她的。

是他，狠狠地在她的心上劃了一刀。

□

「詠婕妳在想什麼？」黃淨雅在何詠婕面前揮了揮手想讓放空的她回過神來。

「……沒事。」

「那放假了妳有想要去哪裡玩嗎？我們一起去遊樂園好不好，妳看我這邊有兩張票，我們可以一起去。」

接過黃淨雅的門票，何詠婕詫異地瞪大了雙眼，盯著票久久沒有言語。

「我是要問妳，還想去遊樂園嗎？」

「咦，可以啊。」

「Yes！太好了。」

這張票上的遊樂園正是她和馮子恆曾經約定過要一起去，卻沒能去成的那間。

「下次……我們再一起去遊樂園吧？」

「嗯，好啊。」

可是，這個約定她已經沒辦法遵守了。

看著票，她的視線漸漸變得有些模糊，眼眶變得有點濕濕的。

「妳怎麼了？」

「沒、沒事。」何詠婕吸著鼻子，趕緊抹掉眼角還未滴落的淚珠，「遊樂園我可能沒辦法跟妳去，妳還是看要不要問別人吧。」

「喔，那好吧。」黃淨雅的眼神有些失落地垂下，但隨即又恢復活力地拉著何詠婕聊著些最近發生的瑣事。

雖然她知道何詠婕肯定發生了點事，但只要何詠婕不想說，她也不願意去勉強，所以就選擇了用另外的方式讓何詠婕可以暫時忘記那些令她心煩的事。

「對了！」黃淨雅突然開心地大聲喊道，「偷偷告訴妳一個祕密！」

何詠婕眨眨眼，「什麼？」

「妳看！」黃淨雅伸出手，無名指的位置閃閃發光著，「我談戀愛了。」

何詠婕怔怔地看著那道光芒許久，「……恭喜妳。」

她是發自內心地替黃淨雅感到開心的，可是她卻突然無法做出什麼雀躍的表情，因為她好羨慕黃淨雅。

如果，她也能幸福就好了，也能得到真正的幸福就好了。

「妳是第一個知道的人喔。」黃淨雅笑得很是閃耀，滿臉都散發著幸福的光芒，「而且他還送我這個說是我們的定情禮物。」

「嗯，那真是太好了。」何詠婕微微揚起嘴角淡淡地笑著。

「既然詠婕不想去遊樂園那我就約他去好了，本來是想說跟妳一起去的。」她拿著票，眼神雖仍有些失落，但或許是想到可以跟男朋友約會就又不禁微微笑著。

「啊，對了，妳應該知道了吧？」

「知道什麼？」

「妳們社那個學長發生車禍的事情，期末考週一結束後大家都在講這件事情，好像連期末考都沒去考，請假了，傷得是不是很重啊？」黃淨雅偏過頭問。

「我、我也不是很清楚。」何詠婕有些心虛地低下頭。

「咦，你們不是還蠻要好的嗎？妳沒有去看他嗎？」

「因為……因為在忙考試啊。」她彎起唇角，想用笑容掩飾過去紊亂的思緒。

「這樣啊，那希望他沒事。」

「嗯……我也希望。」何詠婕垂下眼簾，腦海中不禁閃過關於車禍的畫面，身子微微顫著。

「詠婕妳沒事吧？」發現到了何詠婕的不對勁，黃淨雅擔心地問。

「我、我沒事。」她冒著冷汗，晃了晃腦袋，「大概是沒睡好吧，我去加點咖啡，喝了之後提神一下應該就沒事了。」

說完後，何詠婕站起身來，但才走沒兩步就踉蹌地跌倒在地。

「詠婕！」黃淨雅連忙衝上前攙扶她。

但何詠婕似乎是體力不支，一臉難受站不太起來，一旁的路人見狀連忙幫忙讓她先回到位子上休息。

「小姐妳要不要去醫院？看妳的樣子似乎很不舒服。」

「不用了。」何詠婕扶著額頭，「謝謝你。」

「妳都這樣了還說沒事。」黃淨雅有些生氣，「我們去醫院吧。」

「真的不——」

「不管，我們去醫院。」

何詠婕看著黃淨雅眼神裡難得露出的堅持與怒氣，只得順從地點頭，「好吧。」

□

「何小姐應該是壓力太大，沒有按時吃飯跟休息，還攝取了過量的咖啡因才會持續產生頭暈目眩的症狀，但經過檢查後，目前看來應該已經沒什麼大礙了，記得這幾天別再讓她喝咖啡，讓她多休息就好。」

「嗯，謝謝醫生。」

向醫生道別後，黃淨雅走到了何詠婕的床沿，「說，妳最近是不是都沒有好好睡覺，也沒有吃飯？」

「我……」

「為什麼要這樣？而且還喝那麼多咖啡！」

「……」何詠婕沒有開口，只是閉著雙唇，兩眼放空。

因為她不知道要怎麼告訴黃淨雅，她是因為只要一閉上雙眼，那些可怕的畫面就會出現在腦海裡，所以她只能一杯接著一杯的喝著咖啡，試圖讓自己保持清醒，唯有真的累到兩眼不得已的闔上了，她再會甘願地睡上片刻。

然後在夢境中再被那些冷言冷語，還有嘎吱作響的煞車聲給嚇得驚醒過來，不斷的輪迴。

所以她不敢睡。

只要一睡著，她就會又醒來。

然後，她也就這樣累的一點食慾也沒有了，對她來說，吃飯和睡覺漸漸地已變成不是那麼的必要。只有當自己真的需要的時候，再吃那麼一小口，或是將眼睛闔上，再快速地讓自己從可怕的惡夢中喚醒，這樣就足夠了。

「對不起。」想了很久，何詠婕只能勉強地說出這三個字。

她知道她不該讓黃淨雅替自己擔心，她從沒看過黃淨雅這副模樣，平常總是像個孩子的她竟像個大人般責備自己，這說明了，她有多麼的不應該。

「剛剛……妳的電話響了，我就幫妳接了，是妳社團的學長，他問我妳人呢我就告訴他妳住院的事情了，他就說想過來看妳，現在人應該快到了。」

聞言，何詠婕瞪大了眼睛。

「他也跟我說了詠婕妳大概是怎麼了，所以……我不怪妳……事情又不是妳的錯，所以不要想太多，好好照顧自己知道嗎？」

——『叩叩』

聞聲，黃淨雅轉回以往的孩子氣，粲然笑道，「那我就先出去了，我去幫妳買晚餐，等會兒就回來，要等我喔。」

黃淨雅走出門後，便有人接著進了門來。

「聽說妳住院了，妳沒事吧？」

聽見聲音後，何詠婕不禁鬆了口氣，還好不是馮子恆，否則她還不知道要用什麼樣的心情面對。

「嗯，我沒事。」

范承浩走到了床邊的椅子坐下，「很失望嗎？不是子恆。」

何詠婕有些訝異，范承浩竟猜出了她的心思，雖然她還沒有準備好要見馮子恆，但是此刻的她確實是仍想見他一面的。

她想知道，他好不好。

「……還好。」她搖搖頭，「子恆學長他……還好嗎？」

聽見這個問題後范承浩不禁笑出聲，「哈哈。」

「怎、怎麼了嗎？」

「沒、沒事。」范承浩搖搖頭，「一聽見妳住院後，子恆遇見我開口說的第一句話也是這個，我只是覺得很巧罷了。」

「還有……」他斂下眼，眼光溫潤地注視著何詠婕，「覺得你們兩個真的都傻的可以，明明就互相喜歡，甚至擔心著對方，卻都不肯誠實面對自己的心。」

「……」聞言，何詠婕只是十指交叉低著頭沉默無語。

「我知道妳的顧忌，子恆跟我說了，但是子恆真的不是故意拒絕妳的，他是為了子晴的手術所以才會決定跟綵甯訂婚……」

「訂婚？跟綵甯……？」

「嗯，不過已經取消了，子晴的手術也進行的很順利，所以妳不需要擔心。」范承浩微微揚起嘴角安撫道。

「倒是妳怎麼會讓自己不吃又不睡的變成這樣，電話裡聽見妳朋友跟我描述的差點沒把我跟子恆給嚇死。」

「抱歉，讓你們擔心了。」何詠婕一臉歉疚地說。

「那、那學長的傷呢？車禍……他沒事吧？」

「妳何不自己去看看他呢？」

「我……」她欲言又止著，不知該如何回應。

「是因為還沒做好準備嗎？怕子恆又拒絕妳？」范承浩問。

「不是。」她搖搖頭。

雖然說對於馮子恆起初不接受自己的情感，何詠婕當然是有些傷心的，可和她心底過不去的那個檻相比，這點傷心根本算不了什麼。

她只是還沒做好面對接受馮子恆受了怎麼樣的傷的心理準備而已，因為她已經不想再看見任何她在乎、她所愛的人受任何一點傷害了。

還有……她依然害怕自己得不到幸福，甚至……給不了所愛的人幸福。

「那是因為什麼？」

「我……」何詠婕眨眨眼，瞳仁裡散發著淡淡的哀愁，「學長你知道那種害怕自己無法帶給別人幸福的感覺嗎？」

「我懂。」他毫無思索地答道，而何詠婕的目光中閃過一剎訝異。

「曾經我也很擔心自己是不是應該跟若儀在一起，她……曾傷得很重過……，所以我害怕自己沒能帶她擺脫那些傷心的事情，我怕她跟我在一起不快樂，於是我畏懼了。」范承浩仰起頭，瞇起眼睛看著天花板似乎是在苦笑。

「我並不是不愛她，反倒是因為太愛她了，所以更不希望她過得不好、不幸福。」

他停頓了一下後又接著說：「可是，我又怎麼能夠確認沒有我在她的身邊，她肯定會過得更好呢？難道……我要因為這些徬徨，就失去一個這麼好的女孩嗎？所以，我告訴自己，越是這樣我就更要用盡我的全力去好好的愛她。」

何詠婕張大了眼睛，看見范承浩眼神裡滿滿的都是幸福的光芒，而那道光芒就像是一道明光似的，驅逐了她心底那些先前才令她感到混沌灰暗的困惑。

「所以，妳是打算要賭一把用盡全力去好好的愛他？還是就這樣放棄這樣一個值得妳去愛的男生？」

□

范承浩走後不久，趙翊良和林俐萱聽說了何詠婕住院的事情後，便決定來探望一下這個一段日子沒見的摯友。

「聽俐萱說妳住院了。」

「嗯，一點小意外。」

「還有……那個學長聽說發生車禍了，他應該還好吧？」趙翊良小心翼翼地問道。

「我還沒有機會去看他……」何詠婕垂下頭，范承浩一走她就已經默默想著該什麼時候去看馮子恆才好。

「這樣啊。」趙翊良點點頭後思索著。

「那妳身體還好嗎？」林俐萱問道，「醫生有沒有說什麼？」

「還好，大概就是太累了而已，沒事的。」

「你們兩個……在一起了？」何詠婕望著他們十指緊扣的雙手。

「嗯。」林俐萱有些害羞地低下頭，「詠婕妳應該不會怪我吧？」

「怎麼會。」何詠婕揚起笑，「恭喜你們有情人終成眷屬。」

「有些話我覺得我還是必須再告訴妳。」林俐萱的眼睛裡閃爍著真摯的光，「過去的事情真的都不是妳的錯，不論是你們吵架，或是翊良的車禍，一切的一切錯都不在妳。」

「我知道。」何詠婕點點頭，眼光淡然。

「要妳忘記我曾經對妳做的事情我知道很難，可是我還是希望妳可以將那些漸漸地淡忘，甚至全部忘記。畢竟我讓同學們說的那些都不是真的，車禍是意外，翊良會被撞到完全是司機的錯，從來，就不是妳的問題。」

林俐萱伸出手，「我知道妳很不喜歡我跟妳道歉，但我保證這是我最後一次跟妳說了，對不起，真的、真的對不起。」

何詠婕靜默了片刻，眼中含光，「不要再說對不起了。就像妳說的這也不是妳的錯，妳只是太愛翊良了……」她揚起頭帶著笑看了趙翊良一眼，「所以，你們更要珍惜這得來不易的幸福，不要再覺得愧疚，或是對不起我了。」

「嗯。」林俐萱點點頭，眼眶裡湧著淚珠，「那妳也答應我跟翊良一件事好嗎？」

「什麼事？」

「請妳……一定要幸福。」她很堅定地說：「因為這不僅僅是我希望的，更是翊良希望的，對吧？」

「嗯，我們都希望妳幸福。」趙翊良瞇起眼淺笑，「過去的事情就讓他過去吧，最重要的是好好珍惜現在，所以妳也不准再說什麼覺得是自己帶給我不幸這種話了。」

聞言，何詠婕笑了出聲，「好。」

「那我們先走了。」林俐萱緊緊握住何詠婕的手，「下次見面……大概會是很久以後了。」

「什麼意思？」

「我和翊良要到美國去。」她帶著淡然的笑，「完成我們的大學學業。」

「這樣啊……」何詠婕垂下眸子，「那祝福你們，希望你們有空的話要記得多多回來走走。」

「我們會的。」趙翊良允諾。

「那……真的再見了……司機在樓下等我們了。」林俐萱有些不捨地望著何詠婕，「我……真的很開心可以和妳成為好朋友。」

「嗯，我也是。」何詠婕露出好看的酒窩笑了笑，「我也很開心可以成為妳的好朋友，去美國之後你們要好好照顧彼此喔。」

「再見。」林俐萱和趙翊良向何詠婕揮揮手後別離開了病房。

何詠婕看著漸漸消失在視線內的他們，淡淡地笑了眼眶卻也不禁泛著些許不捨的淚。

這一次，她是真的下定決心要往前走了，不再帶著絲毫恐懼勇敢的緊緊抓住那個她所愛之人。

親愛的上帝啊，就請祢給予我一個幸福的可能吧。

□

雖然已經告訴自己要勇敢，但站在病房外面的何詠婕仍是有些害怕的。

不對。比起害怕，這樣的心情更像是擔心。

她擔心在打開門看見馮子恆之後，她會忍不住哭了，甚至……緊緊抱著他哭得馮子恆一身濕漉漉的。

不單純是因為馮子恆所受的傷，更是因為這些日子以來，那狠狠令她揪心的思念之情，那種對馮子恆早已在不知不覺中深根的情愫，已經令她不少夜晚都未能安心入睡。

還有……她就要見到這些日子以來自己魂牽夢縈著的馮子恆了，她實在不知道自己開口第一句話該說什麼才好。

會不會一開口自己就說錯話了？

「在想什麼？」和她一起站在門口的陳若儀問，「害怕嗎？」

「應該……不算是害怕。」何詠婕低著頭，「我只是……站在這裡之後發現自己真的很想他，加上這麼久沒看到他了，所以突然可以看見他，覺得有點不知所措。」

「那就進去吧。」陳若儀輕輕地推了她一把，「進去之後好好的告訴他妳有多想他。」

何詠婕望著門上的「馮子恆」三個字，仍覺得很不真實。

「還不進去嗎？他可是也已經等了妳很久呢。」

站在身後的陳若儀見何詠婕這般踟躕不前的模樣，便往前了一步靠在何詠婕耳際輕聲地說了句話，何詠婕在聽了這句話之後，眼睛瞬間張大回問了，「真的嗎？」

「嗯。」陳若儀用力的點點頭，「所以趕快進去吧。」

何詠婕輕輕地敲了門之後，聽見了馮子恆用著微微顫抖的聲音回答「請進」後深呼吸了一大口便走了進去。

「我也好想你。」一推開門之後，何詠婕劈頭就對著馮子恆說了這麼一句話。

而躺在病床上的馮子恆先是一愣之後，像是懂了似的對她喚道，「那就過來吧。」

「妳知道嗎？每天晚上子恆做夢的時候喊著的都是妳的名字，他還一直不斷地說著，他很想妳。」

如果可以，我最大的心願就是說了再見之後一定還要能再見你一面，說什麼都要用盡全力的、好好的，再看你一眼，永遠永遠。

Final
最親愛的你

林俐萱和趙翊良一走出醫院後，趙翊良忽然停下了腳步，靜靜地瞻望著天空。

「在看什麼？」林俐萱緊緊摟著趙翊良的手臂，輕柔地問。

「沒什麼，只是想在離開前再好好看一眼這片天空。」趙翊良深深地吸了一口氣。

「捨不得嗎？」

趙翊良搖搖頭淡然地笑，「我還有什麼好捨不得的，不過就是躺在病床上太久了，突然就這樣要跟這裡說再見，還不太習慣罷了。」

趙翊良沒有開口的是他對於何詠婕的掛念，但這份掛念已經不是愛情了，而是最珍貴的友情。畢竟他也曾緊緊牽過何詠婕的手走過好一段路，雖然那段歲月看似懵懂無知，可是他卻也因此在那段時光裡看何詠婕看得很透澈，他知道何詠婕對於一份感情、一份歉疚的心情可以抱持多久。就和他的一樣。

所以他對她的掛念是：害怕她過得不幸福。

再怎麼說，何詠婕當初對自己抱持的歉疚感這麼深、這麼濃厚，而同樣地趙翊良也認為自己對不起何詠婕。

如果不是自己受了傷，何詠婕大概就不必這麼辛苦的過日子、大概就不會害怕去愛人。大概會笑得比以前的那個她還要來得燦爛。

「你明明就在捨不得。」林俐萱指著趙翊良的眼睛，「我看見了喔，從你的瞳孔裡，清清楚楚的看見了。」

「哈。」趙翊良爽朗地笑了，「妳是怎麼看見的？」

「大概是因為我很愛你吧。」林俐萱歪著頭，笑臉盈盈的說。

但笑完之後，林俐萱便抬起頭來將視線望進趙翊良的瞳仁裡，「我知道你會選擇不說出來就表示你很愛我，所以怕我會亂想，但是我知道你還是會擔心詠婕，這樣的感覺就像我會擔心她一樣。」

「可是下次啊你就還是直接說出來吧，我真的不會介意的，我都看著你喜歡她那麼久了，所以我知道要你完完全全不在意她根本是不可能的，你如果這樣說我反而還會覺得你在說謊喔。」

趙翊良有些吃驚地張大了眼睛，然後突然又心疼起了林俐萱，原來在自己身邊默默陪伴著自己的林俐萱竟然將自己看得這麼的表露無遺，他彷彿覺得自己的心正赤裸裸地攤在她的眼前。

「幹嘛這樣看我？」

「沒什麼。」趙翊良揚起笑，握住了林俐萱的手，「我們上車吧，飛機時間差不多了。」

「嗯。」

——「TO：詠婕　對不起。剛剛沒能將這三個字親口對妳說，因為我不希望俐萱會因此而感到不舒服，但是我還是想告訴妳：對不起！對不起讓妳抱持著失去我的傷痛，辛苦了這麼久，但願這份我對妳的歉疚感能夠幫助妳早日找到那份本該屬於妳的幸福。」

上車後不久，林俐萱便帶著睡意沉沉睡去，趙翊良看著熟睡的她莞爾一笑，將這封訊息傳出後，他帶著笑意往湛藍色的天際線靜靜地端視著。

□

「小心！」何詠婕趕忙衝上前抱住差點要跌倒的馮子恆，「沒事吧？」

「我、我沒事。」馮子恆的臉微微脹紅。

「咳咳。」

聞聲，兩人連忙彈開，馮子恆因此整個人跌坐在身後的床鋪上。

「學長！」何詠婕一臉愧疚的樣子，又回過頭看見了身後的卓少徹、陳若儀和范承浩三個人笑得一臉曖昧。

「不錯嘛。」卓少徹率先出口糗道，「沒想到我們學校社福系話總是最少的冰山系草也有臉紅的時候。」

「……」馮子恆撇過頭去沒有說話。

「怎麼樣，好多了嗎？」陳若儀問。

「嗯，醫生說學長的復原狀況比原先預期的還要好，應該最快今天下午就會開始安排復健了。」

「也對，有妳這個貼心的女朋友沒日沒夜的照顧他，我們子恆還不趕快好起來這可就愧對良心了。」范承浩拍了拍何詠婕的肩。

「沒有啦……」何詠婕有些害羞的低著頭。

「對了你們怎麼會來？今天你們不是要開會討論新學年度招生表演項目的事嗎？」

「嗯，我們都弄得差不多了。」陳若儀微微頷首，「畢竟這學期畢業生不多，我們下學期本來就沒打算要招太多人，所以曲目的部分也很快就搞定了。」

「有需要幫忙的部分嗎？」何詠婕有些歉疚地說：「這學期因為都忙著照顧學長跟功課，沒有什麼參與到社內的事，真是對不起……」

「沒關係啦，傻瓜，現在也才學期中而已。」陳若儀笑了笑，「而且我們怎麼可能會在意這種小事呢，對吧？」她的話一說完，范承浩和卓少徹都立刻答道：「嗯，沒錯！」

「謝謝。」何詠婕點點頭，「那真的沒有要幫忙的嗎？」

「幫忙嗎……現在應該就只差團練了吧，這是我們目前唯一需要妳跟子恆的部分。」

「可是子恆有辦法這麼快就歸隊嗎？」卓少徹擰眉，「醫生之前不是說復健最快也要幾個月嗎？」

「頂多就坐在椅子上表演囉。」馮子恆聳肩，「但我還是會努力讓自己趕緊跟上你們的腳步的。」

「哇哇哇。」卓少徹指著馮子恆的臉驚呼，「又笑了又笑了！」

「哪有這麼誇張啊？」馮子恆扁扁嘴，「我以前是長得很嚇人是嗎？」

「……」此刻所有人都沉默不語，互相對看，只有何詠婕一個人看著馮子恆傻笑。

「幹嘛都不說話呢？」

「……是有點。」范承浩手撐著後腦杓，表情有些困窘地回道，「不過呢這不是重點啦，重點是現在的你終於恢復成我記憶中的你該有的樣子了。」

「好啦好啦，別說了，你們越說我只是越難過，你們沒事的話還是趕緊回去吧。」

「喲，是因為這樣嗎？」陳若儀推了推馮子恆的肩後轉過身對著何詠婕燦笑，「我看啊……你應該是因為我們打擾到你和詠婕了吧。」

「……」聞言，何詠婕的臉整個脹紅。

「看詠婕這個臉紅的樣子肯定是這樣吧。」范承浩也加入戰局跟著一搭一唱，「欸我們趕快走吧，不然啊我聽說這樣隨便打擾到人家談情說愛可是會有報應的。」

「唉唷，不是啦……」何詠婕害羞地將臉遮住，但才一眨眼的時間他們三個人就都快速地離開了病房。

「唉，這些人。」馮子恆笑了笑後伸出手將何詠婕拉到床上緊緊抱著，「別理他們，他們幾個就是這樣愛鬧，習慣就好了。」

「嗯……」此刻何詠婕覺得自己好幸福，彷彿自己就是全世界最幸福的人，幸福到就好像在做夢一樣，「好不真實。」

「什麼？」

「我覺得好不真實。」何詠婕眨眨眼，「不論是看著學長笑，或是被學長攬在懷裡，和學長牽手，這一切都好不真實，不真實到好像是一場夢。」

「如果真的是夢的話，那還真希望可以不要醒來呢。」她看著馮子恆的臉，悶悶地說。

聽著何詠婕的話，馮子恆敲了自己的頭一下後喊了聲，「痛。」

「你幹嘛打自己？」

「向妳證明這不是一場夢啊。」馮子恆溫柔地撫摸著何詠婕的臉，「我捨不得打妳就只好打自己了。」

馮子恆的話聽得何詠婕覺得自己差點一個心跳過快就要心臟麻痺死了，她的臉簡直紅得像極了顆香甜的蘋果，那麼的可口誘人。

「害羞了。」馮子恆指著何詠婕的燥熱的雙頰。

「我、我沒有。」何詠婕急忙地把頭別過去。

「那幹嘛躲起來呢？」

「我不想讓你看見我現在的樣子。」

何詠婕的話讓馮子恆忍不住大笑出聲，這讓何詠婕更不願把頭回過來了。

於是他們兩個就這樣躺在同一張床上放空了許久，儘管病房內的氣氛安靜得他們都可以清楚聽見對方過快的心跳聲，卻還是沒有誰先開口。

一直到馮子恆看著何詠婕的背影看著看著，終於忍受不了這樣的寂靜後先開口了，「詠婕。」

「嗯？」

「謝謝妳。」

「為什麼要謝我？」何詠婕這才將頭轉過去，此刻的她臉上的紅潮已經褪去大半，她帶著困惑的表情看著馮子恆。

「謝謝妳喜歡我。」馮子恆的瞳仁裡散發著溫暖的光芒，「謝謝妳在我推開妳之後，還是願意喜歡我。」

馮子恆的話令何詠婕心花蕩漾著，她覺得此刻的自己真的是太幸福了，幸福到就算今天被宣告是世界末日，她大概也還是可以帶著笑容毫無遺憾地死去。

「啊，好冷好冷啊。」何詠婕突地將馮子恆抱得很緊，「借我抱一下，真的好冷。」

馮子恆對於何詠婕突如其來的擁抱起先有些驚訝地張大了眼，而後只是默默地伸出手回與同樣深沉的相擁。

他覺得這樣子的何詠婕很可愛。

過去的他從來沒有見過這個樣子的何詠婕，因為他們總是將自己的情緒太過隱密地躲藏起來，所以就算明明他們兩個早已經在無形之中越來越在意對方，甚至……喜歡對方了，卻還是選擇將這份情感隱蔽。

怕痛，成了他們不願正視這份情感的藉口。

但是，唯有痛過的愛情，才會讓他們更加珍惜彼此，更加明白這份得來不易的幸福有多麼的難能可貴。

曾經，他們都認為彼此再也沒能得到幸福的權利，將自己關在萬丈深淵的黑暗之中，保護自己成了他們唯一的選擇，儘管他們的心比任何人都還渴望溫暖。

如今，他們終於不再封閉自己的心，而是真誠的發自內心的，笑著、幸福著，並且努力地將這份情感傳遞給對方。

「啊，我的眼睛好痛。」

一聽見馮子晴的聲音，馮子恆和何詠婕兩人滿臉通紅地連忙正襟危坐。

「怎麼又亂跑了，還不敲門。」馮子恆擰眉，「醫生不是說要妳乖乖待在床上休息的嗎？再幾天就出院了還這麼愛胡鬧。」

「我就無聊嘛。」馮子晴噘著嘴，「詠婕姊姊都只來找哥哥，我吃醋了，所以只好自己來了。」

「不要怪到詠婕身上。」

「齁，哥哥都這樣，偏心！都把詠婕姊姊占為己有，不願意讓詠婕姊姊稍微陪我一下。」

「我哪有啊，我又沒有要她別去看妳。」馮子恆一臉冤枉，「對吧？詠婕。」

「我本來就打算等會兒要去看子晴的。」何詠婕淺淺笑著，「只是又被子晴搶先了一步。」

「不管啦，我現在好無聊。」馮子晴拉起何詠婕的手，「姊姊，妳現在陪我去散步吧。」

「可是……」何詠婕看了馮子恆一眼。

馮子恆用著極深的笑意，雖看似無奈卻又很高興地用著唇語說：「去吧。」

「那好吧。」何詠婕點點頭，「那我們等等順便把午餐買回來，中午三個人一起吃飯吧。」

「好！成交。」馮子晴開心地綻開笑顏。

馮子恆看見妹妹這麼燦爛的笑容，也不禁跟著嘴角上揚，想想幾個月前，他還在為馮子晴的病情感到苦惱，現在就已經看見她恢復以往的活力，這種心情還真有點像是在洗三溫暖呢。

「那妳們兩個小心點，記得走陰涼處。」馮子恆不忘提醒。

「嗯，我知道，晚點見。」何詠婕點點頭向馮子恆道別。

看著兩個最愛的女人這麼有說有笑的背影，馮子恆倏地覺得自己真的很幸運、很幸運。

大概是這輩子的好運氣全部用光了，才可以這麼幸運吧。他心想。

□

「還行吧？如果不舒服的話我們就暫停練習。」范承浩一見到坐在輪椅上的馮子恆到來便立刻開口說道。

「沒事啦，我只是暫時還不能走路而已，沒那麼誇張，開口唱個歌還行的。」

「但醫生也有說你暫時還是不要讓自己太累。」何詠婕出言叮嚀。

「好，妳放心，我絕對不會讓自己太累的。」馮子恆伸出手輕握著何詠婕的安撫著。

卓少徹看見他們這副模樣，連忙表情痛苦的戴上墨鏡，「好了好了，別再放閃了，你們這樣子一天到晚在我面前你儂我儂我真的吃不消。」他推了推鏡框，「看來我這副墨鏡今天是帶對了。」

「是你太誇張了吧。」馮子恆笑著。

「我一點也不誇張，不然你問問我們以前也很愛放閃的范氏夫妻檔。」卓少徹話鋒一轉立刻轉到了范承浩和陳若儀身上。

「別胡說，哪裡來的夫妻檔，而且要跟子恆和詠婕比放閃的程度，我想我跟承浩可能還需要再練練。」陳若儀嫣然一笑。

「……好了。」馮子恆無奈地看著何詠婕尷尬的神情說：「我們還是趕快練習吧，你們這樣一人一句的我根本說不過你們。」

「好好好，練習練習。」卓少徹一手拿起吉他，架式十足看起來做足了準備。

「等我一下。」馮子恆突然打岔他們正準備要開始彈奏的音樂，「我接個電話。」

聞言，他們四個彼此對看了一眼後便在一旁等待著馮子恆。

這期間卓少徹問了何詠婕有沒有看見來電的人是誰，開玩笑的和她說說不定是馮子恆的愛慕者要她小心點，讓何詠婕一整個感到好氣又好笑。

「是誰？」馮子恆一掛上電話後，何詠婕就關心地問道。

「你們應該還記得我們上次曾經一起有一場表演吧？就是稱讚詠婕唱得很好，結束後還請我們吃飯的那個我的國中老師的那次。」

「嗯。」范承浩點點頭，但一旁的卓少徹卻是聽得一臉困惑。

「剛剛是陳老師打過來的，他最近在照顧一群需要關愛的孩子，所以希望我們下禮拜可以過去再做一次表演，結束後教這些孩子一些簡單的樂器技巧。」

「哦，你是說那個人很好的老師吧？」卓少徹聽著聽著這才想起來馮子恆說的人是誰。

「對，就是他。」馮子恆淺笑，「我認為你們應該都會同意，所以剛剛在電話裡我已經答應老師了，你們……應該沒問題吧？」

「如果我們的兩位主唱大人不要在練習甚至是表演、教學的時候曬恩愛影響到我們跟看表演的小朋友，我想我應該是沒問題啦，啊你們兩個呢？」

卓少徹的話令何詠婕忍不住笑了，馮子恆看著展露笑靨的何詠婕也不禁微微跟著嘴角上揚。

「我嘛……」范承浩勾起唇角壞笑，「對放閃這件事倒是有個不同的想法。」

「什麼想法？」

范承浩眨眨眼，示意陳若儀和卓少徹兩人將耳朵往自己的方向靠近，對著他們兩個似乎說了些什麼後，范承浩的話一說話，三個人像是立刻達成了共識，都非常雀躍地一致贊同這個想法。

「學長……他們三個想要幹嘛？」何詠婕看他們那般興奮的神情感到有點畏懼地問。

「我也不知道。」馮子恆聳聳肩，「反正別管他們就好，他們從以前就很愛玩一些小把戲。」

馮子恆對於他們這樣的舉動早就習以為常了，以前的他也總是對他們的這些作為視若無睹，然後再用著照顧子晴或是工作婉拒，就好比他的生日。

但雖然他常常拒絕，可他知道那時候的他們是擔心他總是將自己的心鎖起來，這樣只會受更大的傷害，所以盼望他能夠打開一小扇心門。

而這樣一次又一次的關心之下，馮子恆自然也不是那麼排斥他們有時候過於瘋狂的舉動，只是還是不會全然接受就是了。

不過雖然馮子恆這樣說，但何詠婕還是不免有些擔心害怕，該不會他們三個是打算惡整她跟馮子恆吧？一想到這裡，何詠婕的心就怪忐忑的。

□

何詠婕與馮子恆兩人對看後，何詠婕便緩緩地推著馮子恆的輪椅往台前的方向前進，開始準備進行今天的表演。

「嗯！」其餘四人齊聲回答。

「準備好了嗎？」范承浩向大夥兒問道。

演唱過程中當何詠婕獨唱時，馮子恆就在一旁深情地凝視著她；就如同何詠婕看著馮子恆獨唱時眼神裡那般透澈；而當他們兩人一起進行合唱時，唱到副歌的時候兩人就會牽起對方的手，讓不論是在台上進行伴奏的三人或是台下看著表演的小朋友們都感到一陣炫目刺眼。

演唱到最後一首歌曲，馮子恆和何詠婕更是十指緊扣的唱完整首歌的，所以當表演一結束時，范承浩便漫步地走到台前將何詠婕的麥克風搶走。

「借我一下。」范承浩向有些錯愕的何詠婕說，更一把把馮子恆手上的麥克風也搶入懷中。

而當何詠婕不知所措的看向陳若儀想知道發生什麼事的時候，陳若儀和卓少徹都只是用著一臉頗有心機的表情看著她偷笑。

「學長，他們……」何詠婕擔心地看向馮子恆。

馮子恆聳肩表示他也弄不清楚范承浩打算做什麼，但他心裡大概有數跟他們三個上次的竊竊私語有關。

「嗨，大家好，今天的表演還精采嗎？」范承浩對著台下的孩子們熱情地說，而這個舉動也換來台下熱情的掌聲與喝采。

「那看來大家今天應該都很喜歡我們的表演。」他露齒一笑，「不過……相信大家應該也都看見了剛剛我們兩位主唱深厚的感情，你們的眼睛應該很痛吧？」

語畢，范承浩的話弄得台下一片笑聲。

「所以在這邊我先代替我們的團員跟大家說一聲對不起。」他鞠躬著，「但是！這都不是重點。今天我想在這邊跟大家分享一個故事。」

「我有一個朋友我認識他很久了，從國小的時候就認識他了，那個時候他是班上的開心果，總是可以很輕易地逗大家開心，後來畢業了我們也就因為一些緣故沒有聯絡了。」他看向馮子恆微微笑。

「一直到哥哥我念了大學，我才重新遇見他，可是他好像因為發生了一點事情，所以變得很不一樣，不愛笑、話很少，感覺總是心事重重卻又不願跟人分享，這樣的他跟我原本認識的不一樣、非常不一樣。」范承浩微微低下頭似乎有些感慨。

「我努力地想讓他變回原本的他，可是不論我怎麼努力卻都還是徒勞無功。好不容易在我快要放棄的時候有一個女生出現了，這個女生跟我的這個朋友很像，所以或許是這個緣故吧，他們兩個就這樣互相幫助、互相扶持，最後我的朋友和這個女生都找回了他們原先的笑容。」

馮子恆聽著范承浩的話，眼眶微熱著，緊緊牽著何詠婕的手，他抬起眸子一看發現何詠婕的眼角也同樣濕濕的。

「嗯，我說的這兩個人呢他們就是剛剛害我們眼睛痛的犯人。」他指著馮子恆和何詠婕的方向，而台下的孩子們看著尷尬的兩人不爭氣的笑了出聲。

「所以，雖然他們害我們眼睛很痛，我們還是要誠心地祝福他們在一起了，好嗎？」范承浩眨眨眼。

「好！」孩子們異口同聲地說。

「哈，謝謝大家。」范承浩開心地瞇起眼睛笑，「那為了感謝大家，我們今天要獻給大家加碼的一首歌曲——」

加碼的歌曲？馮子恆和何詠婕對看一眼，兩人的眼神很明顯的就是完全不曉得這件事情。

「由我們的女主唱帶來的——最親愛的你，當然，我們要加碼的不只是這樣，在唱這首歌的時候呢如果碰到沒有歌詞只有音樂的部分，我們的男女主唱就要接吻親到需要唱歌詞的時候。」范承浩狡詐地笑著。

「既然都已經讓我們眼睛痛了，那我們今天就一口氣痛個夠吧！大家說好不好！」

范承浩的話才一落下，台上台下都立刻一陣歡欣鼓舞，僅僅只有我們的男女主角兩人默默不語。

果然是這樣。馮子恆毫不意外地在心裡想道，這三個人果然真的有陰謀。

而何詠婕聽見這番話臉早已紅得像是成熟的蘋果似的，羞赧地簡直想找個洞鑽進去了，要她當眾接吻，她完全沒料到他們的陰謀這麼的可怕。

這大概就是他們放閃放得太猖狂的懲罰吧。

「怎麼辦？」何詠婕連忙向馮子恆求救。

「不怕，沒事的。」馮子恆故作鎮定的握住何詠婕的手回。

沒事？

何詠婕垂下頭看著馮子恆額上的冷汗還有比她還要擔憂的表情，她還有些弄不太清楚馮子恆說的沒事是真的沒事……

還是……？

她張著渾圓的大眼睛直落落地望著馮子恆試探地問，「學長的意思是……？」

「既然都弄成這樣了，我們就聽他們的吧。」馮子恆一臉難為地答道。

而何詠婕聽見這番回應心臟差點就要迸然停止，馮子恆應該是在跟她說笑吧？要她在大家面前牽牽小手，偶爾被調侃什麼的她都還能接受。

可是現在這可是接吻，口對口、兩個人嘴唇對嘴唇的那一種接吻吶，雖然她和馮子恆在一起好幾個月他們兩個是也親過嘴了，但要她在眾人面前主動親馮子恆……

她只要一想到那個畫面，她還是會忍不住臉紅害羞的想逃跑啊。

「學長……」何詠婕面有難色卻又堅定的說：「我們還是逃跑吧。」

「哈哈哈。」看見她這麼認真說這話的樣子，馮子恆不禁大笑出聲。

「好了好了，你們兩個不要再調戲對方了，準備好接受懲罰了嗎？」范承浩打斷他們未完的對話，並將麥克風放到了他們的嘴邊問。

「可、可以不要嗎？」何詠婕微咬著下唇一臉不安的問。

「當然不可以！」范承浩立刻回絕。

「怎麼這樣……」

「因為這是你們每次練習都害我們渾身不舒服的報應。」卓少徹在後方吐舌。

「那好吧……」

而他們生動的對話立馬弄得台下哄堂大笑，尤其是當何詠婕沮喪低下頭的那個瞬間。一旁的馮子恆看見心愛的女朋友這麼害怕的樣子，便突然表情有些猙獰地開口喚道，「詠婕。」

「嗯？」她轉過身立刻看見馮子恆痛苦的表情，擔心得連忙低下頭，「你身體不——」

馮子恆便在這一個瞬間將自己的唇瓣覆蓋上何詠婕的，自何詠婕唇心傳來的淡淡香甜也就這樣淡淡地在馮子恆的舌尖漫開來。

「哇！哇！」范承浩看見這個局面錯愕地叫了出聲，而台下更是一陣騷動，大家的反應都是尖叫鼓掌的討好。

而馮子恆跟何詠婕兩人也就這樣在台上親了足足有將近一分鐘的時間，吻的他們兩個都差點忘了身旁還有許多人的存在。

當這個吻結束的時候，何詠婕極為羞怯地立刻掩著臉轉過身背對著舞台完全不敢正視前方，而馮子恆則是對著大家說：「這樣你們總該滿意了吧？所以就別再為難她了。」

「嗚呼！」台下一片掌聲尖叫，大概是對於馮子恆這般疼愛何詠婕的舉動感到看好。

「好吧，那就勉強的放過你們。」范承浩聳聳肩無奈的表示，「只不過我沒想到我可愛的直屬學妹嘴巴上雖然說不要，身體倒是還挺誠實的。」

「哈哈哈哈哈。」卓少徹聽見范承浩的話連忙拍手叫好，台下的小朋友也通通笑成一片。

而何詠婕聽見這席話臉更是整個脹紅了，整個人躲在布簾後面完全不敢出來。

「欸，不是要你別為難她了嗎。」馮子恆瞅了范承浩一眼。

范承浩這才唯唯諾諾地回道，「好好好，知道了，但是你還是趕緊請你的女朋友出來吧，我們需要她幫我們唱這最後一首歌。」

於是仍有些害羞的何詠婕在深吸幾口氣調適過後重拾麥克風，略帶緊張且愉快地演唱完最後一首特別獻給這些孩子，也獻給馮子恆的歌曲，今天的表演就暫告一段落了。

表演結束後，陳偉非常滿意的向他們五位道謝，「今天真的很謝謝你們準備了這麼用心的演出。」

「不會，這沒什麼，本來就是我們應該做的。」

「嗯，但還是真的很謝謝你們。」陳偉說完後將目光轉向馮子恆跟何詠婕，「子恆，恭喜你找到屬於你的幸福。老師已經很久沒看見你笑得這麼真誠跟開心了。」

「怎麼連老師你也這樣說。」馮子恆苦笑，「看來我之前真的很討人厭啊。」

「哈哈哈。」聞言，他們幾個笑成一團。

「那下午的教學課程就再麻煩你們了，剛剛已經有不少孩子們在聽完你們的表演後表示對你們的課程很期待呢。」

「沒問題的，老師你可以放心。」馮子恆微微揚起笑。

□

然後那一天，在教室的四周滿溢著歡笑聲，每個人的身上都沾染著幸福的氣息，不僅僅是在何詠婕跟馮子恆的臉上，在場的每一個孩子也都受這樣愉悅的氛圍所感染，露出了璀璨的光芒。

「學長，你快一點啦！」何詠婕興奮地對著在後頭的馮子恆喊道。

馮子恆看著何詠婕揮著手，燦爛朝自己綻開笑顏的模樣忍不住嘆了一口氣。明明昨晚醫生才剛提醒過要她好好照顧自己，別讓馮子恆走太快的，現在一到了遊樂園，怎麼何詠婕就立刻像個孩子似的全忘了。

看著馮子恆拖著腳有些蹣跚的步伐，何詠婕這才想起了醫生的叮囑，有些歉疚地吐吐舌說：「對不起……我忘記了，你腳才剛能走路，不能走太快。」

「妳想起來了啊。」馮子恆假裝生氣著，「要不是看妳這麼期待，我剛剛差點就打算要回家，丟妳一個人在這了呢。」

「喂，怎麼可以。」何詠婕嘟著嘴，「這可是你上次強吻我答應要給我的補償耶。」

聽到「強吻」兩個字，馮子恆不禁失笑，那天他分明就是幫了何詠婕一把，怎麼每次她提起這件事都反倒變成了他在欺負她？

還有遊樂園明明就是他們兩個在一起那天，彼此約定好等馮子恆的身體恢復了，要一起來約會的地方。

畢竟，遊樂園是他們在還沒交往的時候，就曾經約定過要一起去的地方，雖然原本何詠婕跟馮子恆都認為這個約定，只能化作他們彼此之間未能相愛外最大的遺憾。

好險、好險最後他們還是牢牢地抓緊了彼此的手，然後帶著幸福的光芒迎向擁有著彼此相依相偎的世界。

所以他們的世界從那刻起便不再只有黑暗，而是滿滿彼此心窩的愛。

「好好好，知道了。」馮子恆無奈地牽起何詠婕的手笑了笑，「只是……以後別再說我強吻妳了。」

馮子恆的語句一落下，便直落落地往何詠婕的唇瓣靠近，輕輕地給了她一個吻，「這樣才叫做強吻好嗎？」

何詠婕驚魂未定的瞪大眼睛，她沒有料到馮子恆會這麼出乎意料的又吻了她一把，她尷尬地悄悄鬆開馮子恆的手，假裝若無其事的往前走了幾步，「那、那我、我們趕快去玩吧。」

「呵，害羞什麼。」馮子恆默默看著何詠婕的背影，單手插入口袋內粲然的笑，匆匆趕上何詠婕的腳步，一舉抓緊她的手用著極為霸氣的眼光說：「以後沒有我的允許，不准隨便鬆開我的手。」

馮子恆的話一瞬間就讓何詠婕幾秒前才好不容易褪去的紅潮又頃刻轉為紅潤。

「知道嗎？」

「嗯……知道了。」何詠婕低著頭極為羞赧地將過長的髮絲勾到耳後小聲地答道。

「那我們走吧。」馮子恆滿意地笑。

一整天下來，兩人在樂園內玩遍了幾乎所有的遊樂設施，但除了必要時刻，馮子恆跟何詠婕兩人的手是從未放開過的。

「時間好快，都快六點了。」馮子恆看了看時間，「妳肚子會餓嗎？」

「一點點。」何詠婕回道。

「那我們去吃飯吧。」馮子恆指著餐廳的方向。

「好啊。」點點頭，但何詠婕的目光隨即又被餐廳後方的巨型設施吸引，「學長，你看！」

「嗯？」他順著何詠婕手指的方向一看，「啊，是摩天輪。」

「對啊，剛剛我們顧著玩差點都忘了它呢。」何詠婕嫣然一笑，「我們吃完晚餐後一起去坐摩天輪吧。」

「好啊。」馮子恆摸摸她的頭允諾。

一走進餐廳內，兩人便發現櫃台的右側聚集了許多人潮，「應該是在辦什麼活動吧。」馮子恆一邊低喃，一邊領著何詠婕穿越那群人到櫃台準備點餐。

「想吃什麼？」馮子恆側身溫柔地問何詠婕。

「嗯……」何詠婕看著菜單思忖著。

正當兩人都還在思考時，店員突然給了他們建議，「兩位要不要參考我們新推出的情人套餐呢？」

「情人套餐？」

「是的，裡面除了有我們餐廳的餐點外，還另外附贈兩張摩天輪的入場券。」點餐員指向右側的那群人潮，「我們現在剛好有活動，只要參加我們的『你儂我儂，巧克力棒甜蜜蜜比賽』就有機會免費帶走我們的情人套餐喔。」

「而且活動免費，參賽辦法也很簡單，只需要兩位各咬住巧克力棒的一端，如果是參賽隊伍當中的第一名，就可以免費用餐，就算沒得獎也可以獲得優惠券。」

「兩位不參加嗎？」點餐員眨眨眼問，「我們活動六點就開始了，要的話要趕快喔。」

見點餐員如此熱情推銷的樣子，何詠婕跟馮子恆彼此對看了一眼，有些猶豫著要不要參賽。

然後，原先抱持著只是拿個優惠券就好心態參賽的他們兩個，就這樣不知為何的拿到了第一名。

「我們好像有點太幸運了。」馮子恆嘴裡咬著薯條，有些驚訝地望著桌上滿滿的餐點說。

「嗯，真的……」

「不過我們這樣是不是太奢侈了，一口氣用掉這麼多的幸運。」何詠婕瞇起眼睛張揚著笑。

「不，我想大概是因為我們之前太節儉了吧。」馮子恆淺淺笑著，「只要能和妳在一起，就算要我花費再多的幸運在妳身上我都無所謂。」

何詠婕羞怯地咬著吸管，臉紅的樣子逗得馮子恆一陣笑，「妳真的很容易害羞。」

「哪有。」何詠婕回嘴，「是學長每次都要說一些讓人害羞的話。」

「呵呵呵。」馮子恆看著她氣鼓鼓的樣子笑得更是用力了。

何詠婕看他笑得如此開懷的樣子竟也突地氣不起來了，只是更加快速地解決桌上的餐點，在心中默默期待著待會兒要和馮子恆兩人一起搭摩天輪。

「進來吧。」馮子恆小心翼翼地攙扶著何詠婕進入車廂。

進到車廂內後兩人就靜靜地各自坐在車廂的兩邊，雙手拄著下巴帶著笑容默默地看著對方什麼也沒說，彷彿在對方眼中的世界就只剩下了自己。

即使很沉默，卻也可以輕易的感到一股香甜、柔軟的氣息在他們之間漂流。

「學長你看！」何詠婕倏地興奮喊道。

馮子恆轉向身後，發現原來是煙火表演，「好漂亮。」然後就這樣緩緩地將整個人坐到了何詠婕的旁邊，「跟妳一起看的煙火好像比較漂亮呢。」

何詠婕害羞地感到一陣暖意笑了笑。

「以後，我們再一起來吧。」馮子恆默默地緊緊扣住了何詠婕的手。

「嗯！」何詠婕笑盈盈地說。

然後就在摩天輪升上最高點時，馮子恆側過身子說：「能夠看見妳笑得這麼開心真好。我愛妳。」

並且給了何詠婕一個極為深沉的吻。

「我也愛你。」何詠婕對著馮子恆的耳畔說，並且同樣地回吻了馮子恆。

或許，自他們第一眼見到彼此，從對方身上輕易看見和自己相仿的那種感覺，從來就不是意外，而是上天在暗示著他們，對方就是自己所該珍視的人。

於是他們一起成長，一起走出曾令他們痛苦的萬丈深淵。

然後，相愛，成為彼此心中最重要也最親愛的那個人。

嘿，我最親愛的你，如果可以，我會努力的讓自己永遠笑得和夜空中的星星那樣燦爛。

因為這樣當你感到迷惘的時候，你就可以輕易的找到我，在你最需要我的時候。

我愛你。

而且我會，永遠永遠愛著你。

（正文完）

番外

最美的時光

很快的，鳳凰花開，一眨眼的時光，馮子恆、陳若儀、范承浩、卓少徹四個人就這麼要畢業了，何詠婕自然是很替他們開心，卻又一方面覺得有些不捨，以後在學校裡就見不到他們的身影了。

「詠婕，妳還在發什麼呆，快過來一起拍照啊。」陳若儀對著何詠婕攬手。

「喔，好……」何詠婕匆匆地對著身穿學士服的四人跑去，但不小心一個踉蹌，她差點摔在草地上。

她還以為自己會率先感覺到的是疼痛，結果卻是讓她的心不禁雀躍的甜蜜。

因為馮子恆把她接到了自己的懷心，溫柔的，讓何詠婕出乎預料的。

「沒事吧？」

迎上馮子恆那對清湛的眸子，何詠婕嚥嚥口水，「嗯，沒事。」

「小心點，要是妳受傷了，我會心疼的。」

「要是妳受傷了，我會心疼的。」卓少徹刻意模仿馮子恆說話的語氣，一邊捂著眼睛，有些哀戚地抱怨，「欸，你怎麼都不想想這樣隨便放閃，也是會傷到人的，我覺得我現在眼前一片白，都看不清楚了啊。」

「少來了。」馮子恆擰擰眉。

而身旁的陳若儀跟范承浩見著這個畫面則是聳聳肩後相視而笑。

之後，他們五個人開心的在草坪上，在攝影師的協助下，何詠婕站在最中間的位置，一群人笑靨如花，紀錄著這段短暫卻又燦爛的青春。

畢業典禮結束後，他們一行人到附近的燒烤店用餐。

「房子找得怎麼樣了？」陳若儀對著坐在一旁的何詠婕問。

「嗯？」

「我都聽子恆說了，妳的那個朋友不是要出國當交換學生嗎？看妳這個不敢看我的樣子該不會是要跟子恆住一起吧？」

「嗯……」何詠婕很是羞赧地低下頭，「學長要我別找房子了，就直接搬過去他那裡。」

「哇！直接搬過去他那裡！意思不就是你們打算要同居了嗎？」陳若儀推了推何詠婕的肩膀，眼神閃過一絲曖昧，「哎唷，不錯喔。」

「哎唷，不是學姊妳想的那樣啦……」何詠婕的臉瞬間漲紅，趕忙地解釋，「還有子晴也會跟我們住一起，不是只有我跟學長而已啦。」

「好啦好啦，我都懂，妳不用說那麼多。」

眼看即使她說得再多都不會有太實質的幫助，何詠婕索性垂下頭嘆了口氣，「唉。」

「搬家呢？需要我們一起去幫忙嗎？」

「應該是不用，我的東西不多。」

「那就好。如果需要幫忙再說一聲，我跟承浩還有阿徹可以過去幫忙。」

「嗯，謝謝學姊。」

驀然，陳若儀的語氣不再是玩笑，瞥了眼范承浩三人的方向，「聽子恆說妳暑假找了個辦公室的打工，接下來……他要去當兵了……你們兩個見面相處的時間就會變少了，這是你們第一次分開這麼久，應該有點緊張吧？」

「一點點。」何詠婕輕咬唇，笑得淡然，「學姊呢？承浩學長也要去當兵了，你們也得分開一段時間，會擔心嗎？」

「也是一點點。」陳若儀淺淺揚起笑，「反正擔心害怕也沒用，還不如坦然一點去面對。」

「嗯，是啊。」何詠婕抬首，望著不遠處正在嬉鬧的那三個男孩。

一轉眼間，他們四個都畢業了，身分不再是學生，而她也即將要學著兼顧工作與學生的身分。

他們，接下來要去面對這個現實世界，得開始踏入職場，得嚐盡更多的酸甜苦辣，得學著在主管面前鞠躬哈腰，得在那些他們厭惡的事情發生時表現的落落大方，儘管可能心裡有很多埋怨的話，卻只能將苦往腹中吞。

這些曾經距離他們很遙遠、很遙遠的事情，剎那間，就通通這麼攤在他們面前要他們去面對了。

而且還只有接受這個選項。

因為現實，不容許他們逃避。

儘管她內心其實有些徬徨害怕，她跟馮子恆之間的距離可能會因現實、因不同的生活圈而拉大，但她還是堅定不移的愛著他。

因為只有待在他的身邊，她才會覺得自己是完整而幸福的。

與馮子恆共度的時光，每一刻都讓她感覺自己正徜徉在幸福的國度裡。

即使在旁人眼裡是再平凡不過的，可在她眼中那卻是最耀眼、最踏實的快樂。

那樣的愉悅看似平凡渺小卻滿滿的充盈著她的心。

「在想什麼？」不知道什麼時候，坐在她身旁的陳若儀早已換成了馮子恆。

「沒什麼。」她搖搖頭。

「你的兵單收到了嗎？」

「還沒。聽之前畢業的學長說搞不好也有可能會拖到暑假過後。」

「這樣啊……」

「怎麼啦？看妳一臉魂不守舍的。」馮子恆摸著何詠婕的頭。

「也沒有啦……就只是覺得時間過得好快喔，等你們當兵、工作跟我打工之後，大家肯定就會開始變得很忙很忙吧，所以怕之後我們就不能像現在這麼要好了。」

何詠婕抿抿唇，有些強顏歡笑，「大概是太害怕幸福會又一次從我的手上溜走吧，所以特別焦慮……」

「傻瓜。」馮子恆抓住何詠婕的手，兩眼含光的看她，「我就在這裡。妳看，我不是牢牢把妳抓住了嗎？是我還比較怕妳會兵變不要我了呢。」

「才不會。」何詠婕燦笑。

「好啦，時間也不晚了，先送妳回去吧，下個禮拜妳還得參加期末考呢。」

「嗯，好吧。」雖然她有些想留在這裡，但是礙於這次期末考準備的實在不少，她也只能乖乖地聽馮子恆的勸。

「不過，我可以先去看看子晴嗎？很久沒看到她了。」她晃了晃馮子恆的手臂，對著他撒嬌。

「唉，真是拿妳沒辦法。」馮子恆撥了撥瀏海，笑得無奈，「好吧，不過只能一下子，她最近感冒了，醫生交代她要多休息。」

「嗯，好，遵命！」

「你們要走啦？」范承浩替兩人倒了飲料，卻見到他們正在收拾東西，於是問。

「這麼早？」卓少徹從一旁搭腔。

「嗯，詠婕要考試了，子晴也還在家裡等我，所以想說還是早點回去。」

「那好，騎車小心啊。」

「詠婕考試加油啊。」陳若儀對著何詠婕眨了眨眼示意。

「好。」她回以一笑。

「那先走了，下次再約。」馮子恆一把牽起何詠婕的手。

「學長、學姊再見。」何詠婕向他們三人揮揮手後，跟著馮子恆的步伐離去。

□

「唉。」忽然，馮子晴對著正上演餵食秀的兩人嘆了口氣。

「怎麼了？不舒服嗎？」聞聲，馮子恆連忙放下手中的湯匙。

「是有一點。」馮子晴皺眉，「只要一想到之後要每天都看到你們這樣，我就有點不舒服。」

俄頃，何詠婕跟馮子恆的臉都有些微微漲紅。

「不會啦……」何詠婕頓頓地啟口。

「我才不相信，每次詠婕姊姊來，哥哥都霸佔妳。」

看馮子晴嘟嘴的模樣，何詠婕跟馮子恆都很是想笑。

倏然，何詠婕玩心一起，指著馮子晴的的鼻子靠近，「真的啦，妳看……接下來妳哥哥要去當兵了，到時候呢，妳就可以霸佔我一整天啦，妳哥哥他是想搶我也搶不到的。」

「哈哈。」聞言，馮子晴不禁失笑，而馮子恆則是一臉無奈的聳聳肩。

「接下來妳就要到我們學校念書了，會緊張嗎？」何詠婕關心道。

「不會啊。」馮子晴眨眨眼睛，「反正有詠婕姊姊在，有什麼好擔心的？」

「呵呵，也是。」

「妳啊就不要給她添麻煩了，藥要記得吃，也不要亂跑讓人找不到知道嗎？」馮子恆叮囑道。

「知道啦。」馮子晴擰眉，「姊姊妳看，哥哥好像老太婆，都一直講一樣的話。」

「哈，不要這樣子嘛，妳哥哥他也是為妳好啊。」何詠婕用手梳著馮子晴的髮絲微微勾起嘴角淺笑，「妳呢，就乖乖的，這樣妳哥哥他才可以放心的去當兵，知道嗎？」

「那姊姊怎麼辦？」馮子晴眨眨眼睛，兩眼裡透著純真的問。

「什麼怎麼辦？」

「哥哥要去當兵……妳不會想他嗎？」

馮子恆跟何詠婕同時愣了愣，然後握著彼此的手淡然地笑。

說不會捨不得是騙人的，但是他們都知道，雖然得分開一段時間，但只要經歷過這短暫的分離之後，他們自然就可以天天膩在一起了。

「會啊。」回答的人是馮子恆，他瞳仁裡散發著深情，帶著渾厚嗓音柔柔地望著何詠婕說：「我會很想很想妳的。」

「欸，我又不是問你。」馮子晴嘛著嘴抗議。

「好好好，該讓妳詠婕姊姊回家了，人家她還得準備期末考呢。」

「那就留下來啊。」馮子晴回的一副理所當然，「反正姊姊妳不是下禮拜就要跟我們住一起了嗎？那就乾脆今天就住下來吧，我相信哥哥也會很開心的。」

「哎唷，不行啦。」何詠婕撇撇手，笑得靦腆，「我考完試就會搬過來了，今天得先回去我原本住的地方。」

「蛤，好吧。」馮子晴上演一陣心痛戲碼後又隨即俏皮地眨眨眼睛，「哥哥，我這是替你說的。」

「這孩子……」馮子恆搖搖頭，「好了，趕快去睡覺吧，感冒的人要多休息，我先送妳詠婕姊姊回家。」

「嗯，路上小心。詠婕姊姊再見。」

「嗯，下次見。」

道別完，馮子恆便當著何詠婕的護花使者送她回租屋處了。

「我接下來兩天都要上班，可能沒什麼時間跟妳見面，考試加油，考完了再記得打給我，再來陪妳整理東西。」

「好。」何詠婕瞇起眼睛笑得嫣然，「你上班也加油，再見。」

「掰掰。」說完，馮子恆看著何詠婕的背影，突地有些不捨，「等一下。」

「怎麼了？」她轉過身，臉上的光采在這黑夜裡顯得風光明媚。

馮子恆沒說話只是默默地往她的方向走去，一把勾住何詠婕的腰窩，俯下頭輕聲地說：「忽然不想讓妳回去了。」

「嗯……什麼啦……」

「子晴說得對，反正妳下禮拜就要搬過去了，不然乾脆今天就直接搬吧，我上去替妳整理東西？」

聞言，何詠婕愣住，她有些不確定馮子恆這灼熱的視線裡傳來的究竟是玩笑？還是嚴肅？

「今、今天嗎？」她頓頓地說。

「嗯，我上去幫妳搬東西吧？反正先簡單拿點換洗衣物什麼的，今天帶不走的，可以下次我們再一起來搬就好。」

看來馮子恆都這樣說了，那肯定是認真的了，這下子何詠婕更是不知所措了。

她抬眸，望著馮子恆眼裡的熠熠光輝，有些動搖，「可是……」

「嗯？」

「不行啦……」

「為什麼？」

「因為……」何詠婕的話開始說得有些支吾，「因為如果在學長家的話……我……我肯定會沒辦法專心念書的……」

「哦……原來是這樣啊……」馮子恆別有意味地挑挑眉，「不過，為什麼在我家妳就沒辦法專心念書了？」

「那、那是因為……」她的表情開始有些顯得矯揉彆扭，兩手不斷地相互摩挲著模樣看上去很是害臊。

見她這個欲言又止的樣子，馮子恆不禁想笑，伸出食在她的鼻心前晃了晃，「好了，別想了，就照說好的考完試妳再搬過來吧。」

然後他一個傾身向前，以雙唇向她的額頭輕輕一點，「趕快進去吧，考試加油。」

「啊？」何詠婕還沒弄懂情況，「什麼意思？」

「要妳好好讀書的意思。」他彎起唇，「我可不想因為我的緣故，害我女朋友成績不及格。」

「好了，趕快進去，夜越來越深了。」

「嗯，好。」

何詠婕戀戀不捨的轉過身，但在進到屋子前仍不斷地回頭看著馮子恆。

而馮子恆看她這個模樣，當然沒有立刻離開，只是傻笑著不停地向她揮手，一直到看見她終於進到屋內，他才發動機車離去。

□

「東西都齊了嗎？」馮子恆望著空蕩蕩的屋子及堆在一旁的紙箱，要何詠婕再確認一次。

「嗯，我檢查過了，都在這裡了。」

「那好，輕的交給妳，這些重的就交給我吧！」馮子恆眨眨眼睛。

結果，不費半個鐘頭，他們倆一下子就把箱子通通都安置上馮子恆向店長借來的小貨車，愉快地把東西載到馮家去。

「待會兒整理東西前先吃午餐吧？快到午餐時間了，我們先去買，妳想吃什麼？」

「都可以啊，學長想吃什麼？」

「啊，還是要不先問問子晴想吃什麼吧？」說完，何詠婕掏出手機想撥給馮子晴。

「不用打了。」馮子恆阻止她，「子晴出門了，不在家，午餐說是要跟朋友吃。」

「朋友？」

「嗯。」他點點頭，「好像是錄取名單出來後，她跟幾個大學同學在網路上互相聊的挺熱絡的，之前他們就約過幾次見面，所以我也還放心就讓她去了。」

「哇，真沒想到一向疼妹妹疼出名，恨不得一輩子把她綁在身邊的子恆學長，居然也會有讓妹妹出去跟朋友玩的一天啊。」何詠婕嘖嘖稱奇道。

「哪有那麼誇張啊？我這是怕她會遇到危險，妳要知道子晴的身體情況比較特殊，她又特別不上心，我才會管她比較嚴格的。」

「好好好，我知道。」看馮子恆一臉凝重解釋的樣子，何詠婕淺淺一笑不再繼續鬧他。

而何詠婕跟馮子恆所不知道的真相其實是，馮子晴是刻意選在今天出門的，無非是想讓他們倆獨處在家裡，好好的享受一下兩人世界。

畢竟接下來馮子恆就要去當兵，雖然役期只有短短的四個月，但對每天都是熱戀期的他們，這四個月肯定還是一種不小的折磨，是該多給他們一點獨處時光。

而且據她所知，這兩個人雖然都已經交往這麼長一段時日了，可一起過夜的次數居然還是零，雖然過不過夜這件事似乎絲毫不影響他們的感情，但看在馮子晴眼中，她還是不免著急。要是她今天再不藉著這個機會，推這兩人一把繼續待在家的話，他們兩個可能就依然只會像往常一樣放閃光彈轟炸她一下，然後……就沒有然後了。

於是，馮子晴人雖然在外頭內心卻是滿心期盼著今天她不在家的時候，他們兩個能發生點什麼，甚至乾脆一時意亂情迷，讓何詠婕的肚子裡不小心多了個孩子也行……這樣就可以讓何詠婕跑不了，百分之兩百成為她的大嫂，絕無例外的可能！

「那不然就買前面巷口那間小吃攤吧，我吃什麼都可以，妳下去買，我在車上等妳。」

「嗯，好啊。」

何詠婕笑靨如花地向他揮手，很快地提了一袋子的食物上車。

到家後兩人吃飽喝足很快的開始整理何詠婕的東西，但她的家當真的不多，所以也不過才兩個鐘頭不到就全部都安放妥當了。

「來，應該累了吧？喝杯果汁吧。」一進房間，馮子恆將玻璃杯遞給了坐在床沿發呆的何詠婕，同時往她身旁坐下。

「謝謝。」

「好喝嗎？」

「嗯，很好喝，是你剛剛打的？」

「嗯，是子恆牌百分之百純天然現打。喔！這位小姐，妳真幸運啊，剛好住進來這裡，這樣就可以每天都喝得到了呢。」

「哈哈，小女子我還真是備感榮幸。」

「還喜歡嗎，妳未來的新家？雖然有點小，也不是什麼豪宅，但是以後這裡就是我們一起生活的地方了，妳放心等我當完兵，我一定會努力賺很多很多的錢，讓妳跟子晴可以住進更棒的房子裡。」

「笨蛋。雖然這裡空間不大，也不是大家眼中的豪宅，可是這裡很溫馨，比起那些空間寬敞卻冷冰冰的房子更來得讓我喜歡。而且重點是……這裡是有你在的地方。」何詠婕燦然一笑。

「只要是有你在的地方，我都很喜歡。」

「還說我是笨蛋，妳看現在到底誰才是笨蛋啊？」馮子恆一把將她攬入懷裡，「我也很喜歡妳，無時無刻的妳。不管是什麼樣子的妳，在我眼中，妳就是最讓我心跳不已的那一個。」

「哦，那如果我變成老婆婆了，學長也還是會喜歡我嗎？」

「當然啊，小笨蛋。那個時候我也是老公公了吧？老公公配老婆婆正好是一對，所以我有什麼理由不喜歡妳？」

「那……要是你遇到比我漂亮的女孩子呢？」

「在說什麼呢？在我心裡妳就是最漂亮的！怎麼可能會有比妳漂亮的人出現？」

「呵呵。」何詠婕忍不住笑出聲來。

「那妳呢？」馮子恆倏然有些認真地問，「要是在我去當兵的這四個月裡，妳的身旁出現了比我更帥、更好的男生，妳……會對他心動嗎？」

「我啊……」何詠婕故作思索，「比你帥，又比你好喔……」

「這麼難決定？」

「當然啊，這很重要耶，當然要好好考慮啊。」

「看我。」馮子恆的語調中明顯帶著惱氣。

而何詠婕自然也是聽出來了，卻故意想捉弄他於是嬉皮笑臉的望著他，「嗯？」

「不准考慮。」他擰著眉，眉宇間帶著肅然，「不准對其他人心動，不可以喜歡別人，只可以喜歡我。妳，只能是我的，知道嗎？」

「噗——哈哈——」看著馮子恆認真的模樣，何詠婕止不住大笑，「我……我從來就沒有說我要喜歡別人啊……我喜歡的人就只有你而已，怎麼可能會對其他人動心？學長才是笨蛋吧。」

「所以……妳剛剛是騙我的？」

「嗯。」

「妳居然騙我？」

「嗯。」

這次何詠婕的話才一說完，就立刻被馮子恆撲倒在床上不斷地搔癢著，「妳居然敢騙我？看我怎麼懲罰妳，妳騙我啊……再繼續騙我啊……」

「哈哈哈……好癢……好啦……對不起啦……哈哈哈……不要這樣……我怕癢……哈哈哈哈哈……對不起……對不起……放過我好不好……哈哈哈……」

見狀，馮子恆便也大人不計小人過停下手，「妳下次敢再亂說話我就要妳好看。」

「不敢了、不敢了。」何詠婕雙手合十向他求饒。

然後突然，馮子恆吁了口氣，躺到了何詠婕身旁，「我收到兵單了。」

俄頃，原先充滿歡笑的屋子頓時像是被按下靜音鍵般靜默，何詠婕跟馮子恆兩個人就這麼躺在床上望著天花板動也不動。

要不是還可以聽見彼此起伏的呼吸聲，他們大概都快要忘記身邊還有對方。

「什麼時候？」

「下下禮拜進去。」

「喔。」

何詠婕的語句落下，兩個人又立刻像是啞巴般沉默。一直到何詠婕又一次開口，他們才又好像重新學會說話，吞吞吐吐的說著。

「那……你要想我喔。」

「嗯，妳也是。」馮子恆側過身子，兩顆眼珠子直愣愣地落在何詠婕上，「不可以變心，不可以忘記我是你男朋友，替我好好照顧子晴。」

「嗯，你在裡面也要好好照顧自己，雖然才四個月，但還是不可以對裡面的漂亮長官動心喔。」

「哈哈，我們在幹嘛啊？怎麼搞得好像我今天就要進去，我們兩個會很久不見一樣，就算我進去了也還是會放假，放假就可以見到面了啊，我們這是在幹什麼？」馮子恆抓抓頭苦笑。

「可能……是因為我們都太愛對方了吧？哈。」何詠婕的臉上也同樣的張揚著一絲無奈的笑意。

「應該吧。」

說完，馮子恆眼底含光地緩緩向躺在身側的何詠婕靠近，望著她伴隨羞赧而顯得迷茫的眼他淺淺一笑，輕輕撫摸著她的溫熱臉蛋。

然後忽然他把兩人的距離拉近到一點也不剩。

看似霸道卻又像是在享用一道佳餚般極其溫柔地啃噬著何詠婕的小嘴，她的唇就宛如一只讓人微醺的紅酒，讓馮子恆不自覺地越吻越深，不禁深陷其中。

這是他們第一次吻得如此猛烈。

大概是因為是在床上吧，這樣曖昧的地點讓情慾自然而然地就太過猖狂的充斥著整個房間。

又或者是就快要面對分離，他們再也不想對對方有所保留，想把全部的愛都貫注在這個親吻上，所以顯得格外讓人血液沸騰。

就這麼順著這樣的感覺，馮子恆不經意地想解開何詠婕身上的衣物，但就在他才正要解下第一顆扣子時，突然，他感受到自己的失控，連忙鬆手。

「對不起。」

何詠婕沒馬上回話，儘管臉上的紅潮依舊，眼裡卻明顯閃過慾望驀然被抽離的失落感，她頓了頓後回，「沒、沒關係……」

「妳把剛剛的事情全部忘記吧，我……我不是故意的，對不起，妳一定被我嚇到了吧？」

聞言，何詠婕連忙搖搖頭，「沒有，我沒事。」

「其實……」何詠婕的臉變得比方才還要紅，「學長你可以繼續的……我沒關係的……」

馮子恆的瞳孔轉瞬間瞪大，她的話聽在他的耳裡無非是種挑逗，讓他的慾望和何詠婕都遊走在危險邊緣，「妳知道妳在說什麼嗎？」

「嗯，我知道。」她的語氣無比堅定。

馮子恆看著她眼神中閃耀的熾熱光芒，又一次地勾起他的情慾，他晃了晃腦袋連忙坐起身來，「不可以……就算妳這樣說，也還是不行……絕對不可以。」

他愛她，所以他想保護她。

儘管下身的灼燙已經讓他快要承受不了，但至少他知道現在他得是理性的那一個，不能因為一時的慾望就做出傷害到何詠婕的舉動。

不可以。

「可以。」不知道是不是被馮子恆激到，何詠婕不知道哪裡來的勇氣抓住了馮子恆的手，「我可以的。」

「詠婕……」

「我都不怕了，學長在怕什麼？難道說……」何詠婕莞爾一笑，意有所指的看著他。

「我……我不是那個意思……」馮子恆有些尷尬，「我這是想保護妳。因為我愛妳，所以我不想傷害妳。」

何詠婕沒有說話，只是默默地跟著坐起身來，然後出其不意的把唇瓣輕貼上馮子恆的，不同於剛才的吻，何詠婕並沒有馮子恆吻她時的那種霸氣，卻又可以輕易地從這個吻裡頭感受到她對馮子恆滿滿的愛。

漸漸地她加深了力道，兩手遊蕩在馮子恆的頸間，不斷地撩撥起馮子恆好不容易才要壓制住的慾火。

他知道，看來何詠婕是真的打算把自己交給他了。

「妳是真的確定嗎？」把何詠婕一把推開，馮子恆語氣格外慎重地問。

「嗯。」

在何詠婕的回答之後，馮子恆輕輕地把何詠婕放回床上，在一陣比剛才都還要來得濃烈的吻之後，他褪去了何詠婕的衣物，細細地品嚐著她身上傳來的每一陣香甜，而何詠婕也不禁伴隨著身體的敏感發出微微呻吟。

聽見何詠婕呢喃又極具誘惑的聲音，讓馮子恆不禁吻得更深，從那對性感的唇、頸間，一直順勢到何詠婕的腰際，無一處不是馮子恆留下的印記。

最後，馮子恆也脫去了身上的衣物。

在進入她之前，他輕啄了口何詠婕的唇問，「會怕嗎？」

「一點點。」儘管身體明顯地顫抖著，但何詠婕卻仍然堅定地說：「但是，我可以的。」

「可能……會有點痛……但我會輕一點的……」馮子恆柔柔地安撫。

「嗯。」眼光迷離，何詠婕看著在她身前的男人，很幸福地揚起笑容。

於是，在那天，何詠婕把自己交付給了馮子恆，不僅僅是她對他的愛，還有她的所有，通通都給了他。而馮子恆也是。

那是他們最確切感受到幸福的一天。

他們就像是兩個最契合的靈魂，被安放在兩具最適合彼此的身體裡。那樣完美而確實的幸福。

□

看著從房間提著行囊走出的馮子恆，何詠婕坐在沙發的一隅，眼底張揚著眷戀不捨。

「東西都拿了嗎？」

「嗯。」

「真的不用我跟你一起去嗎？」

「嗯，待在家吧，距離也不是說很近，妳送走我之後要自己一個人回來我不放心。」

「好吧。」

何詠婕抬起眼，看著馮子恆瞳孔裡的淺淺憂鬱，忽然撲過身去緊緊抱住了他。

「一定、一定要想我喔。」她的聲音微微哽咽依附在他懷裡用力地說。

馮子恆的心口一揪，同樣地緊緊環抱住她。

「嗯，妳也是，記得要想我，然後好好照顧自己，我很快就會回來的。」

「你不准變心愛上別的女生喔。」

「妳才不准隨便跟公司的男同事勾搭上呢。」馮子恆捏了捏何詠婕的鼻頭，「妳下禮拜就要去上班了，記得要好好表現，我相信妳一定會做得很好的。」

「是的，長官！」

「呵呵。」馮子恆不禁失笑。

「好了，我該走了，妳記得要好好照顧自己喔。」

「好啦，我知道，不要再嘮叨了，你真的快跟子晴說的一樣要變成老太婆了。」

「欸，怎麼連妳都這麼說，妳不要聽她胡說了，我這是關心，關心好嗎？」

「好好好，知道了，你趕快去吧，不然你再說下去，子晴都快要回來了，就換她唸你了。」

「嗯。」說完，他低頭輕輕地吻了她的額頭，勾起一只既失落又迷人的笑意，「我走了。」

「再見。」何詠婕揮揮手，同樣地掛起笑向他道別。

可就在馮子恆將門闔上後，何詠婕突地覺得身子一陣空虛，屋內空晃晃的寂寞狠狠地覆蓋上她的心。

「我……一定會很想、很想你的。」

□

四個月後。

今天是馮子恆退伍的日子，為了給何詠婕一個驚喜，一個禮拜前他就先刻意騙了何詠婕他因為長官有額外的事情吩咐，所以得晚一天才能回家。

起初何詠婕還有些不悅，拒接了他的電話兩天，讓馮子恆有些猶豫是不是要乾脆告訴她，他其實當天就會回去了，不要玩什麼驚喜的遊戲了。

但還好後來還是何詠婕先經不起思念打了電話給他，他的驚喜才能繼續下去。

雖然用這樣欺瞞的方式，馮子恆覺得有些愧疚於何詠婕，但只要一想到自己出其不意的出現在何詠婕面前，她肯定會又驚又喜的臉，馮子恆就又會忍不住期待。

馮子恆還事先調查了何詠婕的課表，打算先回家一趟把行李放妥了就立刻到學校給她驚喜。

「啊，自由的感覺真好。」馮子恆掏掏鑰匙，旋開了門。

一進門他便看見了雙陌生的鞋子。而且，從尺寸看來，這還是雙男人的鞋子。

他先是吞了吞口水，揉揉眼睛又盯了那雙鞋一次，確認是不是自己看錯了，接著確定不是幻覺後他反而更加不知所措了。

明明要給驚喜的人是他啊……怎麼反倒他有種自己先被擺了一道的感覺……

要是何詠婕不知道自己其實今天就會回來了，是不是他就不會看到這雙鞋子了？

他靜靜地坐在玄關，看著那雙鞋在猶豫他是該進門去看看到底是怎麼一回事，還是就乾脆出門去，明天再回來裝作毫不知情，表現得就像他今天沒有回來過……

「咦，哥哥？」

「噓！」一聽見馮子晴的聲音，馮子恆連忙摀住妹妹的嘴。

見狀，馮子晴掙扎示意馮子恆鬆手，並且壓低音量問，「哥哥，你怎麼回來了？」

「就……提早回來了。」他有些心虛地回。

「那幹嘛不進來？我剛剛看你坐在那邊發呆還以為我看到幻覺咧。」

「妳詠婕姊姊在嗎？」

「哦，應該在房間吧，我記得她好像說她今天的課剛好停課，所以沒有要去學校。」

「那……妳陪哥哥一起去房間找她吧。」

「好啊。」馮子晴笑得嫣然，全然不覺馮子恆此刻內心的忐忑，「她一定很高興你回來了。」

「嗯……」

見何詠婕的門沒有關上，馮子晴便索性也不敲門了，一把開心地敞開門大喊，「姊姊，妳看誰——咦，你是誰啊？」

順著馮子晴的目光望去，馮子恆看著何詠婕臉上因身旁正拉著她的手的男人笑得燦爛的樣子，臉色難看地問，「這是怎麼回事？」

「你怎麼回來了！」一看到馮子恆，何詠婕完全忽略了他的問題，立刻飛也似地衝上前去抱住了他，「你不是說明天回來嗎？」

被何詠婕倏然而來的擁抱給感到有些驚愕的馮子恆原先的怒氣陡然消散。

「想、想給妳一個驚喜，所以今天就回來了。」他有些羞赧地回道。

「歡迎回來。」何詠婕開心地往他的臉上輕輕一啄。

「唉。」忽然，在他們倆身後的男人嘆了口氣，「能不能別忘了我的存在？」

「嘿嘿。」何詠婕尷尬地吐吐舌，鬆開了擁抱，轉過身去替大夥兒介紹。

「這是我哥，何以澤。因為之前都在國外的關係很少回來，這次難得回台灣一趟，還來不及跟你們說就先把他帶來家裡了，抱歉。」

哥哥？馮子恆的心為之震懾。

跟何詠婕交往後的確有聽過她提起這號人物，但是礙於從沒見過面的緣故，他根本差點就要忘記有這回事了，還好剛才何詠婕先撲了過來，要不然憑著方才出現在他眼前的景象，他壓根不會想到這個男人會是何詠婕的哥哥，大概會不小心就伸手揍了他一拳也說不定……

「然後這是馮子恆，是……我的男朋友，跟他的妹妹，馮子晴。」

「嗯哼，請多多指教。」何以澤伸出手，有點像是在威脅又有點像是在示好地眨眨眼，「我妹妹的……男朋友。」

「請多多指教。」馮子恆連忙尷尬地伸出手。

「子恆是吧？」何以澤挑了挑眉，「我們出去聊聊吧？」

「哥，你要幹嘛？」

「我又不會吃了他，緊張什麼？」何以澤望著妹妹擔心的樣子，揉了揉她的頭。

「我呢，就只是單純想多認識一下妳男朋友，放心我不會佔用他太久的，很快就會還妳了。你應該不會介意吧？子恆？」

「當然。」馮子恆儘管心裡有些緊張，但還是連忙回應，同時輕輕地向何詠婕說：「沒事的。」

「嗯，好吧……」

「那走吧，來的時候好像有看見一家咖啡廳，咱們去喝杯咖啡吧。」

「好。」

□

「剛才看到我出現在那，你肯定嚇到了吧？」

「嗯……一點點……」

「以為我們詠婕劈腿？」

「也、也不是。」馮子恆連忙搖頭，「就只是有閃過一絲你是誰，為什麼跟你在一起的時候，她能笑得那麼開心的念頭？」

「呵。」何以澤忍不住笑了出聲，「看來你們是真的很相愛。」

「她啊，之所以會笑得那麼開心，是因為她告訴我你就要退伍了，她很高興。」

「……真的嗎？」

「嗯。」他聳肩，語氣中帶著笑意，「我騙你這個幹嘛？」

「記得要好好愛她。」何以澤話鋒一轉，神色變得凝重，「我就只有她這麼一個妹妹。」

「好，我會的。」

「上次回台灣啊，已經是幾年前的事情了，那時候的她鬱鬱寡歡，臉上不要說是笑容了，連一點點快樂的痕跡都尋不著。這次看見她又變回我記憶中那個愛笑的樣子，我很高興。」

何以澤的臉上滿是感激，笑著對馮子恆說：「謝謝你啊，讓我妹妹找回她的笑容。」

「不。」馮子恆搖搖頭，「是我要謝謝她才對，要不是她我也不會是現在的樣子，是因為她，我才會知道原來我也是那個可以給人幸福的人。」

聽完馮子恆的告白，何以澤笑了笑，「你們平常相處都這麼肉麻嗎？」

「……呃。」馮子恆尷尬地抓抓頭，「對不起……你應該會有點看不順心，我在你面前提到詠婕時表現得我們太過親暱的樣子吧。」

「嗯……具體來說是有一點，但是又不太像是你說的那樣。」

何以澤想了想，「啊，大概就會有點像看見你妹妹跟她男朋友相處起來的感覺那樣吧？你不是也有妹妹，應該懂吧？那種看見她得到幸福之後，替她開心，卻又一方面捨不得放手的感覺。」

「嗯，我懂。」馮子恆笑著點點頭。

「總之，你啊……」何以澤忽然理了理衣領，臉色沉重地看他，「要是敢欺負我妹妹，你就完蛋了，知道嗎？」

馮子恆被何以澤這個冰冷的眼色嚇得抖了抖身子，「嗯……知、知道了，我不會的，我這輩子只打算跟她在一起，只會愛她一個人，你、你可以放心把她交給我。」

「那我妹妹就交給你了。」何以澤的語氣轉為誠懇，「我未來的……妹婿……」

妹、妹婿？聽見這兩個字的時候，馮子恆的心抖動的比剛才還要更厲害了。

「好、好的。」

「那我還有公事要處理，先走了，幫我跟詠婕說一聲我晚上會再過去看她。」

「嗯，路上小心。」

看著何以澤從咖啡廳離開的身影，馮子恆這才終於鬆了口氣，腳步蹣跚地走回家。

□

「我哥跟你說了什麼？」

房間裡，何詠婕跟馮子恆兩人坐在一旁的小沙發上閒聊著。

「他說，我是他的妹婿了。」

聞言，何詠婕的臉瞬間漲紅，「哥、哥他在說什麼啦！我大學都還沒畢業耶……他又在胡說八道了……」

看見何詠婕這般害臊地模樣，馮子恆不禁失笑，「怎麼？難不成妳不想嫁給我嗎？」

「也、也不是這個意思啦……」

「那就是妳想要嫁給我的意思？」

「不是！」何詠婕發現跌入陷阱後趕緊回應。

「我很想妳。」

馮子恆突如其來的表白讓何詠婕的心臟猛然失控，她努力想要克制著這樣猖狂的感覺，心跳噗通噗通的聲音卻還是出賣了她，在這狹小的房間裡迴盪著。

「這個聲音的意思應該是，妳也很想我吧？」

「嗯……很想你……」

「以後就這樣繼續過下去吧。」馮子恆緊緊抱著她，「我跟妳，我們天天在一起，一直到妳看膩了我那天。」

「所以如果我看膩了你，你就不要我了？」

「妳以為我會讓妳有這個機會看膩我嗎？」馮子恆壞笑。

「因為我愛妳，所以在未來的每一天裡，我都會努力的讓妳繼續這樣保有怦然心動的感覺的，讓妳就算想看也看不膩。」

「笨蛋。」何詠婕忍不住笑道，「你放心，就算你不這麼說，我的這顆心在未來的每一天裡，都還是會這樣繼續為你亂跳的，就算你看膩我了，也還是要死纏爛打的喜歡你。」

「嘖，妳才是笨蛋吧？」

「我才──」

何詠婕未完的話語全都被馮子恆化做一陣甜蜜融進了他們的親吻裡。

既霸道，卻又溫柔。

他知道，他們會繼續相愛下去的。

因為他們都知道，他們是穿過了多少的荊棘才能走到這一天的。除了彼此，他們不可能再找到更契合的另一半。

因為每一個他們一起共度的時光，都是最美的時光，值得他們用這一輩子永遠的把對方收藏進心底。

然後，用他們的愛，全心全意地給對方幸福。

（番外完）

【後記】大雨過後

認真的來說，這個故事其實算是有點沉重的，無論是背負在詠婕或是子恆身上的。

於是在寫的過程當中心情其實是很五味雜陳的。雖然早就在起初決定著手寫下這個故事的時候都設定好了一切，卻還是時常忍不住替這兩個自己筆下的孩子覺得心疼難受。

只是同樣的這一路走來，伴隨著我的文字，我看著他們開始試著敞開心房；開始懂得笑；開始漸漸的不那麼畏懼這個曾令他們跌跌撞撞摔得滿身傷的世界，我原先鬱悶的心情也逐漸明朗起來。

大概是替他們慶幸最終他們還是得到了幸福吧。

儘管這一路上曾下著滂沱大雨，雨水瀰漫著哀傷沖淡了他們臉上的笑顏，可終究彩虹還是出現，並且給予了他們最真實且溫暖的快樂。

在這邊，首先我想先感謝協助我完成人生中第一本商業誌的秀威出版社。

或許這樣說太過矯情，但是身為一個文字創作者，我想就算真的只有這麼一次，可以看見自己的作品出現在書店的書架上，那我也真的算是死而無憾了。

最後，我更想感謝在連載期間一路上追著這個故事跑跑跳跳的讀者，以及無論是什麼樣的緣分使得你選擇打開這本書，陪著他們走到最後的每個你們。

希望看完這個故事，你們都可以真切的多感受到一點自己所擁有的是那麼多、那麼美好，而且值得你去珍惜的。

但我更希望的是不論是我、詠婕、子恆，或是故事當中的任何一個角色，還有在這看著這篇後記的任何一個你們，都有藉著這個故事使你們從傷口或是遺憾當中漸漸痊癒，甚至感到快樂、幸福。

因為我相信，不論是多深的傷口，總會有癒合的一天，即便疤痕還在，那也代表著你曾經很勇敢的痛過、哭過一場，只要你願意抬起頭來看看天空，你會發現其實太陽一直在。

雨過，總會有天晴的一天。

而你也一定，可以擁有屬於你的那份幸福的。

祝你們一切都好。

可晴 二〇一七年11月15日 於 台中

要青春22　PG1803

要有光
FIAT LUX

如果可以，我想我會愛你

作　　者	可　晴
責任編輯	喬齊安
圖文排版	周妤靜
封面設計	苡汩媗
封面完稿	葉力安

出版策劃	要有光
發 行 人	宋政坤
法律顧問	毛國樑　律師
印製發行	秀威資訊科技股份有限公司 114台北市內湖區瑞光路76巷65號1樓 電話：+886-2-2796-3638　傳真：+886-2-2796-1377 http://www.showwe.com.tw
劃撥帳號	19563868　戶名：秀威資訊科技股份有限公司 讀者服務信箱：service@showwe.com.tw
展售門市	國家書店（松江門市） 104台北市中山區松江路209號1樓 電話：+886-2-2518-0207　傳真：+886-2-2518-0778
網路訂購	秀威網路書店：http://store.showwe.tw 國家網路書店：http://www.govbooks.com.tw
總 經 銷	聯合發行股份有限公司 231新北市新店區寶橋路235巷6弄6號4F 電話：+886-2-2917-8022　傳真：+886-2-2915-6275

出版日期	2017年12月　BOD一版
定　　價	270元

國家圖書館出版品預行編目

如果可以,我想我會愛你 / 可晴著. -- 一版. --
臺北市 : 要有光, 2017.12
面 ; 公分. -- (要青春 ; 22)
BOD版
ISBN 978-986-95365-5-4(平裝)

857.7 106020497

讀者回函卡

感謝您購買本書，為提升服務品質，請填妥以下資料，將讀者回函卡直接寄回或傳真本公司，收到您的寶貴意見後，我們會收藏記錄及檢討，謝謝！如您需要了解本公司最新出版書目、購書優惠或企劃活動，歡迎您上網查詢或下載相關資料：http:// www.showwe.com.tw

您購買的書名：______________________________

出生日期：________年________月________日

學歷：□高中（含）以下　□大專　□研究所（含）以上

職業：□製造業　□金融業　□資訊業　□軍警　□傳播業　□自由業
□服務業　□公務員　□教職　□學生　□家管　□其它_____

購書地點：□網路書店　□實體書店　□書展　□郵購　□贈閱　□其他

您從何得知本書的消息？

□網路書店　□實體書店　□網路搜尋　□電子報　□書訊　□雜誌
□傳播媒體　□親友推薦　□網站推薦　□部落格　□其他__________

您對本書的評價：（請填代號　1.非常滿意　2.滿意　3.尚可　4.再改進）

封面設計____　版面編排____　內容____　文／譯筆____　價格____

讀完書後您覺得：

□很有收穫　□有收穫　□收穫不多　□沒收穫

對我們的建議：______________________________

____

____

____

請貼
郵票

11466
台北市內湖區瑞光路 76 巷 65 號 1 樓
秀威資訊科技股份有限公司 收
BOD 數位出版事業部

(請沿線對折寄回，謝謝！)

姓　　名：＿＿＿＿＿＿＿＿ 年齡：＿＿＿＿ 性別：□女　□男

郵遞區號：□□□□□

地　　址：＿＿＿＿＿＿＿＿＿＿＿＿＿＿＿＿

聯絡電話：(日)＿＿＿＿＿＿＿＿ (夜)＿＿＿＿＿＿＿＿

E-mail：＿＿＿＿＿＿＿＿＿＿＿＿＿＿＿＿